www.tredition.de

AF177097

MICHAEL GIEZEK

***

WEBERS KINDER

www.tredition.de

© 2019 Michael Giezek

Verlag und Druck: tredition GmbH, Halenreie 40-44, 22359 Hamburg

ISBN
Paperback: 978-3-7497-7736-5
Hardcover: 978-3-7497-7737-2
e-Book: 978-3-7497-7738-9

Cover Vorderseite: privat
Cover Rückseite: irina photostories Rietberg

Webers Kinder

Ein Krimi von

Michael Giezek

Band 1 der Reihe um
»KHK Marc-Andre Weber«

Für Manuel, Marvin, Marcio, Miriam und Mats.

Prolog

Georg Renner stand am Fenster seines Bürogebäudes im 8. Stock und schaute auf die Straße hinunter. Das Gebäude war erst vor kurzem fertig geworden und er hatte sein neues Domizil vor einer Woche bezogen. Es lag an der Kreuzung Eckendorfer Straße / Am Stadtholz auf dem Gelände eines ehemaligen Stahl-werks. Er hatte das Grundstück gekauft und das Stahlwerk abreißen lassen, dann hatte eine seiner Firmen das Bürogebäude errichtet.

Das Ganze war zu einem regelrechten Prestigeobjekt für ihn geworden. Ge-nutzt wurde das Gebäude von drei Firmen, die alle auf ihn als Geschäftsführer eingetragen waren. Eine Firma entwickelte Computerprogramme für mittlere und große Unternehmen, die zweite war eine Immobilienfirma und die dritte forschte im Bereich der DNA. Insgesamt beschäftigte er allein hier 120 Perso-nen. Die meisten gingen tatsächlich ihrer Arbeit im Bereich IT, Immobilien und DNA-Forschung nach. Es gab allerdings auch eine große Anzahl an Personen, die sich unter dem Deckmantel dieser Unternehmen mit ganz anderen Sachen beschäftigten, und zwar, mit solchen, die zum einen nicht ganz legal waren, da-für aber viel Geld einbrachten.

In den vergangenen zwanzig Jahren hatte sich Renner ein großes Imperium aufgebaut und war mittlerweile in vielen legalen und illegalen Bereichen tätig, in denen das große Geld zu machen war. Wobei aktuell der illegale Bereich noch wesentlich mehr Geld einbrachte als der legale. Er hoffte jedoch, in den nächs-ten Jahren seine legalen Firmen so effizient und bekannt zu machen, dass er sie verkaufen und sich zur Ruhe setzen konnte. In den letzten 25 Jahren hatte Ren-ner viel Arbeit in seine Projekte gesteckt und kaum Zeit für irgendetwas anderes gehabt. Nicht selten hatte er tagelang durchgearbeitet und war auch des Öfteren einfach am Schreibtisch eingeschlafen.

Für Familie und Freunde war ebenfalls keine Zeit und Energie da gewesen. Die Einzigen, die ›Freunden‹ nahe kamen, war der engste Kreis seiner Vertrau-ten.

Irgendwann hatte er gemerkt, dass er nicht mehr alles allein schaffen konnte und daraufhin Männer um sich versammelt, denen er vertrauen konnte. Diesen Männern übertrug er Teilbereiche seiner Unternehmen. Es handelte sich dabei jedoch fast ausschließlich um untergeordnete Projekte. Die Männer wussten teilweise nicht einmal, für wen sie eigentlich arbeiteten. Die wirklich großen Sachen liefen noch immer über ihn und über die Leute im ›innersten Zirkel‹, wie er seine allerengsten Vertrauten nannte. Es handelte sich dabei um Andreas

Simon, Urs Fischer und Peter Craig. Diese drei Männer kümmerten sich um die Unternehmensbereiche, die das meiste Geld abwarfen, dafür aber auch das größte Risiko bargen.

Bis jetzt war es ihm gelungen, aufgrund seiner Vorsicht, größeren Schwierigkeiten aus dem Weg zu gehen. In der Vergangenheit hatte es stets Situationen gegeben, in denen ihm die Polizei oder andere Konkurrenten nahegekommen waren. Zwei oder drei Mal sogar gefährlich nahe. Renner hatte diese jedoch noch rechtzeitig entschärfen können, bevor es für ihn selbst wirklich gefährlich wurde.

Klar waren dabei einige Opfer nötig gewesen. Er hatte allerdings in den Jahren seiner Tätigkeit darauf geachtet, solche nach Möglichkeit zu vermeiden. Manchmal ging es leider nicht anders. Er hatte dafür mittlerweile seine Leute und brauchte nur die Befehle zu geben. Am Anfang seiner Karriere musste er allerdings noch selbst Hand anlegen.

Georg Renner schaute noch immer aus dem Fenster, als Andreas Simon das Büro betrat. Es war mittlerweile 18 Uhr und Renners Sekretärin hatte das Gebäude verlassen. Er blieb noch einen Moment mit dem Rücken zu seinem Besucher stehen, bevor er sich umdrehte.

»Wie sieht es aus?«, fragte er ohne eine Begrüßung.

»Es ist soweit alles vorbereitet«, antwortete Simon.

»Die Lieferung wird in den nächsten Tagen eintreffen. Bis jetzt läuft alles ohne Probleme.«

Der Mann nickte.

»Sorgen Sie dafür, dass es so bleibt«, sagte er zu Simon, der abermals nickte. »Ich möchte nicht wieder so ein Fiasko erleben, wie voriges Mal.«

Mit einer Geste gab Renner Simon zu verstehen, dass er entlassen war. Dieser verließ ohne ein weiteres Wort das Büro, ehe sich Georg Renner erneut umdrehte und aus dem Fenster schaute.

***

Er lief durch den Wald. Es war dunkel und er hielt eine Waffe in der Hand. Wie war er hierher gekommen? Wo wollte er hin?

Er spürte, dass er nicht allein war. Plötzlich stand er auf einer Lichtung, schaute sich um und entdeckte ein altes heruntergekommenes Haus, das von einem verwilderten Garten umgeben war. Weit und breit war jedoch keine Menschenseele zu sehen. Er setzte sich in Bewegung und ging auf das Haus zu. Er wollte nicht dorthin, denn es war ihm unheimlich und er spürte, dass etwas Böses davon ausging. Etwa zwanzig Meter entfernt, ging plötzlich die Haustür auf. Er erinnerte sich an die Pistole in seiner Hand und richtete diese auf den Eingang. Das Böse war nun geradezu greifbar. Eine Bewegung im Eingang. Er wollte schon schießen, als ein Hund aus dem Haus kam – ein großer schwarzer Retriever.

Der Hund blieb vor der Haustür stehen und sah ihn an, ehe sich das Tier auf einmal hinsetzte. Er ließ die Pistole sinken. Der Hund sprang auf, wandte sich um und zottelte ins Haus zurück. Er folgte ihm, obwohl er am liebsten weggerannt wäre.

Im Erdgeschoß war niemand. Er hatte sich alles bis zum letzten Zimmer angesehen, als er aus dem Obergeschoß ein Geräusch hörte. Leise trat er an die Treppe heran und sah den Retriever im Obergeschoss. Als er die Treppe betrat, wandte sich der Hund nach links und verschwand aus seinem Blickfeld. Das Böse, das von dem Haus ausging, hatte sich stetig verstärkt. Jetzt, da er das Obergeschoß betrat, wurde es sogar fast übermächtig. Er wollte nicht hier sein, wollte die Treppe hinab und nur noch weglaufen. Etwas trieb ihn jedoch unaufhaltsam vorwärts, etwas, das von dem Retriever ausging und, dass er sehen musste, ob er wollte oder nicht. Er erblickte den Hund am Ende des Flurs vor einer Tür. Das Tier betrat das Zimmer. Er folgte ihm, verharrte allerdings im Rahmen. Im Raum befand sich ein Doppelbett, ein Schrank, ein Tisch mit Stuhl und ein Regal.

Der Retriever war verschwunden, stattdessen tauchte ein Mann auf. Er kannte ihn nicht, aber dennoch war er ihm irgendwie vertraut. Der Kerl sprach zu ihm, aber er konnte nicht verstehen, was er sagte.

Dann war der Hund auf einmal wieder da. Er saß auf dem Bett. Der unbekannte Mann bewegte sich darauf zu, bückte sich und schaute unter das Bett. In dem Moment gab es einen lauten Knall und der Kopf des Mannes explodierte. Er wachte auf, als ihm Gehirnmasse ins Gesicht klatschte.

Mittwoch, 05.08.2015
06:00 Uhr

Als Marc-Andre Weber an diesem Morgen aufstand spürte er, dass es ein schlechter Tag werden würde. Nach drei einhalb Wochen Urlaub sollte es heute wieder sein erster Arbeitstag sein.

Am Montag erst war er mit seiner Frau und den drei Kindern aus dem Urlaub auf Korsika zurückgekehrt. Es waren ihre ersten Ferien dort gewesen und es war zu einem absoluten Traumurlaub geworden. Zwar war es eine lange An- und Abreise mit dem Auto über jeweils drei Tage, aber dennoch würden sie jederzeit wieder hinfahren. Darin waren sie sich einig.

Sie hatten in einem einfachen jedoch sehr schön gelegenen Haus an der Westküste Korsikas gewohnt. Bis zum Meer war es nicht weit gewesen und sie waren fast jeden Tag hingefahren. Teilweise hatte es Temperaturen von 35° Celsius erreicht und da tat eine frische Brise oder eine Abkühlung im Wasser sehr gut. Aber die Zeit war nun vorbei und Weber musste zurück zum Dienst.

Weber arbeitete als Kriminalkommissar beim Polizeipräsidium Ostwestfalen-Lippe. Dort war er in der Abteilung 3 tätig, die Betrugsdelikte in allen Variationen bearbeitete.

Mit einem tiefen Seufzen schwang sich Weber aus dem Bett und schlich aus dem Schlafzimmer. Seine Frau und die Kinder schliefen noch. Es waren noch Ferien und auch der Kleine musste nicht wieder in die Kita. Seine Frau Yuna hatte bis zum Ende der Woche Urlaub. Sie arbeitete als Krankenschwester auf der Säuglingsstation des Kinderkrankenhauses in Osnabrück.

Nachdem er sich im Badezimmer gewaschen und angezogen hatte, ging er in die Küche und setzte Kaffee auf. Weber wollte heute wieder mit dem Rennrad zur Arbeit fahren, da das Wetter schön zu werden versprach. Er fuhr seit einigen Jahren gern mit dem Rad und nutzte es häufig, um von ihrem Haus zur Arbeitsstelle zu fahren.

Nachdem der Kaffee durchgelaufen war, schenkte er sich einen ein, gab Dosenmilch und zwei Stück Zucker hinzu, ehe er sich an den Küchentisch setzte. Während er den Kaffee trank, dachte er darüber nach, was für ein Berg an Arbeit ihn nach über drei Wochen Urlaub wohl erwarten würde. Weber machte seinen Job gern, obwohl die Arbeitsbelastung hoch war und die Ermittlungserfolge nicht gerade Anlass zu Luftsprüngen boten.

›Es wird Zeit‹, ging es Weber durch den Kopf, trank hastig aus, schnappte sich seinen Rucksack und holte das Rennrad aus der Garage.

Das Rad hatte er erst im Dezember letzten Jahres zu seinem 40. Geburtstag geschenkt bekommen. Sein Altes hatte im Laufe der Jahre einige Macken am Rahmen erhalten und die Anbauteile waren im Zwei-Jahres-Rhythmus von ihm ausgetauscht worden. Nach insgesamt acht Jahren wurde es jedoch Zeit für ein neues Rad. Und sein 40. war da eine gute Gelegenheit gewesen.

Jetzt fuhr er wieder ein Rennrad der Marke *Stevens*, aber mit der neuesten *Shimano Dura Ace*-Schaltung und Laufrädern von *Mavic*. Nach seinem Geburtstag hatte Weber es kaum erwarten können, mit dem neuen Rad zu fahren, und er hatte seine besten Winterradsachen herausgesucht und war am nächsten Tag gleich zu einer kleine Runde aufgebrochen. Die Temperatur war da gerade einmal bei 5 Grad Plus gewesen.

Sobald der Frühling gekommen war, gab es für ihn kein Halten mehr. Bei jeder sich bietenden Gelegenheit war er unterwegs gewesen. Auch im Urlaub hatte er das Rad mitgenommen und zahlreiche Kilometer damit gemacht. Seine Frau Yuna war teilweise schon sauer geworden, wenn er erneut für zwei Stunden unterwegs gewesen war. Aber in 2 ½ Wochen wollte er an einem großen Jedermann-Rennen in Hamburg teilnehmen und dafür musste er sich schon gut in Form bringen, um die 100 Kilometer in einer guten Zeit zu absolvieren. Er hatte sich vorgenommen, die Strecke diesmal unter drei Stunden, beziehungsweise knapp darüber zu bewältigen.

Weber stieg aufs Rennrad und machte sich auf den Weg.

Um 08:30 Uhr betrat er schlussendlich frisch geduscht sein Büro im zweiten Stock des Polizeipräsidiums Ostwestfalen-Lippe an der Nahariyastraße. Das *PP OWL*, wie es abgekürzt wurde, umfasste die Stadt Bielefeld sowie die Landkreise Herford, Paderborn, Gütersloh und Lippe. Bis zum letzten Jahr hatte es noch ein eigenständiges *PP* Bielefeld gegeben und die Landkreise waren ebenfalls eigenständig gewesen. Das Polizeipräsidium Bielefeld war in dieser Zeit nur für Tötungsdelikte, Wirtschaftskriminalität und den Staatsschutz für alle Regionen zuständig gewesen.

Nach den Landtagswahlen im Jahr 2012 hatte die neue Landesregierung jedoch beschlossen, ein Präsidium für ganz OWL einzurichten. Dieses war auf dem Gelände der ehemaligen Hauptpost gebaut worden. Das alte Postgebäude hatte man abgerissen und durch einen fünfstöckigen neuen Gebäudekomplex ersetzt. Es gab viel Unmut und Unverständnis über diese Entscheidung, da dies zur Folge hatte, dass viele Kollegen einen weiteren Weg zu Arbeit hinter sich bringen mussten. Aber auch in der Bevölkerung hatte es viel Missbilligung gegeben, da die Leute befürchteten, die Präsenz der Polizei in den Städten würde durch den Umzug abnehmen. Das Innenministerium und der Polizeipräsident hatten daraufhin versucht, die Kollegen und Einwohner zu beruhigen.

Letztendlich war die Maßnahme durchgesetzt worden. Im Jahr 2014 war das neue *PP OWL* feierlich eröffnet worden. Der Unmut vieler Kollegen hatte jedoch nach wie vor nicht abgenommen. Sie fühlten sich schlichtweg vom Innenministerium wie Inventar verschoben.

***

Sein Kollege Phil Anderson war noch nicht da. Anderson, der aufgrund seiner Leidenschaft für den Darts-Sport den Spitznamen ›Power‹ trug, war noch bis zum Ende der Woche im Urlaub. Webers Büro befand sich direkt am Anfang des Flurs, in dem sich die Büros des Betrugskommissariats befanden. Seit acht Jahren arbeitete er in diesem Bereich. Zuvor war er Streife im Bielefelder Süden gefahren.

Er hatte schon immer Probleme mit dem Schichtdienst gehabt, insbesondere mit dem Schlafen nach den Nachtdiensten, sodass er die erste Gelegenheit genutzt hatte, aus diesem herauszukommen. Der Bereich Betrug war ein guter Einstand für die Ermittlungsarbeit gewesen und er hatte den Schritt nicht bereut. Auch nach acht Jahren konnte er sich nicht vorstellen, das Kommissariat zu wechseln. Zumindest bis jetzt nicht.

Weber hatte sich im Laufe der Jahre auf den Bereich der Betrügereien rund um das Kfz und der Urkundenfälschung spezialisiert. Sein Stubenkollege Anderson bearbeitete den gleichen Bereich.

Gewohnheitsmäßig legte Weber seinen Rucksack auf den Boden neben dem Schreibtisch ab, öffnete ein Fenster und fuhr seinen PC hoch. Da dies aus der Erfahrung heraus eine ganze Weile dauern konnte, insbesondere wenn man drei Wochen im Urlaub gewesen war, machte er zunächst eine Runde durch die anderen Büros, um seine Kollegen zu begrüßen. Weber graute schon davor, die Vorgänge zu sehen, die sich während seiner Abwesenheit im Fach angesammelt hatte.

Mittwoch, 05.08.2015
08:30 Uhr

Etwa zu der Zeit, als Weber seine Runde durch die Büros machte, und im Geschäftszimmer beim Anblick der eingegangenen Vorgänge beinahe einen Schlag bekam, saß Andreas Simon in seinem Büro im Autohaus *Renner* an der Herforder Straße in Bielefeld und schaute auf den Monitor seines privaten Laptops.

Seit drei Jahren leitete Simon das Autohaus sowie ein Weiteres im Bielefelder Süden. Beide gehörten zur *Renner Gruppe*. Simon hatte im Konzern eine steile Karriere hingelegt und das, obwohl er die Hauptschule nach der zehnten Klasse verlassen und eine Ausbildung zum Kfz-Mechaniker gemacht hatte. Ein Studium war für ihn nie infrage gekommen. Nach der Ausbildung hatte er stattdessen in diversen größeren und kleineren Autohäusern in Bielefeld gearbeitet, allerdings nie länger als ein Jahr. Das lag zum einen daran, dass er nicht gerade ein umgänglicher Typ war und seine Probleme hatte, gut mit anderen Menschen zusammenzuarbeiten. Dies endete das eine oder andere Mal damit, dass er mit Arbeitskollegen aber auch mit seinen Chefs aneinandergeriet. In drei Situationen führte es sogar zu handfesten Auseinandersetzungen, die einmal sogar mit mehreren gebrochenen Rippen des damaligen Chefs und einer Anzeige wegen Körperverletzung endete. Simon war zu einer Strafe von vier Monaten auf Bewährung verurteilt worden. Sein Ruf hatte sich dann bei den Autohändlern in Bielefeld herumgesprochen, sodass er fast keine Anstellung mehr gefunden hatte.

Zu seinem Glück kam er noch bei einem kleineren Händler unter, der ein Autohaus an der Detmolder Straße in Bielefeld betrieb. Genau wie sein Ruf als Schläger, hatte sich der des Inhabers in den Kreisen der Autohändler in Bielefeld herumgesprochen. Ōmar Ak war bei mehreren Autoverkäufen in Verdacht geraten, sowohl den Zustand als auch die Laufleistung seiner angebotenen Pkw ›aufgefrischt‹ zu haben. Es waren zahlreiche Straf- und Zivilverfahren von Kunden gegen ihn geführt worden, doch sein Autohandel *Ak Automobile* existierte nach wie vor. Da Simon sonst keinen Job gefunden hatte, sagte er Aks Angebot zu. Er war erstaunt, als dieser ihn eines Tages persönlich anrief und ihn fragte, ob er für ihn arbeiten wollte. Einer seiner Angestellten hatte kurzfristig gekündigt und er suchte nun Ersatz.

Simon hatte sofort zugesagt und sich erst später gewundert, woher Ak seine Handynummer hatte, schließlich gab es zuvor nie ein Kontakt. Simon reizte es jedoch, für einen Mann zu arbeiten, der einen dubiosen Ruf hatte. Er war schon immer interessiert an der ›dunklen Seite der Macht‹ gewesen. Am nächsten Tag hatte er angefangen und schnell gemerkt, dass Aks dubioser Ruf begründet war. Gleich am ersten Arbeitstag nahm ihn Ak beiseite und erklärte, in seinem Autohandel würden die Dinge etwas anderes ablaufen, als bei den Autohändlern, bei denen Simon bis jetzt gearbeitet hatte. Simon erzählte ihm, dass er bereits von Aks Ruf gehört hätte, worauf dieser laut auflachte und sagte:

»Vergiss was du bis jetzt gehört hast. Es stimmt nicht.« Ak hatte sich daraufhin näher zu Simon gebeugt. »Es ist noch viel schlimmer und, wenn du damit ein Problem haben solltest, dann verpiss dich auf der Stelle und vergiss, dass es mich gibt.«

Simon Erwiderung war lediglich, dass es für ihn gar kein Problem darstellte und er sich darauf freute, für Ak zu arbeiten. Der Inhaber des Autohauses schaute ihn daraufhin einen Moment skeptisch an, kam aber augenscheinlich zu dem Schluss, dass Simon die Wahrheit sagte. Er nickte. Es wurde ein Vertrag ausgefüllt und Simon konnte direkt mit der Arbeit beginnen.

Direkt neben dem Autohaus befand sich eine Werkstatt, in der Simon arbeiten sollte. Die ersten zwei Wochen machte er genau das, was er zuvor in den anderen Arbeitsstätten ebenfalls gemacht hatte. Er wechselte Winter- auf Sommerreifen, führte Ölwechsel durch, erneuerte Bremsscheiben und -beläge, überführte Autos und meldete Pkws bei der Zulassungsstelle an oder ab. Außer ihm arbeiteten noch zwei weitere Mechaniker in der Werkstatt, beides Türken, die sich weitestgehend von ihm fernhielten.

Simon hatte schon daran gezweifelt, dass Ak wirklich krumme Geschäfte machte, als ihn dieser eines montagmorgens zur Seite nahm.

»Ich brauche dich heute an anderer Stelle«, erklärte er ihm.

Da erfuhr Simon, dass Ak noch eine weitere Werkstatt etwas außerhalb von Bielefeld betrieb. Simon erhielt den Auftrag, einen aufgekauften Unfallwagen mit dem Abschleppwagen bei einem Mann in Gütersloh abzuholen und den Pkw anschließend zur Werkstatt nach Stukenbrock zu bringen. Dort würde er erwartet werden. Er sollte den Rest der Woche dabei helfen, den Pkw wieder flott zu machen und ihn anschließend zum Autohaus Ak nach Bielefeld zu bringen.

Simon stieg also in den Abschleppwagen und machte sich auf den Weg nach Gütersloh. Ak hatte ihm die Anschrift des Abholorts, als auch die der Werkstatt auf einen Zettel geschrieben. Erstere Adresse entpuppte sich als Abschleppunternehmer in Gütersloh. Auf dem riesigen Gelände befanden sich zahlreiche, mehr oder weniger defekte und verunfallte Wagen. Im vorderen Bereich standen die Pkw, die noch einigermaßen gut aussahen. Simon dachte, es wäre eines von diesen Fahrzeugen, doch der Mann, der ihn erwartete, führte ihn zu einer Halle im hinteren Bereich des Geländes. Die Halle war etwa 50 mal 20 Meter groß und hatte im vorderen Teil ein Rolltor, das geschlossen war.

Der Kerl, der sich nicht einmal vorgestellt hatte, und der auch sonst nicht viele Worte sprach, öffnete eine Tür neben dem Rolltor und bedeutete Simon mit einem Nicken, die Halle zu betreten. Nachdem beide drin waren, schloss er das Tor und schaltete die Beleuchtung ein. Simon staunte, als er in der Halle etwa 15 Fahrzeuge sah, die alle im Grunde Schrott waren. Augenscheinlich handelte es sich um Pkw, die in einen heftigen Unfall verwickelt worden waren und deren Reparatur sich nicht mehr lohnte. Bei genauerem Hinsehen stellte Simon fest, es waren ausschließlich ehemals hochwertige Fahrzeuge. Simon erkannte mehrere *Sportwagen* und *SUV's*.

Der Typ führte Simon zu einem *Sportwagen* der in der Nähe des Rolltors stand.

»Das ist er«, sagte der Mann und nickte in Richtung des Porsches.

Die komplette Vorderfront des Fahrzeugs war eingedrückt, zudem hatte man die linke Seite stark beschädigt. Simon sah den Mann ungläubig an. Er konnte sich nicht vorstellen, was sein Chef mit dem Pkw wollte. Es konnte sich nur um ein Missverständnis handeln. Ehe er den Mann darauf ansprechen konnte, hatte sich dieser bereits umgedreht und steuerte auf eine Treppe zu, die zu einem kleinen Büro führte. Der große Schweiger ging hinein und kam kurze Zeit mit zwei Schlüsseln und den Unterlagen für den Wagen zurück. Er drückte Simon die Sachen in die Hand und brummte:

»Kannst die Karre jetzt aufladen.«

Dann drehte er sich um und öffnete das Rolltor von innen. Simon stand vor dem Sportwagen, die Unterlagen und die Schlüssel in der Hand und schaute ihm sprachlos nach. Dieser drehte sich zu ihm um, nachdem das Rolltor oben war, und gab ihm mit einer Geste zu verstehen, sich zu beeilen.

Weiterhin ratlos verließ Simon die Halle und ging zum Abschleppwagen. Da er weiterhin an ein Missverständnis glaubte, rief er Ak an. Als sich dieser meldete, berichtete ihm Simon, welchen Wagen ihm der Mann mitgeben wollte. Zu seiner Überraschung machte ihm Ak in deutlichen Worten klar, das zu tun, was man ihm sagte und er sollte keine Fragen stellen. Also lud er den Pkw auf und fuhr zur Werkstatt nach Stukenbrock.

Dort erwartete ihn die nächste Überraschung. Die Werkstatt lag so weit abseits, dass er irgendwann überlegte, ob sein Navi den Geist aufgegeben hatte. Als er gerade umdrehen wollte, entdeckte er einen alten Bauernhof am Ende der

Straße, die eigentlich nicht mehr als ein besserer Feldweg war. Er fuhr auf den Hof und stellte fest, dass es zusätzlich zu dem Haupthaus noch zwei größere Scheunen gab. Er stellte den Motor ab und stieg aus.

Die Tür der Scheune zu seiner rechten stand etwas offen und da er aus dem Gebäude Geräusche hörte, steuerte er darauf zu. Er klopfte an die Tür und rief ein »Hallo«, aber niemand antwortete. Er öffnete die Tür also weiter und rief erneut eine Begrüßung, während er in den Stall trat.

Was er darin erblickte, sorgte für die nächste Überraschung an diesem Tag. Die Scheune war in eine komplett eingerichtete Kfz-Werkstatt umgebaut worden, mit allem, was dazu gehörte. Simon sah zwei Hebebühnen und eine Grube, auf die man einen Pkw fahren konnte. Auch diverse Messgeräte für die Prüfung von Bremsen, für Abgasuntersuchungen und andere Tests existierten. An der kompletten Rückwand führte eine Werkbank entlang, auf der Werkzeuge lagen. An der Wand darüber hatte man weitere ordentlich aufgehängt. Die Hebebühnen befanden sich links und rechts von der Tür aus gesehen. Zwischen den Bühnen befand sich der Messstand.

An der linken Hebebühne arbeitete ein Mann in blauem Overall an einem aufgebockten Sportwagen. Die rechte Hebebühne war frei und auch sonst befand sich niemand in der Scheune. Der Mann im Overall konnte Simon nicht sehen, da er mit dem Rücken zur Tür stand. Außerdem konnte er ihn nicht hören, da er mit einem Schweißgerät dabei war, den Unterboden des Pkw zu schwei-ßen. Als er das Gerät ausstellte, machte sich Simon erneut bemerkbar. Der Mann zuckte leicht erschrocken zusammen und drehte sich zu Simon um.

»Entschuldigung«, sagte Simon. »Ich wollte Sie nicht erschrecken. Ak schickt mich«, fügte er hinzu, als ob dies alles erklären würde.

Anscheinend war es tatsächlich so, denn der Mann legte das Schweißgerät auf einen rollbaren Werkzeugwagen und wischte sich die Hände am Overall ab. Er kam auf Simon zu.

»Ich bin Jo«, meinte er.

»Ich bin Andreas«, stellte sich Simon vor und streckte die Hand aus.

Jo ignorierte diese und sah Simon von oben bis unten an.

»Ak hat mir gesagt, dass du heute kommst und die Woche hier helfen sollst. Wo ist der Sportwagen?«, fragte Jo.

»Auf dem Abschleppwagen auf dem Hof.«

Jo nickte.

Webers Kinder

»Ich mache das Tor auf und du fährst den Wagen rein. Dann lädst du den Sportwagen ab und fährst den Abschlepper in die Scheune auf der anderen Seite. Danach kommst du zurück und ich sage dir, wie es weitergeht. Alles klar?«

Simon nickte und machte sich an die Arbeit, während sich Jo erneut dem Mustang zuwandte.

***

Im Laufe der folgenden Woche arbeitete Simon von morgens bis abends an dem Mustang. Meist allein, aber wenn er Hilfe brauchte, sprang Jo ihm bei. Jo bot ihm an, während der Woche auf dem Hof zu wohnen, ein Angebot, das Simon nach dem zweiten Tag annahm. Am Ende des ersten Tages war er mit dem Abschlepper zurück zu Aks Autohaus gefahren und von dort mit seinem eigenen Auto nachhause.

Für Dienstag hatte er dann eine Reisetasche gepackt und war auf dem Hof geblieben. Außer Jo war in dieser Woche keine andere Person auf dem Hof erschienen. Da sich die Arbeiten am Mustang als sehr umfangreich herausstellten und er sich erst an die Gegebenheiten der Werkstatt gewöhnen musste, brauchte er auch noch den Samstag um diesen fertig zu bekommen.

Auf dem Hof befand sich neben den beiden Ställen noch ein Schuppen, der sich als gut bestücktes Ersatzteillager entpuppte. Augenscheinlich war Jo ausgezeichnet auf die Reparatur des Mustangs vorbereitet, denn alles, was Simon benötigte, fand er im Schuppen. Er musste nicht ein einziges Mal losfahren, um ein Ersatzteil zu kaufen.

Am Samstagmittag war er fertig.

›Dem Mustang fehlte jetzt nur noch eine Lackierung und er sieht aus wie neu‹, dachte Simon, als er sein Werk betrachtete.

Und genau das war es, was Ak und Jo beabsichtigten. Einen Unfallwagen mit Totalschaden so herzurichten, dass er als unfallfrei und Top-Zustand verkauft werden konnte. Die Lackierung sollte am Montag erfolgen.

Er ging zu Jo ins Haupthaus und teilte ihm mit, dass er fertig war. Jo, der am Samstag nicht in der Werkstatt arbeitete, saß in einem als Büro umgebauten Zimmer des Haupthauses und surfte an einem Laptop im Internet. Da er direkt auf der gegenüberliegenden Seite der Zimmertür Platz genommen hatte, konnte

Simon nicht sehen, auf welchen Seiten Jo unterwegs war. Vor sich hatte er einen Stapel Papier liegen. Einzelne auf den Papieren aufgeführte Punkte hatte er abgehakt. Simon dachte, dass Jo an einer Bestellliste für weitere Ersatzteile arbeitete. Der Bastler hob den Kopf und nickte.

»Dann kannst du fahren. Wir sehen uns am Montag.« Er senkte den Blick zurück auf den Laptop.

Simon kannte Jo mittlerweile gut genug, um zu wissen, dass er nichts mehr sagen würde. Mit sich recht zufrieden verließ Simon also das Zimmer und fuhr nachhause.

***

Als Simon am Montag auf den Hof fuhr, stand bereits ein Abschleppwagen vor der Scheunenwerkstatt. Es war aber nicht Aks Fahrzeug. Simon betrat die Werkstatt und sah Jo, der vor dem Mustang stand und sich mit einem anderen Mann unterhielt. Jo stellte Simon nicht vor. Er nickte nur kurz zur Begrüßung.

»Gute Arbeit«, murmelte er noch und wandte sich dann erneut dem anderen Mann zu.

Es handelte sich um einen Türken, der den Mustang ebenfalls genau unter die Lupe nahm. Schließlich gab Jo Simon den Auftrag, dem Mann dabei zu helfen, den Mustang auf den Abschlepper zu laden. Als dies geschehen war, fuhr dieser ohne ein weiteres Wort davon.

Simon hatte sich in der Zwischenzeit daran gewöhnt, dass auf dem Hof nicht viel gesprochen wurde. Als der Abschlepper weg war, meinte Jo zu Simon, dass er jetzt wieder zu Ak fahren könnte, ehe er sich umdrehte und sich an einem Cabrio zu schaffen machte, der in der Halle stand. Simon fuhr also zurück zu Aks Autohaus.

In den nächsten Wochen erhielt er öfter Aufträge, Fahrzeuge zum Hof zu bringen und zu reparieren. Die Pkw, die auf dem Hof repariert wurden, tauchten allerdings nie bei Ak auf. Simon fragte sich immer wieder, wo die Autos wohl landeten, nachdem sie lackiert wurden.

Die Antwort erhielt er nach einem halben Jahr.

***

Mittlerweile war er Geschäftsführer der Firma, zu der er die aufbereiteten Fahrzeuge gebracht hatte. Er war damals, gelinde gesagt, überrascht gewesen, als ihm Ak gesagt hatte, wohin die Pkw gebracht werden sollten. Der Autohausinhaber hatte ihm so viel Vertrauen entgegengebracht, dass er Simon mit der Auslieferung der Fahrzeuge beauftragte. Simon brachte die Pkw direkt vom Bauernhof zu den Autohäusern und war sich im Klaren, dass fast keiner von Aks Mitarbeitern über alles Bescheid wusste. Anscheinend waren er und Jo die Einzigen. Was durchaus Sinn machte, denn sollte der Schwindel irgendwann auffliegen, konnten die Mitarbeiter nur das sagen, was sie wussten. Im Laufe der nächsten drei Jahre hatte Simon zahlreiche Autos zu diversen Autohäusern gebracht.

Eines Tages kam während einer Auslieferung ein Mann im Anzug auf Simon zu und verkündete, dass Herr Renner ihn sprechen wollte. Simon wurde im schmutzigen Overall in das Büro des Chefs geführt. Es handelte sich um einen spartanisch eingerichteten Raum, der von einem großen Schreibtisch beherrscht wurde. Ansonsten befanden sich noch zwei Regale und ein Deckenfluter darin.

Renner saß hinter dem Schreibtisch und bedeutete Simon, sich auf den Besucherstuhl zu setzen, der vor dem Schreibtisch stand. Der Boss war Mitte 40, hatte kurzes bereits ergrautes Haar und eine Brille auf der Nase. Er trug einen schwarzen Anzug und alles an ihm strahlte die Autorität eines Chefs aus. Simon konnte sich vorstellen, dass Renner in der Lage war, alles durchzusetzen, was er wollte. Der Chef hatte eine angenehm weiche Stimme und erklärte ohne Umschweife, dass er es gern sehen würde, wenn Simon für ihn arbeitete. Der Ton in seiner Stimme machte dabei deutlich, dass sich Renner nicht vorstellen konnte, dass dieses Angebot abgelehnt würde. Was Simon natürlich auch nicht tat. Der Boss informierte ihn über seinen Aufgabenbereich und die Bezahlung. Das war der letzte Tag, an dem Simon bei der Arbeit einen Overall trug.

Am nächsten Morgen saß er bereits im Anzug in seinem neuen Büro an der Herforder Straße und wusste gar nicht, wie ihm geschah. Nach und nach wurde er in das Imperium Renners eingearbeitet und stellte fest, dass dieser nicht nur in Autos investierte, sondern ein ziemlich umtriebiger Mann war, dessen legale Geschäfte nur einen kleinen Teil darstellten. Simon war es egal, denn er verdiente sehr gut und hatte mittlerweile eine hohe Stellung eingenommen. Er war zu einem seiner drei engsten Vertrauten geworden. Neben dem Autohandel, den er nach wie vor betreute, war ihm vor über einem Jahr auch der Bereich des

Drogenhandels übertragen worden. Der Transport der Fahrzeuge bot eine gute Möglichkeit, gleichzeitig Drogen ins Land zu schmuggeln.

Er wurde aus seinen Gedanken gerissen, als das Handy klingelte.

»Ja«, meldete er sich nur.

Es war das Handy, das ausschließlich für geschäftliche Dinge genutzt wurde.

»Wir haben ein kleines Problem«, sagte die Stimme am anderen Ende der Leitung.

***

Währenddessen kehrte Weber mit einem großen Stapel Akten ins Büro zurück. Es war genauso, wie er es erwartet hatte. In den über drei Wochen war das Fach mit Akten und Anzeigen vollgestopft worden. Als er die zahlreichen Anzeigen sah, verabschiedete sich spontan ein Teil seiner Erholung. Bevor er allerdings die Akten aus dem Fach nahm, ging er in die einzelnen Büros und begrüßte die Kollegen. Von den insgesamt zwölf Sachbearbeitern in der Abteilung waren außer ihm noch fünf Kollegen anwesend. In der Ferienzeit war die Abteilung immer dünn besetzt, was die Aufteilung der Anzeigen auf wenige Sachbearbeiter zur Folge hatte. Weber blieb kurz in jedem Büro stehen und sprach mit den Kollegen über seinen Urlaub. Dieses Geplänkel war eine angenehme Möglichkeit, das gute Miteinander zu erhalten. Zum Abschluss der Runde ging er zu seinem Chef Jakob Dörmann. E war bei Webers erster Runde nicht da gewesen. Die beiden begrüßten sich per Handschlag und Weber musste erneut von seinem Urlaub erzählen, anschließend berichtete Dörmann, was sich in seiner Abwesenheit ereignet hatte. Bis auf mehrere versuchte Enkeltricks und einige Diebstähle zum Nachteil älterer Leute war jedoch nichts Außergewöhnliches passiert.

»Alles wie gehabt«, endete Webers Chef schließlich. »Einen Haufen Arbeit und keine Aussicht auf mehr Personal. Ich denke, daran wird sich auch bis zu meiner Pensionierung nichts ändern.«

Dörmann war 57 Jahre alt und seit vier Jahren Webers direkter Vorgesetzter. Bevor er zur A3 gewechselt war, hatte er die Leitung der Kriminalwache und Aktenhaltung innegehabt. Weber arbeitete gern mit und für ihn.

Da es nichts mehr zu besprechen gab, blieb Weber nichts anderes übrig, als sich seine Vorgänge zu schnappen und ans Werk zu gehen. Er legte die Unterlagen auf einem Aktenbock neben dem Schreibtisch ab, den er für die Ablage seiner Eingänge vorgesehen hatte.

Weil er sich nicht dazu überwinden konnte, mit der Arbeit zu beginnen, nahm er seine Tasse und holte sich einen Kaffee aus der Küche. »Es bringt leider nichts«, murmelte er danach, öffnete das Mail Programm und begann seine dienstlichen Nachrichten abzurufen, die sich angesammelt hatten.

Nachdem der Posteingangsordner aktualisiert worden war, befanden sich ganze 127 Mails darin.

›Na, herzlichen Glückwunsch‹, dachte Weber und startete die Abarbeitung.

Einige löschte er sofort, ohne sie zu lesen, andere prüfte er genauer. Er hatte sich erst durch 53 Nachrichten gekämpft, als Dörmann mit einem dicken Aktenstapel unter dem Arm das Büro betrat.

»Tut mir leid, dass ich dir das auch noch aufs Auge drücken muss, aber du kennst sowohl die Materie als auch den Tatverdächtigen am besten.«

Dörmann legte den Aktenstapel vor ihm auf den Schreibtisch, sodass Weber den Aufkleber mit dem Namen des Beschuldigten lesen konnte: Anton Lesniak. Seit neun Jahren arbeitete er in der A3 und schon in den ersten Monaten als Sachbearbeiter hatte er mit Lesniak zu tun gehabt. Seitdem war der Kerl immer wieder im Zusammenhang mit Betrügereien aufgefallen, meist wegen Manipulationen an Pkw. Lesniak hatte in den Jahren diverse Autohandel betrieben, verkaufte ebenfalls Fahrzeuge die er etwas ›aufgefrischt‹ hatte. Ob durch die Manipulation von Tachoständen, oder das Verschweigen von kleineren Schäden oder Mängeln, alles mögliche war dabei gewesen. Oft fiel das im Nachhinein auf und die Käufer erstatteten Anzeige. In einigen Fällen konnte sich Lesniak vor einer Verurteilung retten, indem er sich mit den Käufern auf Schadenersatz einigte. Er war auch zu zwei Geldstrafen und einer Haftstrafe von zwei Jahren auf Bewährung verurteilt worden.

»Was hat er denn diesmal angestellt?«, fragte Weber.

»Er hat Autos über das Internet bei Autoscout, mobile.de und eBay verkauft. Die Käufer haben untereinander irgendwie Kontakt bekommen und sich über das Internet ausgetauscht. Lesniak hat wohl Fahrzeuge verkauft, bei denen entweder der Tachostand manipuliert wurde, oder es andere erhebliche Mängel an den Wagen gab. Diese reichten von defekten Bremsen, über Getriebeschäden bis zu durchgerosteten Unterböden. Einige hatten sogar noch einen neuen TÜV, obwohl sie die Abnahme nie hätten bestehen dürfen. Davon wurden welche sogar sofort stillgelegt, als die Käufer damit in die Werkstatt kamen. Bei der Staataanwaltschaft sind bis jetzt 18 Anzeigen gegen Lesniak eingegangen. Sie stammen aus NRW, Niedersachsen, Hessen und aus Brandenburg. Die Staatsanwaltschaft hat die Anzeigen zu einem Sammelverfahren zusammengefasst und du hast jetzt die glorreiche Aufgabe, das Verfahren zu bearbeiten«, schloss Dörmann mit einem Grinsen.

»Da bin ich aber begeistert ...«

Die Zeit bis zur Mittagspause verbrachte Weber also damit, sich weiter durch seine Mails zu arbeiten. Viele konnte er glücklicherweise direkt löschen, da es sich um Infos zu Veranstaltungen handelte, die während des Urlaubs stattgefunden hatten, Infos von der Gewerkschaft oder Meldungen anderer Dienststellen, die nichts mit seinen Sachgebieten zu tun hatten.

Gegen 12:30 Uhr ging er ins Geschäftszimmer der A3, um mit den anderen Kollegen Mittag zu machen. Weber liebte diese Pausen, da dort über Dinge gesprochen wurde, die nichts mit dem Dienst zu tun hatten, darunter gern auch viel Blödsinn. An diesem Tag hielt es sich damit leider ziemlich in Grenzen, sodass Weber pünktlich wieder in seinem Büro saß. Da er keine Lust mehr hatte, sich weiter durch die Mails zu arbeiten, schnappte er sich den Aktenstapel, den er von Dörmann erhalten hatte: Anton Lesniak.

Dieser bestand aus einer Hauptakte mit einem roten Deckblatt der StA Bielefeld und 17 weiteren Fallakten, die in zwei Stehordnern abgeheftet waren. Weber ließ die Ordner auf dem Bock liegen, nahm sich die Hauptakte und schlug diese auf der letzten Seite auf.

Mit das Erste, was Weber gelernt hatte, als er zum Ermittlungsdienst kam, war, dass man bei einer Akte die von der Staatsanwaltschaft kam, zuerst immer die letzte Seite las. Dort befand sich die Abverfügung des Staatsanwalts der den Fall bearbeitete und dort die Arbeitsaufträge aufschrieb, die seiner Meinung nach noch zu tätigen waren. Das reichte von der Vernehmung der Zeugen oder Beschuldigten, bis hin zu Webers Lieblingsformulierung ›mit der Bitte um Aufnahme der Ermittlungen übersandt‹. Im Fall von Lesniak wollte der Staatsanwalt, dass geprüft wurde, ob in Bielefeld weitere Anzeigen gegen Lesniak vorlagen. Weiterhin sollte Weber versuchen, herauszufinden, wo und wer die TÜV-Untersuchungen durchgeführt hatte. In den Anmerkungen des Staatsanwalts gab es Hinweise aus den Strafanzeigen, die mögliche Anhaltspunkte auf den Ort und diese Person brachten, die für die Abnahmen verantwortlich war. Erst jetzt bemerkte Weber, dass sich in der Akte zudem ein Durchsuchungsbeschluss befand. Weber sah sich die Blätter genauer an und stellte fest, dass es sogar zwei

Beschlüsse gab. Einen für das Autohaus und die Werkstatt von Lesniak und einen für dessen Wohnung. Daraus ging eindeutig die Hoffnung des Staatsanwalts hervor, bei den Durchsuchungen Hinweise auf die Art und Weise zu finden, wie Lesniak an seine Fahrzeuge herankam und diese aufbereitet hatte, Anhaltspunkte auf die TÜV-Abnahmen und darauf, wer mit Lesniak zusammenarbeitete.

Weber beschloss, sich zuerst um die Durchsuchungen zu kümmern. Er bemühte sich, abzuschätzen, wie viele Leute er für diese benötigte. Für die Werkstatt und das Autohaus, die sich zusammen an einer Anschrift befanden, konnte er noch keine Schätzung machen. Zuerst musste er die Größe der Werkstatt und des Autohauses wissen. Gleiches galt für die Wohnung Lesniaks. Er nahm sich vor, dies in den nächsten zwei Tagen in Angriff zu nehmen. Als Erstes wollte er das Umfeld des Verdächtigen abklopfen. Eine Überprüfung ergab, dass dieser zuvor bereits 15 Mal kriminalpolizeilich in Erscheinung getreten war, hauptsächlich wegen Betrug, Diebstahl aber auch zwei Anzeigen wegen gefährlicher Körperverletzung. Allerdings lag der letzte Eintrag bereits vier Jahre zurück. Es handelte sich um ein Strafverfahren wegen Betrugs, das Weber selbst bearbeitet hatte.

Er konnte sich noch gut an den Fall erinnern. Lesniak hatte mal wieder die Kilometerstände von Fahrzeugen manipuliert und vier seiner Kunden hatten deswegen Anzeige erstattet. Weber war es durch die Aussage eines Zeugen gelungen, nachzuweisen, dass Lesniak derjenige war, der die Pkw zuvor angekauft hatte. Da zur Zeit der Manipulation die Fahrzeuge in seinem Besitz waren, wurde Lesniak zu eineinhalb Jahren ohne Bewährung verurteilt. Das Urteil kam auch aufgrund seiner zahlreichen Vorstrafen und der Tatsache zustande, dass gegen ihn noch eine Bewährungsstrafe wegen des gleichen Delikts offen war.

Seitdem hatte Weber nichts mehr von Lesniak gehört. Aus den Eintragungen zur Person ging hervor, dass er bereits nach einem Jahr wieder entlassen worden war. Also war er seit zweieinhalb Jahren auf freiem Fuß und schien direkt dort weitergemacht zu haben, wo er aufgehört hatte.

Durch eine Überprüfung beim Einwohnermeldeamt erfuhr Weber, dass Lesniak noch in Jöllenbeck am Oberlohmannshof gemeldet war. Hinweise auf eine Ehefrau oder Lebenspartnerin fand Weber nicht. Er konnte sich jedoch daran erinnern, dass Lesniak vor vier Jahren mit einer Frau aus Polen zusammen gewesen war. An ihren Namen konnte er sich allerdings nicht mehr erinnern. Diesbezüglich suchte er nochmals in der Akte und in den alten Vorgängen. Leider gab es keinen Hinweis, da alle Eintragungen zu Personen, außer Lesniak, bereits gelöscht worden waren.

›Scheiß Datenschutz‹, ging es Weber nicht zum ersten Mal durch den Kopf.

Wie sollte man denn vernünftig recherchieren können, wenn das System innerhalb kurzer Zeit wichtige Angaben löschte? Die Arbeit wurde unnötig erschwert und die Täter hatten dadurch einen großen Vorteil und Zeitvorsprung.

Weber verfluchte innerlich alle Politiker, die auf der einen Seite den Datenschutz über alles stellten, andererseits aber jedes Mal die Polizei kritisierten, wenn diese den Tätern hinterlaufen musste. Leider war es nicht so wie im Fernsehen, wo die ›Kollegen‹ innerhalb weniger Minuten alle Informationen erhielten, die sie brauchten. Es benötigte alles unheimlich viel Zeit und Mühe. Deshalb riefen etliche Geschädigte an und wunderten sich, warum man keinen Inhaber einer IP-Adresse im Ausland ermitteln konnte. Von Deutschland ganz zu schweigen. Das galt vor allem für das Beschaffen von Handydaten, das Abhören von Telefonen oder das Beschaffen von Überwachungsvideos, wenn es überhaupt welche gab.

Da er aus den Daten im PC keine weiteren Informationen erlangen konnte, ging Weber zur Aktenhaltung hinüber und holte sich die Kriminalakte von Lesniak.

»Hallo Marc«, hörte er eine Stimme hinter sich, als er das Büro wieder verließ.

Er drehte sich um und sah die hübsche Brünette in Uniform hinter sich stehen.

»Hallo Anna«, meinte er und automatisch machte sich ein Lächeln auf seinem Gesicht breit.

»Seit wann bist du aus dem Urlaub zurück?« Anna grinste Weber ebenfalls an.

»Bin heute den ersten Tag wieder im Dienst«, sagte Weber.

Er kannte Anna Müller seit dem Studium an der Fachhochschule in Bielefeld. Damals war er als Aufsteiger in den gehobenen Dienst an der Fachhochschule gewesen, während Anna direkt von der Schule zur FH gegangen war. Die beiden hatten zusammen an einem Fachaufsatz gearbeitet und waren sich dadurch näher gekommen. So nahe, dass sie mehrere Male miteinander geschlafen hatten. Nach drei Monaten war es vorbei. Anna hatte Schluss gemacht, da sie einsah, dass Weber seine Familie niemals verlassen würde. Seit damals war nichts mehr zwischen ihnen gelaufen, sie begegneten sich nur noch im Dienst. Dennoch lag stets ein gewisses Knistern in der Luft, wenn sie sich trafen.

»Und wie war der Urlaub?«, wollte Anna wissen.

»Sehr schön«, antwortete Weber. »Super Wetter und das Ferienhaus war auch gut. Einfach, aber sauber.«

Er war immer zurückhaltend, wenn er mit Anna über seine Familie sprach. Es fühlte sich eigenartig an.

»Wie läuft es bei dir?«, lenkte er aus diesem Grund von Thema ab.

»So weit, so gut«, antwortete sie und zuckte lächelnd mit den Schultern. »Ich muss leider noch bis Ende September warten, bis ich Urlaub habe.«

Sie unterhielten sich noch einige Minuten über den Dienst, ehe Weber zurück in sein Büro ging. Mittlerweile war es schon fast 16 Uhr. Das war für den ersten Tag nach dem Urlaub lang genug, beschloss er, legte die Kriminalakte von Lesniak auf den Schreibtisch und nahm sich vor, sie gleich morgen früh als erstes durchzulesen.

Er ging in den Keller, zog sich um und fuhr mit dem Rad nach Hause.

Mittwoch, 05.08.2015
19:30 Uhr

Andreas Simon saß in einen dünnen Bademantel gehüllt im Garten des ›Paradise‹ an der Bodelschwinghstraße. Das ›Paradise‹ war ein Luxusbordell, das zum Imperium von Renner gehörte. Simon war Stammgast und kam mindestens einmal die Woche her. Nach dem Telefonat am Morgen und den daraus entstandenen Schwierigkeiten, die er hoffte, gelöst zu haben, hatte er sich ein wenig Entspannung verdient.

Die Lieferung, von der er Renner am Morgen berichtet hatte, schien doch nicht so problemlos zu laufen. Es gab Komplikationen mit einem Lieferanten aus Polen, der sich nicht an den vereinbarten Preis halten wollte. Simon hatte den Anrufer angewiesen, ihm deutlich zu machen, welche Konsequenzen es für ihn haben könnte, wenn er sich nicht an die Vereinbarung hielt. Er ging davon aus, dass sich die Sache damit erledigt hatte. Zumal er dem Anrufer noch ein, zwei Tipps gegeben hatte, was er dem Lieferanten sagen sollte, um diesen zu überzeugen. Es war immer gut, etwas über die Leute zu wissen, mit denen man zusammenarbeitete. Das galt sowohl für Geschäftspartner, als auch für den Chef.

Simon bemerkte, dass jemand hinter seinen Liegestuhl trat.

»Hallo Andreas«, brummte eine ihm vertraute Stimme.

Der Mann trat vor.

»Urs! Wie geht es dir?«

»Wie ich sehe, lässt du es dir gut gehen«, sagte Urs Fischer.

Er war einer der drei engsten Vertrauten von Renner. Fischer war zehn Jahre älter als Andreas und einen Kopf größer. Er hatte einen rasierten Kopf und eine sportliche Figur. Simon fragte sich oft, ob Fischer diese Figur dadurch bekam, dass er als Renners Vertrauter für die Aufsicht der Bordelle zuständig war und deshalb so viel ficken konnte, wie er wollte. Das tat er, wie Simon wusste, obwohl er verheiratet war und zwei Kinder hatte.

Fischers Frau war eine ehemalige Prostituierte, die er in einem der Bordelle Renners kennengelernt hatte. Es ging das Gerücht um, die beiden hätten es beim Sex zu doll getrieben und das Kondom wäre geplatzt. Daraus resultierten Zwillinge und eine Ehe. Andreas Simon musste allerdings zugeben, dass er überrascht gewesen war, dass Fischer keine Abtreibung angeordnet hatte, statt diese

Frau zu heiraten. Gut möglich, dass Renner dahinter steckte und Fischer die Frau und die Kinder sehr wohl lieber weggeschickt hätte. Urs arbeitete einige Jahre länger für Renner und Simon hatte immer das Gefühl, Fischer traute ihm nicht zu 100%. Er war zwar der Jüngste der drei Vertrauten, aber dennoch loyal. Der Dritte, Peter Craig, war einige Jahre nach der Eröffnung des ersten Autohauses zu den beiden gestoßen. Simon hatte sich, seit er für Renner arbeitete, ausgiebig über die beiden anderen informiert und deshalb wusste er, dass sich Renner und Fischer schon seit der Schulzeit kannten. Sie hatten gemeinsam Renners erstes Autohaus eröffnet und der Aufstieg der Gruppe ging maßgeblich auf diese Zusammenarbeit zurück.

»Ich hatte einen anstrengenden Tag im Büro und dachte mir, dass ich etwas Entspannung verdient habe. Auf mich wartet ja auch niemand zu Hause«, konnte er sich diesen Seitenhieb nicht verkneifen.

Fischer verstand den Wink und lächelte.

»Auf mich auch nicht«, entgegnete er und zwinkerte Simon zu. »Marina ist es egal, wann ich nachhause komme. Wahrscheinlich telefoniert sie eh wieder den ganzen Abend mit ihren Eltern und bereitet ihren nächsten Besuch vor.«

Fischers Frau stammte aus der Ukraine und nutzte jede Gelegenheit, zu ihrer Familie zu fahren, oder besser gesagt, von ihrem Ehemann wegzukommen.

Urs zog sich einen Stuhl heran, setzte sich ihm direkt gegenüber. Er sah sich kurz um und überzeugte sich davon, dass sie allein waren, ehe er fragte:

»Wie ich höre, erwartest du in den nächsten Tagen eine größere Lieferung?«

Simon griff zum Bier, das neben ihm auf einem Tisch stand und nahm einen kleinen Schluck, um Zeit zu gewinnen. Dieser Themenwechsel gefiel ihm nicht. Normalerweise kümmerte man sich in Renners Imperium nicht um die Belange des anderen. Es war bis jetzt erst einmal vorgekommen, dass sich Fischer nach einer Lieferung erkundigt hatte und das nur, weil es eine wirklich große Lieferung gewesen war und somit ein enormes Risiko. Die nun anstehende Lieferung war weit von den Ausmaßen der damaligen entfernt.

»Warum fragst du?«, wollte Simon wissen.

»Ich hoffe, dass diesmal alles glattgeht«, antwortete Urs indirekt auf die Frage. »Einen solchen Patzer wie beim letzten Mal können wir uns nicht leisten. Unsere Kunden würden nervös werden, wenn die Ware wieder verloren geht. Und das ist nie gut fürs Geschäft. Ich denke, da stimmst du mir zu. Renner wird das genauso sehen.«

Simon nahm einen weiteren Schluck seines Biers.

»Willst du mir drohen?«, fragte er mit einem Lächeln auf den Lippen.

»Nein«, brummte Fischer und stand auf. »Es war nur ein gut gemeinter Rat an einen Geschäftspartner, alles zu tun, damit die Geschäfte weiter gut laufen.«

Fischer wartete die Antwort von Simon nicht ab, sondern drehte sich um und ging ins Haus.

Donnerstag, 06.08.2015
08:15 Uhr

Nach der üblichen Begrüßung der anderen Kollegen betrat Weber am nächsten Morgen sein Büro. Er war erneut mit dem Rennrad zum Dienst gefahren und gönnte sich nun einen großen Schluck aus der Mineralwasserflasche. Obwohl er geduscht hatte, schwitzte er noch stark nach und sein T-Shirt klebte unangenehm am Rücken. Er schaute auf den Stapel mit den Fallakten von Lesniak und fuhr den PC hoch. Es dauerte wie immer ewig, bis er sich anmelden konnte. Währenddessen dachte er an gestern Abend.

Als er nach Hause gekommen war, hatte er sich zuerst mit einem alkoholfreien Weizenbier auf die Terrasse gesetzt. Die Temperaturen lagen immer noch deutlich über zwanzig Grad und Weber genoss die Sonnenstrahlen. Er war ziemlich müde. Es gab für ihn fast nichts Schlimmeres als den ersten Arbeitstag nach einem längeren Urlaub. Außerdem hatte ihn das Rennradfahren ziemlich geschlaucht, weshalb er dankbar war, dass Yuna die Zeit mit den Kindern in Riemsloh im Freibad verbrachte. So hatte er noch ein paar Minuten für sich allein.

Als die Horde einfiel, saß Weber in Shorts und T-Shirt vor dem zweiten Bier. Die nächste halbe Stunde verbrachte er damit, den Kindern zuzuhören, was sie alles im Freibad erlebt hatten und dass sie nun vor Hunger starben. Yuna deckte in der Zwischenzeit den Abendbrottisch. Weber liebte diese gemeinsamen Essen, die ihm vor allem im Urlaub sehr ans Herz gewachsen waren. Danach hatten sich die Kinder vor den Fernseher verzogen, und er half seiner Frau beim Abräumen. Bei der Gelegenheit erzählte sie ihm, dass eine Freundin von ihr aus Wien angerufen hatte.

»Saki hat darüber nachgedacht, mich dieses Jahr einmal zu besuchen. Was hältst du davon?«, fragte sie Weber, der nickte. »Wir haben noch kein konkretes Datum.«

Weber sagte, er hätte nichts gegen Sakis Besuch, ganz im Gegenteil. Er würde sich sehr freuen, Saki mal wiederzusehen. Das war schon so lange her. Weber hatte seine Frau bei einem Auslandspraktikum in Wien kennengelernt. Es war damals im Rahmen seines Studiums für den gehobenen Dienst für vier Wochen gewesen. Er hatte von einem Studienkollegen von dieser Möglichkeit gehört und direkt einen Antrag gestellt. Nach der Bewilligung war er nach den Abschlussprüfungen mit dem Auto nach Wien gefahren.

Gewohnt hatte er in einer Polizeiunterkunft in der Berggasse, die gleiche Straße in der Sigmund Freud seine Wohnung und Arzträume gehabt hatte. Heute gab es dort ein Museum. In diesen Wochen hatte Weber bei verschiedenen Dienststellen der Wiener Polizei hospitiert. Es war eine schöne Zeit gewesen und er hatte einige der Sehenswürdigkeiten der Stadt angesehen.

An seinem ersten Samstag in Wien war er abends allein durch die Innenstadt gewandert. Das Wetter war den ganzen Tag über super gewesen und er hatte am Ufer der Donau gelegen, gelesen und die Sonne genossen. Die Frauen, die er dabei den ganzen Tag über in ihren Bikinis beobachten konnte, hatten in ihm den Wunsch geweckt das weitere Wochenende nicht allein verbringen zu wollen. Da er allerdings noch keine privaten Kontakte geknüpft hatte, bei denen er sich hätte erkundigen können, wo sich ein einsamer Mann an einem Samstagabend in Wien amüsieren konnte, war er ziellos durch die Stadt gezogen.

Nach einiger Zeit war er in der Nähe des Stephansdoms auf eine Bar aufmerksam geworden, die auf einem Plakat mit einem Tanzabend warb. Weber sagte sich, dass man dort durchaus eine nette Frau kennenlernen könnte und da er keine Alternative wusste, ging er hinein.

Diese Entscheidung sollte sein Leben verändern und das in mehr als einer Hinsicht. Yuna war mit ihrer Freundin Saki dort gewesen.

Weber hatte sich an die Bar gestellt und Bier getrunken. Als er den Blick durch die spärlich gefüllte Bar gleiten ließ, war ihm Yuna direkt aufgefallen. Diese asiatische Schönheit mit langen, schwarzen Haaren, dunklem Teint und einer perfekten Figur. Sie trug ein eng anliegendes Sommerkleid, das ihre Rundungen betonte und unterhielt sich mit einem Mann. Weber hatte das Gefühl, dass die beiden sehr vertraut miteinander waren.

›Verdammt‹, hatte er gedacht und war sofort eifersüchtig auf den Kerl geworden.

Weber fand, der Rest der weiblichen Gäste, vor allem diejenigen die augenscheinlich allein in der Bar waren, reichte bei Weitem nicht an Yuna heran. Frustriert trank Weber das Bier in einem Zug und bestellte sich ein neues. Nach dem Dritten war er endlich mutig genug, um auf die Tanzfläche zu gehen. Er hatte immer wieder verstohlene Blicke in Richtung Yuna geworfen, aber der andere Kerl war nicht von ihrer Seite gewichen.

Weber blieb ein paar Lieder lang auf der Tanzfläche und versuchte, Kontakt mit anderen Frauen herzustellen, was allerdings nicht gelang. So ging er zurück an die Bar und bestellte ein weiteres Bier, natürlich nicht ohne einen erneuten Blick auf Yuna zu werfen.

Der Kerl war weg und sie erwiderte sogar seinen Blick. Weber, der überlegt hatte, die Bar zu verlassen, änderte seine Meinung. Während er einen weiteren Schluck nahm, stand Yuna auf und ging zusammen mit Saki auf die Tanzfläche. Auf eine solche Gelegenheit hatte er gewartet, konnte sich jedoch nicht bewegen. Eine regelrechte Panik überkam ihn, als er bemerkte, dass Saki auf ihn zukam.

»Hallo«, sagte sie, als sie neben ihm stand. »Meine Freundin würde gern mit Ihnen tanzen.«

Webers Herz schlug bis zum Hals.

»Gern«, stammelte er und folge Saki mit unsicheren Schritten in Richtung Tanzfläche.

In dem Moment, in dem er Yuna erreichte, wurde der Song ›Whole Again‹ von *Atomic Kitten* gespielt.

***

Seine Gedanken wurden vom Klingeln des Telefons unterbrochen. Routinemäßig nahm Weber den Anruf entgegen und handelte ihn ab, ehe er sich die Akte von Lesniak schnappte. Auf der ersten Seite befanden sich Lichtbilder. Es handelte sich um dreiteilige Lichtbilder von Lesniaks Gesicht und um eine Ganzkörperaufnahme. Weber drehte sie um und stellte fest, dass diese aus dem Jahr 2012 stammten, also aus dem Jahr, in dem Lesniak zu seiner Haftstrafe verurteilt worden war. Er war damals 36 Jahre alt gewesen. Lesniak, 1,80m groß, wog damals 70 Kilo. Zum Zeitpunkt der Aufnahme hatte er kurze dunkelblonde Haare und trug einen Vollbart. Weber hatte keine Ahnung, wie er heute aussah.

Er blätterte weiter in der Akte. Auf der nächsten Seite befand sich das Blatt mit den Fingerabdrücken, daraufhin folgten die so genannten Merkblätter, die nach Abschluss jeder Ermittlung gefertigt wurden, wenn sich der Tatverdacht gegen eine Person bestätigte. Die ersten Merkblätter stammten bereits aus dem Jahr 1994.

Lesniak war damals gerade mal 18 Jahre alt gewesen. Es fing mit Ladendiebstahl und Sachbeschädigungen an. Einbrüche und Körperverletzungen waren die Steigerung. Im Jahr 2002 hatte Lesniak bei einem Einbruch einen älteren

Mann, der ihn überraschte, derart zusammengeschlagen, dass dieser beinahe gestorben wäre. Nachbarn hatten diesen glücklicherweise schreien hören und die Polizei verständigt. Lesniak war daraufhin mit einigen Schmuckstücken geflüchtet, aber in der Nähe des Hauses von einer Streifenwagenbesatzung festgenommen worden. Die Kleidung des Jungen war voller Blut des älteren Mannes gewesen und dieser erkannte Lesniak sogar auf den Lichtbildern wieder. Das hatte für Lesniak Untersuchungshaft bedeutet und später war er zu drei Jahren Gefängnis verurteilt worden. Nach zweieinhalb Jahren kam er wieder frei.

Das nächste Merkblatt stammte aus dem Jahr 2010. Ab diesem Zeitpunkt begann Lesniaks Karriere als Autohändler. In den folgenden Jahren wurden mehr als zwanzig Anzeigen gegen Lesniak im Zusammenhang mit dem Verkauf von Gebrauchtwagen erstattet. Viele dieser Fälle hatte Weber selbst bearbeitet.

Das Problem dabei war, nachzuweisen, dass tatsächlich Lesniak die Manipulationen durchgeführt hatte, beziehungsweise hatte durchführen lassen. Es war schwer nachzuvollziehen, wer den Pkw vom letzten Halter gekauft hatte, da entweder keine Kaufverträge vorhanden waren, oder sich der eingetragene Name des Käufers als falsch herausstellte. So konnte Lesniak immer behaupten, er wäre selbst betrogen worden, da ihm die Fahrzeuge schon mit dem manipulierten Kilometerstand verkauft, oder ihm Unfallschäden verschwiegen worden waren.

Passenderweise hatte Lesniak auch immer einen Kaufvertrag über den Ankauf der Fahrzeuge vorlegen können, in dem der veränderte Kilometerstand, oder der Vermerk über die Unfallfreiheit des Pkws eingetragen waren. Bei den Verkäufern handelte es sich oft um Polen, Rumänen oder Litauer, die in Deutschland nicht aufzufinden waren. Im Laufe der Zeit war Lesniak aber leichtsinnig geworden. Ob Lesniak schluderig geworden war, oder ob er das Ausfüllen der Kaufverträge einem seiner Mitarbeiter überlassen hatte, konnte Weber damals nicht sagen. Das sollte er erst im weiteren Verlauf der Ermittlungen erfahren.

Jedenfalls waren Kaufverträge vorgelegt worden, bei denen das Ankaufdatum vor dem Datum lag, an dem der letzte Halter den Pkw selbst verkauft hatte. Das war drei mal vorgekommen, sodass selbst die Echtheit von Lesniaks bereits vorgelegten Kaufverträgen infrage gestellt wurde.

Dann hatte jedoch jemand einen noch größeren und dümmeren Fehler begangen. Bei zwei besonders markanten Manipulationen, bei denen sich der Schaden jeweils auf 10.000 Euro belief, wurden in den Kaufverträgen die Namen von Männern samt Ausweisnummern eingetragen. Die Anschriften der Männer passten nicht. Was der Aussteller nicht bedacht hatte, war, dass sich anhand der Ausweisnummer über die Bundesdruckerei und Berlin feststellen ließ, an welche Gemeinde diese verschickt worden waren. Weber hatte ermitteln können, dass ein Ausweis nach Freiburg und der andere nach Osnabrück verschickt worden waren. Das passte schon mal nicht mit den Anschriften der Käufer in den Kaufverträgen, die sich in Herford und Gelsenkirchen befanden.

Weiterhin waren die Ausweise nicht als gestohlen gemeldet worden. Weber kontaktierte die Einwohnermeldeämter in Freiburg und Osnabrück, und erhielt dort die Namen der Personen, für die die Ausweise ausgestellt worden waren. Er ließ sie von den Kollegen vor Ort vernehmen und erfuhr dadurch, dass diese keinen Pkw in Bielefeld verkauft hatten. Zudem hatten sie nie von einem Anton Lesniak gehört.

Gleichzeitig kam durch einen anderen Autohändler bei einer Vernehmung ein weiteres Strafverfahren ans Licht, für das Lesniak einen Mitarbeiter beschäftigte, von dem Weber nichts wusste. Es handelte sich um einen gewissen Peter Hoffmann.

Weber hatte zusammen mit seinem Kollegen Anderson dem Mann in mehreren Vernehmungen deutlich gemacht, es wäre für ihn besser, die Wahrheit zu sagen, statt Lesniak zu decken. Anfangs war er noch sehr verschlossen gewesen, aber Weber und Anderson gelang es dennoch, ihn davon zu überzeugen, dass die Polizei tatsächlich genug Beweise gesammelt hatte, um Lesniak bald einsperren zu können.

Dabei war den Kripobeamten entgegengekommen, dass Hoffmann nicht der Hellste unter der Sonne war und auf einen Anwalt verzichtet hatte. Gut, Weber und Anderson waren es gewesen, die ihn nach der ersten Vernehmung nicht mehr richtig über seine Rechte belehrt hatten und unterschlugen, dass einige Beweise lange nicht so konkret waren, wie sie es darstellten, doch das spielte letztendlich keine Rolle, da sie ihn bei der entscheidenden Vernehmung ordnungsgemäß belehrt hatten.

Hoffmann hatte zugegeben die Kaufverträge gefälscht zu haben. Die Ausweisnummern wollte er in einem Forum im Internet gefunden haben. Diesen Punkt der Geschichte glaubte ihm Weber auf keinen Fall. Zwar gab es Foren, in denen Ausweisnummern oder Kreditkartennummern verkauft wurden, aber diese stammten von gestohlenen Ausweisen oder Kreditkarten, oder waren sogar gefälscht. Da allerdings der Rest der Angaben glaubwürdig klang, hakte Weber nicht genauer nach. Hoffmann gab auch die Fälschung von weiteren Verträgen zu.

Insgesamt konnten Lesniak so zwölf betrügerische Verkäufe mit einer Schadenssumme von fast 30.000,-€ nachgewiesen werden. Vor Gericht reichte das aus, um Lesniak zu einer Haftstrafe von zwei Jahren zu verurteilen. Das war zwar nicht die Welt, aber im Vergleich zu anderen Urteilen, die im Zusammenhang mit Betrügereien gefällt wurden, konnte man es schon einigermaßen akzeptabel nennen.

Die Verurteilung war der letzte Eintrag der Akte Lesniaks.

Weber klappte diese zu.

Jetzt war Lesniak wieder da.

Donnerstag, 06.08.2015
09:30 Uhr

Georg Renner saß in seinem Büro am Schreibtisch und betrachtete den Mann, der ihm gegenüber saß. Er kannte Urs Fischer nun seit fast zwanzig Jahren. In dieser Zeit hatten sie wahrlich viele Höhen und Tiefen erlebt. Sie verband eine außergewöhnliche Freundschaft. Renner verließ sich mehr auf Fischers Meinung, als auf die seiner beiden anderen Vertrauten. Aus diesem Grund hatte er Fischer eine halbe Stunde früher zur Besprechung gebeten, als die beiden anderen. Peter Craig war vor acht Jahren in seine Führungsriege aufgestiegen, Simon vor drei. Urs war der Einzige, der Renner bei seinem Aufstieg komplett begleitet hatte. Craig und Simon hatten lediglich andere Führungspersonen ersetzt, die aus verschiedenen Gründen ausgeschieden waren.

»Hast du mit Andreas gesprochen?«, erkundigte sich Renner.

»Ja, gestern Abend«, antwortete Fischer. »Er war im *Paradise*.«

Renner nickte.

»Wie hat er reagiert?«

»Er hat gelächelt und gefragt, ob ich ihm drohen will. Ich denke, die Warnung ist bei ihm angekommen«, brummte Urs.

Renner drehte den Kopf zur Seite und schaute aus dem Fenster. Simon war immer ein sehr zuverlässiger Mann gewesen, ansonsten hätte ihn Renner nicht zu einem seiner engsten Vertrauten gemacht. Wobei er damals lange überlegt hatte, ob Simon der geeignete Mann für diese Position war. Vor allem, da Drogenhandel neben den Bordellen zu den gewinnbringendsten Sparten in Renners Imperium gehörte. Er hatte viele Gespräche mit Fischer und Craig, aber auch anderen Mitarbeitern geführt, die Simon und seine Arbeit kannten. Sogar Urs war damit beauftragt worden, die Arbeit und das Umfeld von Simon zu prüfen. Alle hatten ihn als zuverlässigen und fleißigen Menschen beschrieben, der nicht viele Fragen stellte, auch wenn er einen heiklen Auftrag ausführen sollte. Es war ein Schachzug von Fischer gewesen, über Mittelsmänner dafür zu sorgen, dass Simon solche Aufträge erhielt, um ihn dabei beobachten zu können. Letztendlich war Renner zu dem Ergebnis gelangt, dass Simon der richtige Mann für ihn war.

Die Größenordnung der Geschäfte, die Simon abzuwickeln hatte, war im Laufe der Zeit erhöht worden. Alles lief ohne Probleme ab und Renner hatte seine Entscheidung nicht bereut, zumindest bis zu dieser letzten Lieferung im Juli.

Renner wusste immer noch nicht genau, was eigentlich passiert war. Fakt war auf jeden Fall, dass in zwei der aus Polen gelieferten Autos Drogen im Wert von 250.000,-€ hätten versteckt sein sollen. Tatsächlich befand sich jedoch lediglich in einem der Fahrzeuge die erwartete Lieferung.

Simon, der bei der Anlieferung selbst vor Ort gewesen war, hatte die Pkw direkt nach dem Abladen kontrollieren lassen. Die Ware sollte sich in zwei Porsche Panamera befinden, den beiden einzigen Panamera dieser Lieferung. In einem wurde die Ware gefunden, in dem anderen, trotz intensiver Suche, nicht.

Simon hatte daraufhin den Fahrer befragt, doch der konnte das Fehlen der Ladung ebenfalls nicht erklären. Selbst nach einer intensiven Befragung durch ›Spezialisten‹, die es dem Fahrer erst nach einer Woche ermöglichte, wieder nach Polen zurückzukehren, waren keine Informationen über den Verbleib der Ware ans Tageslicht gekommen. Als Renner von dem Verlust erfuhr, hatte er umgehend seinen Kontaktleuten in Polen die Hölle heißgemacht.

Bei einem Abgleich der Fahrzeuge, die in Polen verladen und in Bielefeld abgeladen worden waren, stellte sich heraus, dass ein Sportwagen auf der Fahrt ausgetauscht worden war. Dies ließ sich anhand der Fahrgestellnummern nachweisen. Renner erteilte seinen Leuten in Polen den Auftrag, sich nochmals den Lkw-Fahrer vorzunehmen, wenn dieser wieder in Polen auftauchte. Das tat der allerdings nicht. Er blieb verschwunden.

Renner war aufgrund der Fehlschläge und des Verlusts von 125.000,-€ sehr wütend gewesen. Er hatte Simon zu sich bestellt und ihn energisch gefragt, wie es dazu hatte kommen können. Zwar war der Fehler während der Fahrt passiert und damit nicht im direkten Umfeld Simons, aber er trug nun einmal die Verantwortung für die gesamte Transaktion, egal ob der Fehler hier passiert war, in Polen, oder sonst wo. Gut, er hatte dabei sein Bestes gegeben. Das war letztendlich auch der Grund, warum Simon mit einem blauen Auge davon gekommen war.

Renner gelang es glücklicherweise, seine Kunden zu beruhigen, indem er ihnen für die nächste Lieferung einen Preisnachlass versprach. Dies alles rettete Simon den Job und seine Gesundheit. Einen weiteren Fehler würde Renner ihm jedoch nicht so einfach verzeihen, weshalb er Fischer den Auftrag erteilt hatte, Simon deutlich zu machen, wie wichtig die nächste Lieferung war.

Da Renner ein sehr vorsichtiger Mann war, ließ er Simon eine Zeit lang durch seine Leute beschatten. Urs hatte dies organisiert, aber bis jetzt war nichts passiert, was darauf hinwies, dass Simon die Seite gewechselt hatte, oder sich selbst etwas dazuverdienen wollte. Deshalb hatte er die Überwachung von Simon vor zwei Tagen beendet. Renner hatte Fischer beauftragt, bei Ankunft der nächsten Lieferung einige seiner Leute bereit zu halten, die das Abladen der Fahrzeuge und den weiteren Transport der Drogen überwachen sollten. Davon sollte Simon nichts erfahren. Fischer hatte nicht nur in Bielefeld, sondern auch in Polen Leute beauftragt, die Augen offen zu halten. Urs erklärte Renner den Plan und dieser war damit zufrieden.

Kurz darauf trafen zuerst Simon und dann Craig ein. Simon kam zehn Minuten zu früh, musste zunächst im Vorzimmer warten, bevor er in Renners Büro durfte. Als er es dann betrat, war er überrascht, Fischer bereits dort sitzen zu sehen.

Simon dachte an den gestrigen Abend und an das, was Fischer zu ihm gesagt hatte. Er bekam ein mulmiges Gefühl, da er annahm, Urs und Renner waren auch auf die nächste Lieferung zu sprechen gekommen.

»Hallo Andreas«, begrüßte der Boss ihn freundlich wie immer und stand vom Schreibtischstuhl auf. »Lasst uns zum Konferenztisch gehen. Peter müsste jeden Augenblick eintreffen.«

In dem Moment klopfte es an der Tür und Peter Craig betrat das Büro.

Urs erhob sich ebenfalls und alle vier setzten sich an den runden Tisch, der im zweiten Teil von Renners riesigem Büro stand.

Craig war ein dicker Amerikaner, der bei einer Körpergröße von 1,75m, ständig zwischen einem Körpergewicht von 110 und 120 Kilo schwankte. Renner hatte vor etwa zehn Jahren damit begonnen, seine Fühler in Länder außerhalb von Osteuropa auszustrecken, beauftragte Fischer damit, einen passenden Mann für diese Aufgabe zu finden. Der hatte sich auf die Suche gemacht und durch einen Bekannten den Tipp bekommen, sich einmal mit Peter Craig zu unterhalten.

Der Amerikaner lebte bis zu seinem 40. Lebensjahr in seinem Heimatland, was genau danach passierte, hatte Fischer nicht herausfinden können. Auf jeden Fall musste Craig Hals über Kopf das Land verlassen und war nach Deutschland gekommen. Urs fand heraus, dass Craig über hervorragende Kontakte zu ›Geschäftsleuten‹ in ganz Europa verfügte und vermutete, dass diese noch aus der Zeit stammten, als er in Amerika tätig gewesen war. Er hatte Renner alles vorgelegt, was er in Erfahrung bringen konnte, einschließlich der Tatsache, dass ›Craig‹ wohl nicht sein richtiger Name war.

Renner war die Unterlagen sorgfältig durchgegangen. Anscheinend hatte ihm gefallen, was er dort las, denn er lud Craig zu einem Gespräch ein. Der Boss machte ihm ein Angebot, das er unmöglich ablehnen konnte und seitdem war Peter mit im Boot.

Craig hatte seine Kontakte für Renner spielen lassen und es war ihm dadurch gelungen, einige große Geschäfte für das Imperium in England, Frankreich und Italien einzufädeln.

Einmal im Monat trafen sich die drei Vertrauten mit ihm zu einer Besprechung. Jeder der drei musste Entwicklungen in seinem Zuständigkeitsbereich des letzten Monats vortragen und diese anhand von Umsätzen darlegen. Renner hatte das Ziel ausgegeben, es dürfe ohne triftige Gründe keinen Rückgang der Umsätze geben.

In den letzten fünf Jahren war dieses Ziel auch stets erreicht worden. Der Rückschlag bei Simons letzter Lieferung, hatte jedoch zu einem Verlust von 125.000,-€ geführt. Daraufhin hatte der Boss Simon beauftragt, einen Plan zu entwickeln, wie sich dieser Verlust ausgleichen ließe. Vor einigen Tagen wurde ihm dieser vorgelegt.

Renner hatte Simon angewiesen, sich intensiv mit dem Plan zu befassen und ihn bei der nächsten Besprechung zur Diskussion zu stellen. Das tat er des Öfteren, nachdem er seine Vertrauten um Vorschläge zur Gewinnsteigerung oder zur Erschließung von neuen Geschäftsfeldern bat. Jeder durfte offen seine Meinung zu den Vorschlägen darlegen und der Boss hörte sich alles interessiert an, bevor er eine Entscheidung traf.

Die Besprechung begann wie gewöhnlich damit, dass alle ihre neuesten Zahlen vorlegten. Erfreulicherweise hatte es im letzten Monat wieder eine Steigerung der Gewinne gegeben, was angesichts der 125.000,-€ Verlust aus dem Vormonat allerdings keine Kunst war. Nachdem alle mit ihren Vorträgen fertig waren, schlug Renner seine Mappe auf.

Simon wurde etwas nervös, da der Boss seinen ausgearbeiteten Plan vor sich liegen hatte.

»Wie ihr wisst, hatten wir vor kurzem den Verlust einer größeren Warensendung zu beklagen«, begann er. »Wie ärgerlich das Ganze war, brauche ich wohl nicht zu betonen.

Deshalb hatte ich Simon darum gebeten, einen Plan auszuarbeiten, wie wir diesen Verlust ausgleichen können.

Dieser liegt hier vor mir.«

Renner machte eine kurze Pause.

»Ich habe ihn mir in den letzten Tagen durchgelesen und durchdacht. Es ist zwar nicht ganz das, was ich mir vorgestellt habe, aber wir werden es versuchen.«

Simon bemerkte, dass er bei Renners letzten Worten die Luft angehalten hatte, und stieß nun einen erleichterten Seufzer aus. Der Boss sah ihn an.

»Ich hoffe nur, dass es keine Probleme gibt.«

Simons Erleichterung verpuffte augenblicklich.

Donnerstag, 06.08.2015
14:00 Uhr

Nach der Mittagspause hatte sich Weber einen Wagen aus dem Fahrzeugpool geliehen, um die Durchsuchungsobjekte unter die Lupe zu nehmen. Er bewaffnete sich zudem mit Kamera und einem Fernglas.

Als Erstes wollte er sich Lesniaks Wohnung am Oberlohmannshof vornehmen. Er erwartete, dort nicht viel zu sehen, da es sich bei dem Wohnhaus um ein zehnstöckiges Gebäude handelte, im dem laut Einwohnermeldeamt alle Wohnungen belegt waren. Weber wollte sich jedoch davon überzeugen, dass Lesniak auch wirklich dort wohnte.

Seit das Meldegesetz vor einigen Jahren geändert worden war, konnte man sich anmelden, wo man wollte, ohne einen Nachweis vom Vermieter vorzulegen. Schon oft hatten es Weber und seine Kollegen erlebt, dass Vorladungen an Beschuldigte zurückgekommen waren, da die betreffende Person dort nie gelebt hatte. Oder aber, der Betreffende war mittlerweile ausgezogen, ohne sich umzumelden oder vom Eigentümer abgemeldet zu werden.

Da es mittlerweile richtig heiß geworden war, stellte Weber die Klimaanlage des Pkw auf 20 Grad. Er fuhr über die Hauptstraße nach Jöllenbeck hinein und erreichte schon wenige Minuten später das Wohnhaus Lesniaks, das sich mittig der Straße Oberlohmannshof befand.

Weber steuerte an dem Gebäude vorbei, passierte die nächste Querstraße und bog dann rechts auf den Parkplatz des Hauses Nummer 14.

Mit der kleinen Digitalkamera stieg er aus und wandte sich nach links. Normalen Schrittes und hoffentlich unbemerkt, ging er zur Hausnummer 12 zurück und beobachtete dabei die Umgebung. Insbesondere schaute sich Weber die Fahrzeuge an, die an der Straße geparkt waren. Er rechnete zwar damit, dass Lesniak seinen Wagen, einen schwarzen Kombi, wie Weber durch eine Abfrage ermittelt hatte, auf dem zum Haus gehörenden Parkplatz abgestellt hatte, aber man konnte ja nie wissen.

Wie ein Besucher schritt er auf die Eingangstür zu Haus Nr. 12 zu und blickte auf die Klingelschilder. Lesniaks Name war auf einem der oberen verzeichnet, was darauf hindeutete, dass sich seine Wohnung in einem der Obergeschosse befand. Neben Lesniaks Namen war jedoch noch ein weiterer verzeichnet: ›Kuzik‹. Möglicherweise die aktuelle Freundin von ihm. Auf dem Briefkasten waren ebenfalls beide Namen zu lesen.

›Natürlich im Obergeschoss‹, dachte Weber.

Schutzmannparterre, wie es unter den Polizisten hieß. Er drückte gegen die Haustür. Sie war offen. Eilig stieg er direkt in den ersten Stock hinauf.

Das Wohnhaus verfügte über vier Obergeschosse. Nachdem Weber im ersten und zweiten erfolglos gewesen war, fand er Lesniaks Wohnung im dritten Obergeschoss.

›Wenigstens nicht ganz oben‹, ging es ihm durch den Kopf.

Die Wohnung befand sich direkt gegenüber der Treppe. Der Name Lesniaks klebte über der Klingel. Weber horchte an der Tür, konnte aber von innen keine Geräusche vernehmen. Er wusste, dass er ein gewisses Risiko einging, wenn er sich so offensichtlich für Lesniaks Wohnung interessierte, aber er wollte gut vorbereitet sein und genau wissen, wo diese im Haus lag.

Er schaute sich das Türschloss an. Es handelte sich um ein handelsübliches, sodass gegebenenfalls ein Schlüsseldienst keine Probleme haben würde, die Tür zu öffnen.

Er sah sich weiter um. Auf der Etage gab es noch drei Wohnungen.

Weber schaute sich auch die Namen an den anderen Türen an, aber keiner kam ihm bekannt vor. Er wollte sichergehen, dass sich keine weiteren bösen Buben in der Umgebung von Lesniak befanden, die bei einer Durchsuchung eventuell Schwierigkeiten machen könnten. Auch wenn ihm die Namen nichts sagten, würde er sie alle nochmal durch den PC jagen.

Weber verließ das Wohnhaus und kehrte zum Wagen zurück. Während dessen hatte er unauffällig noch ein paar Fotos vom Haus und den Klingelschildern gemacht. Außerdem warf er einen Blick auf die Briefkästen, wo Lesniaks Name ebenfalls verzeichnet war. Durch den Schlitz hatte er leider nicht erkennen können, ob sich darin Post befand.

›Teil eins erledigt‹, dachte er, ehe er den Motor startete. ›Auf zur Werkstatt.‹

***

Zum Zeitpunkt, als Weber Lesniaks Wohnhaus betrat, befand sich dieser in seiner Werkstatt und beendete ein Telefonat mit einem Bekannten in Polen. Nachdenklich legte Lesniak das Mobilteil des Telefons auf den Schreibtisch. Ein zufriedenes Lächeln machte sich auf seinem Gesicht breit. Alles war soweit vorbereitet. Nichts sprach dagegen, dass es nicht wieder so gut laufen würde, wie beim letzten Mal. Nur noch wenige Tage und er konnte in ein neues Leben starten.

Er hatte sich schon Gedanken darüber gemacht, wohin er gehen würde, aber noch keine endgültige Entscheidung getroffen.

Im Radio waren die ersten Takte von „Hotel California" zu hören und spätestens beim Refrain überlegte Lesniak, dass Kalifornien auch nicht schlecht wäre. Er war noch nie dort gewesen, hatte allerdings im Fernsehen schon oft tolle Bilder der Gegend gesehen.

›San Francisco ist als Ausgangspunkt bestimmt ideal‹, dachte er so bei sich.

Warum nicht gleich einen Flug buchen?

Er hatte ja bereits gutes Geld mit dem ersten Coup verdient, sodass er den Flug locker bezahlen konnte. Die erste Klasse war auf jeden Fall drin.

Lesniak Grinsen wurde immer breiter. Er würde für heute Schluss machen, seine beiden Mitarbeiter nach Hause schicken und die Werkstatt dichtmachen. Was seine Leute oder die Kunden sagen würden, war ihm egal. Bald war er sowieso weg und die anderen konnten ihn mal.

Lesniak setzte seine Pläne in die Tat um und etwa zwanzig Minuten später fuhr er mit dem Pkw vom Gelände der Werkstatt. Dabei war er so euphorisch, aufgrund der rosigen Zukunft, dass er fast mit einem anderen Pkw zusammengestoßen wäre, der an der Werkstatt vorbeifuhr. Er konnte gerade noch rechtzeitig bremsen, ließ den Pkw vorbei und bog nach links Richtung Innenstadt ab.

***

Als Weber an Lesniaks Werkstatt vorbeifuhr, wäre er fast mit einem anderen Pkw zusammengestoßen, der vom Gelände hinunterfahren wollte. Er bekam einen Schreck, nicht nur wegen des Beinahe-Unfalls, sondern vor allem, da er Lesniak hinter dem Steuer des anderen Pkw erkannte. Der schien ihn glücklicherweise nicht zu sehen.

Webers Kinder

Weber fuhr noch ein Stück weiter und parkte dann am Straßenrand. Nachdem er sich vom ersten Schreck erholt hatte, stieg er aus und ging langsam die Straße zurück in Richtung Werkstatt. Als er sich dieser vorsichtig näherte, fiel ihm auf, dass sie anscheinend geschlossen war. Weber schaute auf die Uhr und zog überrascht eine Augenbraue nach oben.

Es war erst Viertel nach drei und normalerweise hatten kleinere Werkstätten immer bis 17 Uhr, oder sogar noch länger geöffnet. Weber fragte sich, ob Lesniak öfter so früh Feierabend machte, da er sich das leisten konnte. Langsam schritt er weiter darauf zu. Tatsächlich waren die Türen der Werkstatt geschlossen und man konnte auch keine Geräusche hören. Das Grundstück war von einem etwa 80cm hohen Metallzaun umgeben, der an der Zufahrt durch ein Tor geschlossen werden konnte. Lesniak hatte es bei seiner etwas überstürzten Abfahrt jedoch offen gelassen.

Weber schaute sich um, bemerkte, dass weit und breit keine Menschenseele zu sehen war, und betrat das Grundstück. Schnellen Schrittes ging er zur Rückseite des Gebäudes, wo er von der Straße aus nicht gesehen werden konnte. Erstaunt stellte er fest, dass sich hinter der eigentlichen Werkstatt noch eine große Halle befand. Bedauerlicherweise gab es dort keine Fenster, durch die man hätte hineinschauen können.

An der Frontseite sah er ein großes Rolltor, das verschlossen war, genau wie eine Tür, die sich neben dem Rolltor befand. Weber umrundete die Halle, fand aber keine weitere Tür, also ging er zur Werkstatt zurück.

Hier gab es Fenster, durch die er hineinschauen konnte. In der Werkstatt standen drei Autos, eins davon auf einer Hebebühne, ansonsten sah sie genauso aus wie jede andere Werkstatt, die Weber in den letzten Jahren durchsucht hatte.

Eine Werkbank erstreckte sich über die gesamte Rückwand der Werkstatt. Drei Werkzeugwagen, auf denen zahlreiche Gerätschaften lagen, standen im Raum verteilt da. Weber schloss daraus, dass drei Mechaniker hier arbeiteten. Er blickte sich noch etwas um, entdeckte aber nichts Interessantes, was ihn dazu bewog, das Gelände zu verlassen und zu seinem Auto zurückzugehen.

Die Kameras, die rund um die rückwärtige Halle geschickt angebracht waren, bemerkte er nicht.

Donnerstag, 06.08.2015
20:00 Uhr

Während Weber damit beschäftigt war, seine Kinder fürs Bett fertigzumachen, saß Andreas Simon mit einem großen Glas Jack Daniels in einem Liegestuhl in seinem Garten. Er hatte sich ein Haus im Bielefelder Süden gekauft, nachdem er das erste Jahr bei Renner gearbeitet hatte. Seiner kleinen Wohnung in der Innenstadt, in der er zuvor fast sieben Jahre gewohnt hatte, weinte er keine Träne nach. Das Haus war ein kleines, aber feines freistehendes Einfamilienhaus, das über einen schön angelegten Garten verfügte. Da er überhaupt nichts mit der Gärtnerei am Hut hatte, leistete sich Simon sogar einen Gärtner. Es handelte sich um einen Polen, den er von früher kannte und der für 5,-€ die Stunde den Garten instand hielt.

Im Moment konnte Simon den Anblick allerdings nicht so richtig genießen. Er dachte an die Besprechung vom Vormittag in Renners Büro. Sollte die bevorstehende Lieferung aus irgendwelchen Gründen schief laufen, würde es für ihn katastrophale Folgen haben. Zudem dachte er an das, was Renner ihnen eröffnet hatte, nachdem das Thema Lieferung erledigt war.

»Wie ihr ja wisst, bin ich immer auf der Suche nach neuen Geschäftsfeldern«, hatte Renner begonnen. »Und ich denke, dass ich nach längerem Überlegen ein sehr interessantes gefunden habe. Euch ist sicherlich zu Ohren gekommen, dass im Rahmen der Flüchtlingsströme auch viele Kinder ohne Eltern nach Deutschland gekommen sind. Diese bieten ein großes Potenzial.«

Renner hatte eine taktische Pause eingelegt.

»Da die Kinder ohne Angehörige hier ankommen, fällt es kaum jemandem auf, wenn das eine oder andere Kind verschwindet. Und wenn diese zudem in einem Auffangheim untergebracht und dann vermittelt werden ...« Bei dem Wort ›vermittelt‹ malte Renner Gänsefüßchen in die Luft. »Da fragt erst recht keiner mehr nach ihrem Verbleib. Es gibt einen großen Markt in Europa, auf dem viel Geld, vor allem für junge Kinder, gezahlt wird, egal ob Mädchen oder Jungen. Ich gedenke, mir einen nicht unerheblichen Anteil von diesem Kuchen abzuschneiden.«

Renner hatte eine erneute Pause gemacht und seine Mitstreiter der Reihe nach angesehen, als wollte er von jedem die Meinung zu seinem Plan hören. Keiner sagte etwas, nur von Fischer kam ein leichtes Nicken.

»Wie ich sehe, erhebt niemand Einwände gegen den Plan. Das ist gut. Fahren wir mit der weiteren Planung fort.«

›Und wenn jeder von uns den Plan als Mist bezeichnet hätte, hättest du trotzdem dran festgehalten‹, dachte Simon.

»An der Umsetzung des Plans wird bereits gearbeitet. Auf die Idee wurde ich durch einen Bekannten gebracht, der sich in dem Metier auskennt und sehr gute Kontakte hat, die uns bei der Vermittlung helfen können.« Bei dem Wort ›Vermittlung‹ malte Renner erneut Gänsefüßchen in die Luft. »Mein Bekannter, dem ich voll und ganz vertraue, wird die Leitung des Projekts übernehmen. Urs sollte ihm dabei zunächst zur Hand gehen, um ihn in die Gegebenheiten unseres Unternehmens einzuweihen und ihn zu unterstützen. In die genaueren Details werdet ihr nächste Woche eingeweiht. Bis dahin soll das Projekt so gut wie startbereit sein. Ich bin mir sicher, dieses neue Geschäftsfeld wird uns sehr viel Geld einbringen, von dem jeder von euch profitiert. In welchem Umfang wird noch festgelegt, aber lohnen wird es sich auf jeden Fall.«

Kurz darauf war die Besprechung beendet und ein neuer Termin für den nächsten Freitag vereinbart worden.

Simon trank sein Glas Whiskey aus und füllte sich direkt nach. In Renners Büro hatte er sich nicht getraut, etwas gegen den Plan zu sagen, aber er gefiel ihm ganz und gar nicht. Er hatte ein schlechtes Gefühl bei der Sache.

Simon war zwar ein ziemlich abgebrühter Krimineller und hatte überhaupt keine Probleme damit, andere Leute übers Ohr zu hauen, der Verkauf von Drogen bereitete ihm ebenfalls kein Kopfzerbrechen, aber Handel mit Kindern war doch etwas anderes. Es war natürlich etwas scheinheilig von jemandem, der den Handel von Prostituierten duldete und selbst daraus seinen Nutzen zog, zu sagen, dass ihn der mit Kindern störte. Doch diese zu verkaufen, vor allem in dem Wissen, was mit ihnen passieren würde, war für ihn nicht ok.

Was sollte er jedoch dagegen tun? Offen gegen Renners Plan protestieren? Dann konnte er gleich seine Sachen packen und wieder in einer schäbigen Werkstatt Autos reparieren. Den Plan verhindern oder gar der Polizei einen Tipp geben? Die Gefahr wäre zu groß, dass die Bullen sich auch für Renners andere Geschäfte interessierten und Simon unweigerlich in die Ermittlungen hineingezogen werden würde.

Sollte Renner davon erfahren, dass er ihn verpfiffen hatte, könnte er sich gleich selber die Kugel geben. Simon steckte in einer Klemme, aus der er selbst nach längerem Überlegen keinen gangbaren Ausweg fand. Er nahm noch einen großen Schluck seines Whiskeys und stand auf.

Mittlerweile war es fast 23 Uhr, Simon wollte ins Bett. Er setzte sich noch kurz an den Laptop, um zu schauen, ob neue Mails für ihn eingegangen waren. Da es keine gab, fuhr er den Laptop herunter. Dabei fiel sein Blick auf einen USB-Stick, der neben dem Laptop lag. Ihm kam eine Idee, wie er doch noch aus dieser Zwickmühle herauskommen könnte.

Freitag, 07.08.2015
08:00 Uhr

Weber saß in seinem Büro und entwarf den Plan für die Durchsuchungen. Er hatte sich ausgerechnet, dass er für die Wohnung vier Beamte und für die Werkstatt acht brauchen würde. Weber ging davon aus, dass vier Beamte für die Wohnung reichen würden, selbst wenn Lesniaks Freundin zu Hause war. Weber hatte über eine erneute Überprüfung der Wohnanschrift in Erfahrung bringen können, dass es sich bei der Person ›Kuzik‹, um Svetlana Kuzik handelte. Sie war 25 Jahre alt, polnische Staatsbürgerin und bereits einige Male wegen Prostitution aufgefallen.

Ihm war klar, dass es aufgrund der Urlaubszeit nicht leicht werden würde, so viele Beamte für den Einsatz zusammen zu bekommen. Zumal er Unterstützung aus anderen Kommissariaten benötigen würde. Dörmann hatte ihm versprochen, sich darum zu kümmern. Sollte sich dann bei der Durchsuchung herausstellen, dass nicht so viele Beamte benötigt wurden, konnte ein Teil der eingesetzten Kräfte wieder abrücken. Gleiches galt für die Werkstatt.

Weber hatte gehofft, in Erfahrung zu bringen, wie viele Mitarbeiter Lesniak beschäftigte, da die Werkstatt jedoch bei seinem ›Besuch‹ geschlossen war, hatte dies nicht geklappt. Er ging aber aufgrund seiner Beobachtungen vom Vortag davon aus, dass nicht mehr als drei Arbeiter beschäftigt waren. Allerdings konnte hier ebenfalls niemand voraussagen, wer sich sonst noch zum Zeitpunkt der Durchsuchung in der Werkstatt aufhielt. Die Größe des Geländes, vor allem die hinter der Werkstatt gelegene Halle, hatte Weber überrascht. Er fragte sich, wofür Lesniak eine so große Halle benötigte.

Die Durchsuchung wurde für Montag, den 11.08. angesetzt, dadurch hatte Dörmann den heutigen Tag Zeit, die benötigten Kollegen anzufordern und Weber konnte am Montagmorgen noch eine kurze Einsatzbesprechung abhalten.

Als Einsatzzeit hatte er 10 Uhr geplant.

Zu dieser Zeit, so war er sich sicher, würde die Werkstatt bestimmt offen sein und sie bräuchten nicht erst einen Schlüsseldienst anrufen, oder Lesniak um den Schlüssel bitten. Außerdem brauchte so niemand früher aufstehen als üblich. Weber war überhaupt kein Freund von Durchsuchungen in den frühen Morgenstunden, zumal er einen relativ weiten Weg zur Arbeit hatte. Andere Kollegen durchsuchten lieber morgens um 5 oder 6 Uhr, weil sie da sicher gehen konnten, dass der Beschuldigte noch zu Hause im Bett lag.

Die Leitung der Durchsuchung der Wohnung sollte eine Kollegin aus dem A3 übernehmen. Weber selbst wollte den Zugriff in der Werkstatt organisieren. Er bestellte bei der Verwaltung die passende Anzahl an Autos und Handys, anschließend teilte er jedem Team, bestehend aus zwei Beamten, die Wagen und Mobilfunkgeräte zu. Die Teams wollte er zusammenstellen, wenn er von Dörmann die Namen der Kollegen bekommen hatte. Sein Chef würde zudem als Ansprechpartner für die eingesetzten Kollegen dienen, falls es etwas zu überprüfen, oder zu organisieren gab.

Nachdem Weber alle vorhandenen Daten im Plan eingegeben hatte, speicherte er diesen ab und druckte zwei Exemplare aus. Mit einem davon ging er zu Dörmann, der sich sofort daran machte, die nötigen Leute zu organisieren.

Freitag, 07.08.2015
09:00 Uhr

Während Weber noch am Durchführungsplan saß und die Kennzeichen der Kfz hinzufügte, betrat Lesniak sein Büro der Werkstatt. Seine beiden Angestellten waren bereits seit einer Stunde bei der Arbeit.

Einem seiner Arbeiter, Erol Gülüsü, den er bereits seit 15 Jahren kannte und dem er vertraute, hatte er einen Schlüssel gegeben, sodass die beiden schon einmal anfangen konnten, auch wenn er selber noch nicht vor Ort war. Er kam damit allerdings auch nur in die Werkstatt und nicht ins Büro und erst recht nicht in die separate Halle. Diese beiden Bereiche waren dann doch zu wichtig, um ihm dort Zugang zu gewähren.

Diese Überlegung brachte Lesniak dazu, einen seiner zwei auf dem Schreibtisch stehenden Laptops hochzufahren. Dieser Laptop, ein HP Elite Book mit fast 4 Ghz Leistung, der im Handel um die 3.500,-€ kostete, war nicht für seine Buchführung bestimmt. Ein so teures Gerät hätte er sich niemals gekauft. Er war ihm von einem Geschäftspartner zur Verfügung gestellt worden. Gleiches galt für die vier Kameras, die versteckt außen an der rückwärtigen Seite der Halle angebracht waren, sowie die vier Kameras darin. Der Laptop zeichnete 24 Stunden am Tag alles auf, was sich in der Halle und um diese herum abspielte.

Lesniaks Aufgabe war es, sich jeden Morgen, auch am Wochenende, die Aufnahmen anzusehen, ob irgendetwas Verdächtiges darauf zu sehen war.

An den Zugängen zur Halle hatte man zudem eine hochwertige Alarmanlage angebracht, die sofort einen stummen Alarm auslöste, wenn sich jemand am Rolltor oder an der Tür zu schaffen machte. Dieser lief dann sowohl bei ihm, als bei einer privaten Sicherheitsfirma auf, die von seinem Geschäftspartner ausgesucht worden war.

Während der Laptop hochfuhr, wollte Lesniak die Anlage ausschalten, was er immer tat, wenn er sich in der Werkstatt aufhielt. Die Schaltzentrale der Alarmanlage befand sich versteckt hinter einer Uhr, die über der Tür zur Garage hing. Als Lesniak diese abnahm stellte er fest, dass er am Vortag vergessen hatte, die Alarmanlage anzuschalten. Er fluchte lauthals und stieg von dem Stuhl herunter, den er benutzt hatte, um an die Uhr heranzukommen.

Anscheinend war er gestern so euphorisch gewesen und dadurch so überhastet aufgebrochen, dass er die Alarmanlage völlig vergessen hatte. Ein weiterer heftiger Fluch drang aus seinem Mund, als ihm bewusst wurde, dass damit auch die Kameras rund um das Gelände nicht aktiviert worden waren. Die waren mit der Alarmanlage gekoppelt und wurden automatisch aktiviert, sobald die Anlage scharf geschalten wurde.

Lesniak hoffte inständig, dass nicht ausgerechnet in dieser Nacht jemand auf dem Gelände herumgelaufen war. Wurde wirklich Zeit, dass er von hier verschwand.

Freitag, 07.08.2015
09:15 Uhr

Während Lesniak fast vom Stuhl fiel, saß Andreas Simon in seinem Büro im Autohaus und starrte in den Verkaufsraum hinunter. Der Raum lag im ersten Stock und war total aus Glas, dadurch hatte er einen guten Blick, sowohl in den Verkaufsraum unter ihm, als auch auf die Herforder Straße.

Sein Schreibtisch war so ausgerichtet, dass er vom Bürostuhl aus alles überblicken konnte, was sich im Verkaufsraum tat und jeden früh im Blick hatte, der in sein Büro wollte. Simon schaute zwar hinunter, nahm aber gar nichts von dem wahr, was sich dort tat. Er starrte einfach geradeaus und spielte gedankenverloren mit dem USB-Stick, den er in seiner Sakkotasche mit sich herum trug.

Nachdem ihm gestern Abend eine Idee gekommen war, wie er sich gegenüber Renner absichern konnte, falls es einmal hart auf hart kam, grübelte er jetzt darüber nach, wie er seine Idee in die Tat umsetzen sollte. Gestern Abend war er noch euphorisch gewesen und hatte daraufhin so gut wie schon lange nicht mehr geschlafen, doch heute stellte sich bei näherer Betrachtung heraus, dass es verdammt schwer werden würde, den Plan durchzuführen. Er müsste sich dafür eine Weile allein in Renners Büro aufhalten, was an und für sich schon fast unmöglich war und dazu noch das Glück haben, dass der PC eingeschaltet und nicht gesperrt war.

Letztendlich musste er außerdem noch innerhalb relativ kurzer Zeit die Daten finden, die ihm weiterhelfen würden.

Plötzlich fiel Simon jemand ein, der ihm vielleicht helfen könnte. Er griff nach seinem Handy und scrollte die Kontakte durch, bis er die Nummer der Person fand.

Sie war unter IT gespeichert. Er drückte auf ›anrufen‹ und wartete.

Fünf Minuten später legte er das Handy mit einem zufriedenen Lächeln auf den Schreibtisch. Er hatte dem Mann am anderen Ende der Leitung, den er nur als Jo kannte, kurz erklärt, dass er dessen Hilfe in einer IT-Sache brauchte. Da sie nicht am Telefon darüber sprechen wollten, hatten sie sich für den nächsten Tag in einem Fast Food Restaurant am Bahnhof verabredet. Nun war Simon wieder etwas entspannter und zuversichtlicher als noch kurz zuvor.

Er gab sich einen Ruck und machte sich an seine Arbeit. Für die anderen Hindernisse würde er sicherlich auch noch eine Lösung finden.

Freitag, 07.08.2015
11:45 Uhr

Weber war mit der Durchsicht der Akten, die während seines Urlaubs von der StA Bielefeld übersandt und ihm zur Bearbeitung zugeteilt worden waren, beschäftigt, als Dörmann mit einem Zettel in der Hand das Büro betrat.

»Ich habe hier eine Liste mit den Namen der Kollegen, die für Dienstag zur Verfügung stehen«, sagte er und reichte Weber den Zettel. »Leider habe ich trotz aller Bettelei nur neun Leute zusammen bekommen.«

Weber überflog kurz die Liste.

»Okay«, meinte er nur und legte den Zettel auf seinen Schreibtisch. »Danke trotzdem. Dann muss ich eben mit weniger Kräften planen. Wird schon gehen.«

»Willst du die Durchsuchungen nicht doch lieber bis nach den Ferien verschieben?«, fragte Dörmann, doch Weber schüttelte den Kopf.

»So lange möchte ich nicht warten. Das sind immerhin noch drei Wochen und dann gehen die Kollegen in Urlaub, die nicht auf die Ferien angewiesen sind. Nein, wir machen das jetzt und dann ist die Sache vom Tisch.«

Dörmann nickte und verließ Webers Büro. Der nahm den Zettel mit den Namen der Kollegen erneut zur Hand und teilte die Teams ein. Da ihm nur eine ungerade Anzahl von Beamten zur Verfügung stand, teilte er drei Kollegen für die Durchsuchung der Wohnung ein. Zusätzlich wollte er versuchen, einen Streifenwagen zu organisieren, der sich vor dem Haus postierte und dessen Besatzung eingreifen konnte, falls es Schwierigkeiten geben sollte.

Für die Durchsuchung der Werkstatt entschied er, dass sechs Beamte genug wären. Er teilte sich selbst mit einer Kollegin aus dem Kommissariat ein, die er für sehr motiviert und intelligent hielt.

Nachdem der Plan nun komplett fertig war, verschickte er ihn per Mail an die Kollegen, die am Einsatz teilnehmen sollten und vermerkte gleichzeitig den Termin für die Einsatzbesprechung am Montag. Da es mittlerweile Zeit dafür war, holte er sich einen frischen Kaffee aus der Küche, zog seine Butterbrote aus seinem Rucksack und setzte sich zu den anderen Kollegen um erst einmal Mittagspause zu machen. So viel Zeit musste sein!

Eine Stunde später saß er wieder etwas motivierter an seinem Schreibtisch. Die Pause hatte ihm wie fast immer gutgetan und er ging mit frischem Elan an die Arbeit. Er grinste, als er daran zurückdachte. Das heutige Thema war die anstehende Geburtstagsfeier eines Kollegen gewesen, der in wenigen Wochen 50 wurde und alle eingeladen hatte. Es war intensiv darüber diskutiert worden, was man einem leidenschaftlichen Angler denn schenken könnte. Dabei waren konstruktive Vorschläge, wie ein Gutschein für einen Angelshop bis hin zu einem Eimer lebender Würmer dargeboten worden. Weber hatte vorgeschlagen ein T-Shirt mit dem Aufdruck ›Dieser Angler ist 50 Jahre alt, bitte halten sie ihm die Rute‹, der jedoch vor allem von den weiblichen Kollegen abgelehnt wurde. Letztendlich einigte man sich auf den Gutschein und ein Kochbuch über Fischgerichte.

Nun saß Weber also wieder in seinem Büro und vervollständigte die Einsatzakten. Jedes Team sollte so eine Akte mit einem kurzen Sachverhalt, der Lage der Objekte, einem Foto von Lesniak und den Sachen bekommen, die man hoffte, bei der Durchsuchung zu finden. Dabei ging es um Unterlagen über An- und Verkäufe von Pkw, Hinweise auf Verbindungen zu anderen Beteiligten, sowie die Sicherstellung von Datengeräten wie PCs und Laptops.

In die Akte für die Kollegen, welche die Wohnung durchsuchen sollten, legte er drei Ausfertigungen des Durchsuchungsbeschlusses. Einen weiteren für die Werkstatt, steckte er in seine eigene Mappe.

Gegen 15 Uhr war Weber dann endlich mit der Arbeit fertig und stapelte alle Unterlagen auf den Aktenbock neben seinem Schreibtisch. Erneut hole er sich einen Kaffee und beschloss, bis zum Dienstende um Viertel nach vier noch einige kleinere Anzeigen zu bearbeiten.

»Schönen Feierabend!«, riefen ihm die beiden Kollegen noch hinterher, die noch da waren, als er schließlich das Büro abschloss und in Richtung Keller marschierte, um sich umzuziehen.

»Euch auch!«, hob er die Hand zum Gruß ohne sich umzudrehen.

Schon kurz darauf setzte er sich aufs Rennrad und fuhr im strahlenden Sonnenschein nach Hause.

Freitag, 07.08.2015
17:30 Uhr

Als Weber zu Hause in Melle total verschwitzt vom Rennrad stieg, saß Andreas Simon noch in seinem Büro im Autohaus und führte ein Gespräch mit einem vermeintlichen Großkunden. Es handelte sich hierbei um eine Autovermietung, die eine Filiale in Bielefeld hatte. Sie wollte ihren Fahrzeugpool modernisieren und dazu eventuell ein paar Fahrzeuge kaufen.

Die Rede war von 10 - 15 Fahrzeugen der gehobenen Preisklasse, die nicht nur in Bielefeld, sondern in ganz Ostwestfalen-Lippe in den Filialen eingesetzt werden sollten. Bei einem Geschäft dieser Größenordnung wurden die Verhandlungen natürlich vom Geschäftsführer persönlich vorgenommen. Simon saß mit zwei Vertretern der Autovermietung und seinem Stellvertreter am Konferenztisch, als sein Handy klingelte. Er entschuldigte sich kurz bei den Anwesenden, nahm das Handy aus der Tasche und warf einen Blick aufs Display.

»Entschuldigen Sie bitte, aber das ist wichtig. Geben Sie mir einen Moment«, meinte er höflich und verließ das Büro.

Als er außer Hörweite war nahm er das Gespräch an.

»Was gibt es?«, fragte er direkt.

»Die Lieferung geht klar. Das Paket startet am 14. und trifft am 15. ein.«

»Okay«, brummte Simon. »Ich kann jetzt nicht weiter reden. Ich rufe später nochmal an.«

Damit beendete er das Gespräch und ging in sein Büro zurück.

»Die Familie«, sagte er nur entschuldigend und die Vertreter der Autovermietung nickten wissend.

***

Nachdem er seine neuen Kunden verabschiedet hatte, setzte sich Simon mit einem breiten Grinsen in seinen Schreibtischsessel. Im Moment schien alles für ihn zu laufen. Er hatte nun einen Plan, wie er sich vor Renner absichern konnte, der Transport würde wie geplant laufen und dazu hatte er soeben noch einen großen Fisch an Land gezogen. Den Vertretern der Autovermietung hatte Simon einen Deal vorgeschlagen, der für beide Seiten so lukrativ war, dass diese nach nur kurzer Beratung und einem Telefonat mit der Chefabteilung zugestimmt hatten.

Man hatte sich auf den Kauf von fünf Sportwagen, fünf Cabrios und fünf Coupes verständigt. Zudem wurde ihm ein weiteres Geschäft für die nahe Zukunft in Aussicht gestellt. Wenn die Lieferung ankam, wollte Simon die neuen Fahrzeuge ›in Auftrag‹ geben.

Das Geschäft hatte ein Gesamtvolumen von fast 550.000,-€. Er kalkulierte die Fahrzeuge mit etwa 150.000,-€ plus Kosten für die Beschaffung und Lieferung in Höhe von 20.000,-€. Somit blieb für die Firma ein Gewinn von etwa 350.000,-€ und somit für ihn ein fetter Bonus über.

Immer noch grinsend rief er seinen Kontaktmann in Polen an und erkundigte sich nach dem genauen Ablauf des Transports am nächsten Freitag.

Freitag, 07.08.2015
19:30 Uhr

Weber legte seine in eine Tasche eingepackte Westerngitarre auf den Rücksitz seines Skoda Oktavia Kombi und fuhr Richtung Melle. Seit einem Jahr traf er sich regelmäßig am Freitagabend mit vier Bekannten, um zusammen Musik zu machen. Durch seinen Freund Johannes Honig angesprochen, hatte er sich nicht lange überreden lassen, eine ›Band‹ zu gründen. Weber war begeistert, sich der Truppe um Honig anzuschließen. Schon als Jugendlicher hatte er eine Gitarre gekauft und sich das Spielen in Eigenregie beigebracht. Der Unterricht war ihm zu teuer gewesen.

Und so hatte es auch fast zehn Jahre und zahlreiche Bücher gedauert, bevor er das Instrument einigermaßen beherrschte. Später hatte er dann doch einen günstigen Gitarrenlehrer gefunden und sein Spiel durch vier Jahre Unterricht weiter verbessert. Bis Honig auf ihn zugekommen war, hatte er nur für sich selbst, seine Frau oder die Kinder gespielt. Seit gut einem Jahr übte er nun mit der Band. Ihr Repertoire beinhaltete hauptsächlich Rock-Songs, aber auch einige Country-Lieder und sogar ein paar Schlager. Sie harmonierten ganz gut zusammen und man hatte sogar überlegt, auf dem diesjährigen Herbstfest in Melle aufzutreten. Sollte das gut klappen, wäre das nächste Jahr sogar die Mai-Woche in Osnabrück eine Option.

Die Band traf sich im Keller des Wohnhauses des Schlagzeugers Boris Pieper.

Der war Besitzer einer Software Firma in Osnabrück und wohnte in einem riesen Haus in Borgloh. Den Keller des Hauses, der etwa eine Grundfläche von 110qm aufwies, hatte er zur Hälfte zu einem Übungsraum ausbauen lassen. Es gab sogar ein kleines Tonstudio, sodass sie in der Lage wären, eigene Songs einzuspielen. Dazu fehlte ihnen allerdings noch jemand, der eigene Songs schreiben konnte.

›Das wäre etwas zu viel gewesen‹, dachte sich Weber.

Als er eintraf, waren die anderen schon da und hatten bereits ihre Instrumente angeschlossen. Bevor sie jedoch anfingen zu üben, überbrachte ihnen Honig mit einem breiten Grinsen die Nachricht, dass er für die Band den Auftritt beim Herbstfest in Melle Ende September klargemacht hatte. Sie sollten am Freitagabend um 18 Uhr auf die Bühne und eine Stunde lang gecoverte Songs spielen.

›Na super‹, ging es Weber durch den Kopf und versuchte, nicht jetzt schon nervös zu werden. ›Hoffentlich geht das gut ...‹

Freitag, 07.08.2015
20:30 Uhr

Während Weber und der Rest der Band sich an ›Streets of London‹ versuchten, saß Simon immer noch in seinem Büro und überprüfte zum wiederholten Male den Ablauf für den angekündigten Transport. Seit dem Anruf aus Polen hatte er dies bereits dreimal getan. Zwar war es noch eine Woche hin und er würde den Ablauf sicher bis zum erwarteten Zeitpunkt noch einige Male durchgehen, aber nach dem letzten Fiasko durfte einfach nichts schiefgehen. Außerdem arbeitete er zwischendurch an der Umsetzung seines eigenen Plans.

Mittlerweile war er davon überzeugt, dass eine Chance bestand, Material gegen Renner in die Hände zu bekommen, welches für ihn eine Art Lebensversicherung darstellte. Zwar wusste er nicht, was er in seinen Besitz bringen konnte, aber er war sich sicher, dass es für seine Zwecke ausreichen würde.

Vor einiger Zeit war er einmal zu früh zu einem Termin beim Boss eingetroffen. Renners Sekretärin befand sich nicht an ihrem Platz und die Tür zum Büro war nur angelehnt gewesen. So hatte Simon geklopft und war direkt hinein marschiert. Sein Chef hatte etwas auf einem Laptop gelesen und diesen hektisch zugeklappt, als er Simon bemerkte. Er ließ den Laptop in einer Schublade seines Schreibtischs verschwinden, welche er dann abschloss. Dabei zeigte er den Gesichtsausdruck, wie ein kleiner Junge, der bei etwas Schlimmen erwischt worden war. Simon hatte registriert, dass es nicht der Laptop war, den Renner sonst nutzte.

Diesen Vorfall hatte er zwischenzeitlich komplett vergessen, bis er ihm gestern wieder eingefallen war, als er den USB-Stick in Händen hielt. Simon ging davon aus, dass sich auf diesem Gerät genug Material befand, um sich gegen den Boss abzusichern. Die Frage war nur: Wie kam er für einige Zeit unbemerkt in Renners Büro? Würde er auf Anhieb den Laptop finden? Falls dieser nicht mehr im Schreibtisch verwahrt wurde, hatte Simon ein Problem. Zudem brauchte er noch Zeit, um die entsprechenden Daten zu finden, und diese auf den USB-Stick zu ziehen.

Das Öffnen der verschlossenen Schreibtischschublade sollte kein Problem sein. Das hatte er schon unzählige Male gemacht und er hatte das entsprechende Werkzeug dafür, welches keine sichtbaren Schäden hinterließ. Simon schätzte, dass er für die ganze Aktion, wenn sie problemlos lief, etwa fünfzehn Minuten brauchen würde. Er musste halt nur ungesehen ins Büro hinein und wieder hinaus.

Aber auch da hatte er schon eine Idee.

Als Simon bei dieser Überlegung angelangt war, fiel ihm ein, dass er Renner noch über den Transport am nächsten Freitag informieren musste. Mit einem Seufzen griff er zum Handy und rief den Boss auf dessen Handy an. Es war zwar schon etwas später, aber Simon wusste, dass Renner immer sofort Bescheid wissen wollte, wenn ein Geschäft durchgeplant und terminiert war. Er meldete sich bereits nach dem ersten Klingeln und Simon berichtete ihm. Sein Chef nahm die Info mit einem kurzem »Okay.«, zur Kenntnis und beendete das Gespräch sofort wieder.

›Soweit, so gut‹, dachte Simon und lockerte etwas den Knoten seiner Krawatte.

Er blieb noch etwa eine halbe Stunde im Büro, ehe er sich auf den Weg nachhause machte.

Samstag, 08.08.2015
Irgendwann morgens

Als Weber aufwachte, spürte er bereits ein unangenehmes Pochen über seinem linken Auge. Er wusste, dass, wenn er nicht als Erstes zwei Schmerztabletten nahm, er tierische Kopfschmerzen bekommen würde. Seit seiner Jugend litt Weber unter Migräne und es war ihm nie gelungen, diese in den Griff zu bekommen. Zahlreichen Neurologen und Hausärzten hatten sich an ihm ausgetobt, aber ganz weg bekam die Migräne keiner. Seit fünf Jahren nahm er nun Tabletten, die ihm von einem Neurologen verschrieben worden waren und seitdem gingen die Migräneanfälle zwar zurück, aber verschwanden dennoch nicht. Da er bei jedem Anfall Schmerzmittel nehmen musste, rebellierte danach stets sein Magen. Auch dagegen schluckte er inzwischen Tabletten.

Zwar war es bei ihm nicht so schlimm, wie bei anderen, die bei einem Anfall in einem abgedunkelten Raum liegen mussten, weil sie kein Licht, oder keine Geräusche vertragen konnten, dafür merkte er teilweise schon Tage im Voraus, wenn sich etwas anbahnte. Seine Stimmung verschlechterte sich dermaßen, dass er teilweise aggressiv zu werden drohte, vor allem verbal. Oft bekamen seine Frau und die Kinder zu spüren, wenn er ungeduldig wurde und er sprichwörtlich aus einer Mücke einen Elefanten machte.

Auf der Arbeit konnte er sich bis jetzt noch immer weitestgehend zurückhalten, zumindest was seine Kollegen betraf. Bei dem ein oder anderen Beschuldigten oder Zeugen war es schon mal bei der Vernehmung lauter geworden, als es angemessen gewesen wäre. Einmal war er dabei derart über die Stränge geschlagen und hatte einen Zeugen am Telefon beleidigt, so dass dieser eine Beschwerde beim Polizeipräsidenten eingereicht hatte. Da er für das Gespräch zwei Zeugen anbrachte, die alles mit angehört hatten, wurde sogar ein Disziplinarverfahren gegen ihn eingeleitet, was mit einem Verweis für ihn endete. Das Schlimmste jedoch war, sich bei dem Zeugen in Anwesenheit des Polizeipräsidenten entschuldigen zu müssen und das an einem Tag, an dem sein Gemütszustand aufgrund einer nahenden Migräne extrem schlecht gewesen war. Aber er hatte es ohne ein böses Wort geschafft und ohne dem Zeugen oder dem Präsidenten an die Gurgel zu gehen.

Hinzu kam rund um die Anfälle noch eine bleierne Müdigkeit, die sich jedes Mal schwer auf seine Augenlider legte und die ihn große Überwindung kostete, sie nicht einfach zuzulassen. Zu Hause schlief er dann vor allem am Wochenende immer so lange, dass seine Frau teilweise wütend auf ihn wurde. Am schlimmsten war es dann, wenn vor dem Anfall eine sogenannte Aura auftrat.

Dabei bemerkte er zuerst auf einem Auge ein leichtes Flimmern, das sich dadurch bemerkbar machte, dass er Probleme bekam, Buchstaben und Zahlen deutlich zu erkennen.

Das Flimmern breitete sich dann auf beiden Augen aus, sodass er am Ende fast gar nicht mehr vernünftig lesen oder überhaupt sehen konnte. Einmal musste er sogar eine Vernehmung abbrechen, da er so gut wie nichts mehr sah. Wenn er nicht rechtzeitig zwei Tabletten nahm, wurden die Kopfschmerzen anschließend unerträglich. Seine Stimmung und Aggressivität erreichten dann extreme Tief- bzw. Höhepunkte. Zum Glück war er in diesen Situationen noch nie handgreiflich geworden. Zumindest bis auf einmal, aber davon hatte nie jemand etwas mitbekommen und es lag auch schon Jahre zurück.

Weber stieg aus dem Bett und ging direkt in die Küche, wo er seine Medikamente in einem Hängeschrank aufbewahrte. Er stapfte an seiner Frau vorbei, ohne ihr einen »Guten Morgen« zu wünschen. Er nahm gleich zwei Tabletten Schmerzmittel und zwei gegen die Magenprobleme und spülte sie mit einem Glas Leitungswasser herunter. Danach schlurfte er erneut eisern schweigend ins Badezimmer.

Yuna versuchte erst gar nicht, ihn anzusprechen, da sie die Anzeichen und die Folgen nur zu gut kannte und sich damit abgefunden hatte, dass ihr Mann an diesen Tagen nicht gut drauf war. Sie hatten oft darüber gesprochen und diskutiert, welche Möglichkeiten es noch gab, etwas daran zu ändern. Yuna hatte ihm nahelegt, es mit Akupunktur und alternativer Medizin zu versuchen. Auf Ersteres hatte er sich noch eingelassen, aber als das ebenfalls nichts brachte, wollte er von alternativer Medizin nichts mehr wissen. Ein Streit war die Folge gewesen, weil er es ablehnte. Die Sache mit den Stimmungen und der Müdigkeit hatte er ihr erklären können, aber wie stark seine Aggressivität tatsächlich manchmal wurde, hatte er ihr aus Angst nicht erzählt.

Weber wusch sich das Gesicht mit kaltem Wasser und putzte sich anschließend die Zähne, ehe er zurück ins Schlafzimmer ging, sich anzog und erneut die Küche in Angriff nahm. Die Kopfschmerzen waren etwas weniger geworden – die Tabletten halfen, sodass er sich einigermaßen bereit fühlte, menschlichen Lebewesen entgegen zu treten. Er hatte sich oft gefragt, was er machen würde, wenn die Tabletten eines Tages nicht mehr halfen. Mutierte er dann zum Amokläufer, oder beging Selbstmord?

Hastig schüttelte er den Kopf, um die Gedanken loszuwerden und gab seiner Frau einen Kuss auf den Mund.

»Kaffee?«, fragte sie mit einem leichten Lächeln im Gesicht und er nickte.

»Wo sind die Kinder?«, erkundigte er sich, als wäre ihm gerade erst eingefallen, dass er welche hatte.

»Der Kleine spielt im Wohnzimmer, die Großen sind zum Schwimmen ins Freibad gefahren.«

Jetzt hörte Weber auch die Geräusche seines spielenden Sohnes im Wohnzimmer. Er war so auf die Kopfschmerzen fixiert gewesen, dass er fast alles um sich herum vergessen hatte.

»Da sind die Großen aber heute mal früh aufgestanden«, brummte er.

Yuna, die gerade die Milch für seinen Kaffee aufschäumte, drehte sich halb zu ihm um und schaute ihn mit einem fragenden Blick an.

»Du hast wohl noch nicht auf die Uhr geschaut, was?«

Tatsächlich hatte er das nicht getan. Er warf einen Blick auf die Uhr am Backofen, als würde er sie zum ersten Mal sehen. Sie zeigte 10:40 Uhr.

»Oh Gott«, stöhnte er. »So spät schon? Ich dachte es wäre erst neun.«

»Papa, Papa, Papa«, hörte er die Stimme seines Sohnes, dazu die wohlbekannten Geräusche, wenn er über den Boden robbte und mit den Händen auf dem Laminat aufklatschte.

Weber nahm seinen Kaffee, den Yuna ihm auf den Küchentisch gestellt hatte, und bewegte sich in Richtung Wohnzimmer. Sein Sohn kam ihm schon auf halbem Weg entgegen. Als er ihn sah, streckte er die Arme aus und sagte wieder »Papa, Papa!«. Weber stellte die Tasse auf einen in der Nähe befindlichen Schrank und zog seinen Sohn in die Arme, der sich sofort an ihn kuschelte. Das hielt jedoch nur einen kurzen Moment, dann löste er sich von seiner Schulter und zeigte zur Spielecke, in der er anscheinend seine kompletten Spielsachen ausgeräumt hatte. Er plapperte etwas Unverständliches in Webers Richtung, aber mittlerweile wusste er als Vater genau, was sein Sohn von ihm wollte. Er schnappte sich seinen Kaffee vom Regal und setzte sich in der Spielecke auf den Boden, um die Holzeisenbahn aufzubauen.

Weber beobachtete seinen Sohn, während dieser mit wachsender Begeisterung die nächste Kiste mit Spielsachen ausräumte, und großzügig im Raum verteilte. Yuna und er waren zuerst geschockt gewesen, als sie die Diagnose erhalten hatten, dass ihr drittes Kind das Down-Syndrom haben würde. Für sie beide war eine schwere Zeit angebrochen, in der sie entscheiden mussten, ob sie die Schwangerschaft abbrechen wollten, oder nicht. Sie hatten sich in diesen Wochen viele Infos zum Thema Down Syndrom, oder Trisomie 21, geholt und dann zusammen entschieden. Besonders erschreckend hatte Weber gefunden, dass

80% aller Eltern ihre Kinder mit der Diagnose ›Down Syndrom‹ abtreiben ließen, wenn sie in einem frühen Stadium der Schwangerschaft davon erfuhren.
Ausschlaggebend für seine Frau und ihn war hingegen, dass ihr Sohn keine weitere Behinderung haben würde. Dies machte es ihnen leichter, die Entscheidung
zu fällen, das Kind zu bekommen.

Mittlerweile konnte sich Weber nichts mehr ohne Leon vorstellen. Der
Kleine hatte sein Leben und auch das seiner Frau und der Kinder, so bereichert,
dass sie ihn nicht mehr missen wollten. Natürlich gab es auch Probleme durch
die Behinderung und Weber machte sich immer wieder Gedanken und Sorgen,
wie die Zukunft seines jüngsten aussehen würde, aber er war sich sicher, dass
sie Leon ein glückliches und zufriedenes Leben bieten konnten. Zumindest in
seiner Welt und das war mehr, als zahlreiche Nichtbehinderte von sich behaupten konnten.

»Wollen wir heute ins Freibad fahren?«, unterbrach Yuna seine Gedanken.

»Was meinst du Leon?«, fragte er seinen Sohn. »Sollen wir schwimmen gehen?«

Leon legte das Spielzeug, an dem er gerade gekaut hatte, weg und deutete
mit dem Finger in Richtung Haustür.

»Da«, sagte er zweimal und Weber wusste, dass die Planung des Samstags
nun feststand.

Samstag, 08.08.2015
15:00 Uhr

Georg Renner saß am Schreibtisch und nippte an seinem Kaffee. Dabei las er auf dem Laptop einen Bericht aus der Wissenschaftsabteilung seines Unternehmens. Es ging um die neuesten Fortschritte, die im Bereich der DNA-Forschung gemacht wurden. Renner hatte schon immer ein Faible für den Bereich Genetik gehabt, seit er auf dem Gymnasium Biologie als Leistungskurs belegt hatte. Nach dem Abitur hätte er sehr gern in dem Bereich studiert, aber leider bezog sich seine Leidenschaft für die Schule nur auf diesen einen Bereich, sodass es nicht für einen Studienplatz gereicht hatte und er in einem ganz anderen sein Glück suchte und schließlich fand.

Sobald sein Erfolg jedoch eingesetzt hatte und er etwas Geld erübrigen konnte, steckte er dieses in den Aufbau einer Firma, die sich der Forschung im Bereich Genetik gewidmet hatte. Renner war der Vision erlegen, durch die Ergebnisse seiner Forschung ein Mittel gegen Krebs und andere Krankheiten zu finden. Sein Vater war qualvoll an Lungenkrebs gestorben und Renner wollte dieses Schicksal anderen Menschen ersparen. Soweit seine Motivation am Anfang. Später, als die ersten Erfolge der Forschung einsetzten, merkte er schnell, dass sich damit auch viel Geld machen ließ. Ab diesem Zeitpunkt war es ihm relativ egal, ob tatsächlich Menschen durch die Forschungen der Firma gerettet wurden. Klar war das noch ein Nebeneffekt der Forschung, aber mehr interessierte ihn das Geld.

Vor allem das Geld, das sich damit verdienen ließ, in Bereichen zu forschen, die nicht immer ganz legal oder moralisch einwandfrei waren. Renner war mittlerweile allerdings dank seiner anderen Geschäfte nicht mehr der moralischste Mensch.

Als Renner fast am Ende des Berichts angekommen war, der, wie er zufrieden feststellte, sehr positiv ausfiel und möglicherweise zum größten Geschäft seines Lebens werden konnte, klingelte das Handy.

»Ja«, sagte er nur.

»Ich bin unten«, entgegnete die männliche Stimme am anderen Ende der Leitung.

»Ich mache auf. Du weißt ja, wohin du musst.«

Renner drückte auf einen Knopf am Schreibtisch und öffnete damit eine Eingangstür an der Seite des Gebäudes. Diese hatte lediglich Zugang zum Aufzug, der direkt in den 8. Stock und somit zu seinem Büro führte. Dieser Eingang war für Besucher gedacht, die nicht durch das ganze Gebäude gehen sollten. Renner wollte nicht, dass bestimmte Leute von den Mitarbeitern gesehen wurden, die am Wochenende arbeiteten. Seine Sekretärin hatte samstags frei, sodass der Besuch für andere unbekannt bleiben würde.

Kurze Zeit später klopfte es an Renners Bürotür. Er verstaute den Laptop in der oberen rechten Schublade seines Schreibtisches und verschloss diese, bevor er »Herein« rief. Der Mann, der daraufhin das Büro betrat, war Ende dreißig, einsachtzig groß und hatte einen durchtrainierten Körper. In seinen mittellangen braunen Haaren, steckte eine Sonnenbrille. Trotz des heißen Wetters trug er einen schwarzen Anzug und ein Hemd mit Krawatte. Seine rechte Hand umschloss den Griff einer Aktentasche aus Leder, die teuer aussah. Renner erhob sich und ging dem Mann entgegen.

»Hallo Freddy, wie geht es dir?«

»Kann nicht klagen«, antwortete Freddy.

Der Firmenboss wies auf einen Sessel am Konferenztisch und Freddy setzte sich.

»Kaffee?«, fragte Renner.

»Gern. Schwarz bitte«, antwortete Freddy.

Renner schenkte eine Tasse Kaffee ein, nahm seine eigene und setzte sich Freddy gegenüber. Nachdem sie ein paar Minuten zwanglos geplaudert und den Kaffee genossen hatten, kam der Boss zur Sache.

»Du hast die Unterlagen dabei?«

Freddy nickte und öffnete seine Aktentasche.

»Ich habe alles auf einen USB Stick gespeichert und ebenfalls zum lesen ausgedruckt.«

Er überreichte Renner eine Mappe, in der sich einige eng beschriebene Seiten Papier und der angesprochene USB-Stick befanden. Der Firmenchef nahm die Mappe entgegen und überflog kurz die ersten Seiten.

»Du wirst feststellen, dass die Berechnungen genau das wiedergeben, was ich dir bei unserem letzten Treffen gesagt habe. Der Markt hat sich innerhalb von zwölf Monaten um ein Vielfaches vergrößert und das Angebot an neuer Ware wird in den nächsten Jahren noch steigen. Zudem melden sich immer neue

Kunden bei mir, die bereit sind, Höchstpreise für gute Ware zu zahlen. Jetzt ist genau der Zeitpunkt, an dem wir unser Geschäft ausweiten sollten, bevor die Kunden sich an jemand anderen wenden. Deshalb sollten wir jetzt expandieren und das Unternehmen in dein Imperium einbinden. Das Geschäft passt prima zu deinen anderen Unternehmungen, von denen ich so gehört habe.«

Renner sah von den Unterlagen auf und schaute Freddy an.

»Nichts für ungut«, meinte dieser und hob eine Hand. »Wenn wir die Sache schnell und konsequent angehen, können wir noch dieses Jahr einen mindestens 6-stelligen Gewinn machen. Einen hohen 6-stelligen Gewinn.«

Renner studierte noch einen Augenblick die Unterlagen, während Freddy seinen Kaffee austrank.

»Guter Kaffee«, brummte er. »Kann ich noch eine Tasse haben?«

Renner nahm Freddys Tasse und ging zur Anrichte neben seinem Schreibtisch. Erst, als er sich wieder an den Konferenztisch setzte, fing er an zu reden.

»Okay, die Unterlagen sehen gut aus. Etwas Anderes habe ich aufgrund unserer guten Zusammenarbeit in den letzten Jahren auch nicht erwartet.« Renner machte eine kurze Pause und Freddy nahm einen Schluck von seinem Kaffee. »Wie sieht es mit den Vorbereitungen aus?«

»Ich habe zwei Objekte im Auge, die sich als Unterkunft eignen würden. Beide sind im Besitz eines anderen Maklers. Ist auch besser so, da ich dadurch nicht direkt im Zusammenhang mit denen auftauche. Die Objekte liegen etwas außerhalb der Stadt, also perfekt für unser Vorhaben.«

»Also gut. Wir machen es wie besprochen. Wir gliedern das Projekt in meine Firma ein. Damit läuft es offiziell unter dem Mantel der Renner Group. Haben wir genug Leute, um dem Ganzen einen seriösen Anschein zu geben?«

Freddy nickte.

»Von der Seite aus ist nichts zu befürchten. Wie gesagt, unsere Kunden werden alles Personen sein, die gut verdienen und über ein gewisses Ansehen verfügen. Außerdem liefern wir ihnen hervorragende Ware, die sie sonst nicht so leicht bekommen würden. Wenn überhaupt...«

Renner hatte zwar immer noch ein leichtes Unwohlsein, wenn Freddy über ›die Ware‹ sprach – immerhin handelte es sich um Kinder und Jugendliche – doch Geschäft war nun mal Geschäft.

Und dieses war ein hervorragendes!

Samstag, 08.08.2015
16:05 Uhr

Zu dem Zeitpunkt als Renner und Freddy ihr Geschäft mit einem Handschlag besiegelten, saß Simon im McDonalds am Bahnhof und wartete auf Jo. Er hatte seinen Kaffee zur Hälfte ausgetrunken, als dieser zur Tür hereinkam, sich kurz umblickte, Simon an dem am weitesten entfernten Tisch entdeckte und direkt zu ihm kam. Jo wirkte stets wie der typische IT-Nerd: Lange dunkle Haare, die zu einem Zopf gebunden waren, Vollbart, stabile Figur und eine so helle Haut, dass man vermuten konnte, den überwiegenden Teil seines Lebens würde er in einem abgedunkelten Raum verbracht haben.

»Was kann ich für dich tun?«, kam er ohne Begrüßung auf den Punkt, während er sich setzte.

»Ich brauche ein Gerät, mit dem ich das Passwort eines Laptops innerhalb kürzester Zeit knacken kann. Außerdem muss ich, ebenfalls so schnell wie möglich, eine komplette Festplatte auslesen können, von der ich nicht weiß, wie groß sie ist.«

»Wann?«, wollte Jo wissen.

Das mochte Simon an ihm. Er machte keine großen Worte und kam immer direkt zur Sache.

»Anfang, spätestens Mitte nächster Woche.«

Jo nickte.

»Okay, wird aber nicht billig.«

»Egal«, sagte Simon.

»Dienstag 20 Uhr, gleiche Stelle«, brummte Jo, während er schon wieder aufstand und zum Ausgang eilte.

Er war ein komischer Typ, aber Simon wusste, dass er sich hundertprozentig auf ihn verlassen konnte. In Ruhe trank er seinen Kaffee aus und verließ ebenfalls den McDonalds, um sich den schönen Seiten des Lebens zu widmen. Heute wollte er dorthin fahren, wo ihm Fischer sicher nicht über den Weg laufen würde. Bei dem Gedanken konnte er sich ein hämisches Grinsen nicht verkneifen.

Dienstag, 11.08.2015
09:00 Uhr

Weber saß zusammen mit dem Rest des Teams, das ihn bei der Durchsuchung von Lesniaks Wohnung und Werkstatt unterstützen sollte, im Besprechungsraum der A3. Bereits am Tag zuvor hatte er die Kollegen in den Sachverhalt eingewiesen und den einzelnen Teams ihre Aufgaben zugewiesen. Jetzt wollte Weber nochmals kurz den Ablauf durchgehen und gegebenenfalls Fragen beantworten, die sich noch ergeben hatten. Glücklicherweise war keiner krank geworden, sodass er kurzfristig niemanden mehr nachordern musste.

Seine Kollegen waren bereits voll aufgerüstet. Einige trugen Schutzwesten, andere nicht. Weber hatte es bei diesem Einsatz den Kollegen selbst überlassen, ob sie eine Schutzweste anzogen oder nicht. Er trug keine, denn es war ihm dafür einfach zu heiß.

Zudem erwartete er auch bei den Durchsuchungen keine ernsthaften Schwierigkeiten. Lesniak war gegenüber der Polizei nie gewalttätig geworden und stand auch nie in Verbindung mit Schusswaffen oder anderen gefährlichen Gegenständen. Gleiches galt für seine Freundin Svetlana Kuzik. Natürlich konnte man nie wissen, wer sonst noch in der Werkstatt oder der Wohnung angetroffen wurde. In Lesniaks Umfeld waren jedoch nie gewaltbereite Personen angetroffen worden. Betrüger halt, die einem einen Kühlschrank in der Arktis, oder einen Pkw mit erheblichen Mängeln verkaufen konnten, ohne dass man Zweifel an dem Nutzen der Sachen hatte.

Da keine Fragen aufgetaucht waren, tranken einige Kollegen, darunter auch Weber, noch ihren Kaffee aus und gingen dann zu den Fahrzeugen.

Um kurz vor 10 Uhr parkte Weber den Dienstwagen in der Nähe von Lesniaks Werkstatt. Er wartete auf einen Anruf der anderen Kollegen, die zur Wohnung gefahren waren.

Auf jeden Fall sollten die Durchsuchungen gleichzeitig beginnen. Vom Parkplatz aus konnte er sehen, dass die Werkstatt geöffnet war. Lesniak war bislang nicht zu erkennen, aber er ging davon aus, dass dieser in seinem Büro saß.

Kurz darauf klingelte sein Diensthandy und die Kollegen meldeten, an der Wohnanschrift angekommen zu sein. Weber gab den Fahrern der anderen Pkw ein Zeichen und sie fuhren nacheinander auf das Gelände der Werkstatt. Als Weber vor die Halle fuhr, bemerkte er zwei Männer, die darin arbeiteten. Beide schauten auf, als sie die Türen von mehreren Fahrzeugen zuschlagen hörten und warteten gespannt, was als nächstes passieren würde. Weber war klar, dass sie sie bereits als Polizisten identifiziert hatten.

Während Weber die Halle betrat, ging rechts von ihm eine Tür auf und Lesniak kam heraus. Beim Anblick der Polizisten blieb er kurz stehen und machte ein überraschtes Gesicht. Dieses verschwand aber schnell wieder und er marschierte auf Weber zu.

»Herr Weber«, sagte er, »was für eine nette Überraschung.«

Weber gab den Kollegen ein Zeichen und jeweils zwei Beamte näherten sich den Arbeitern.

»Herr Lesniak«, antwortete Weber. »Lange nicht gesehen.«

»Ich hatte auch gehofft, dass es noch länger dauern würde. Nehmen sie es nicht persönlich.« Lesniak lächelte leicht.

Weber ging nicht auf die Bemerkung ein.

»Was kann ich für Sie tun?«, erkundigte sich Lesniak nach einer kurzen Pause.

Weber übergab ihm den Durchsuchungsbeschluss bevor er antwortete.

»Wir haben einen Durchsuchungsbeschluss für Ihre Werkstatt. Sie stehen erneut im Verdacht, mit manipulierten Autos zu handeln. Ganz wie früher«, brummte er.

Lesniak las sich den Beschluss in Ruhe durch, bevor er antwortete.

»Wie ich sehe, durchsuchen Sie auch meine Wohnung?«

»Genau. Ist dort zur Zeit jemand?«, fragte Weber.

Lesniak nickte.

»Meine Freundin müsste dort sein.«

»Also brauchen wir keinen Schlüsseldienst«, bemerkte Weber.

»Darf ich sie kurz anrufen, damit sie keinen Schock bekommt, wenn eine Horde Polizisten in die Wohnung stürmt?«

»Zum einen sind dort nur drei Kollegen und stürmen werden sie die Wohnung auch nicht. Sie klingeln oder klopfen ganz normal.« Weber warf einen kurzen Blick auf seine Uhr. 10:07 Uhr. »Außerdem dürfte es für eine Warnung schon zu spät sein.«

»Darf ich sie trotzdem anrufen und beruhigen? Sie wird ziemlich nervös sein.«

»Das können Sie später immer noch. Jetzt möchten wir Ihr Büro sehen.«

Weber schaute sich nach den anderen Kollegen um und sah, dass diese damit beschäftigt waren, die Personalien der Arbeiter aufzuschreiben. Zusammen mit Lesniak und seiner Kollegin Kathrin Stuber betrat Weber das Büro des Eigentümers.

»Was hoffen Sie, hier zu finden?«, seufzte Lesniak und setzte sich lässig an seinen Schreibtisch.

»Wir nehmen all Ihre Unterlagen und PC oder Laptop mit. Wie im Beschluss vermerkt.«

»Meinen Laptop können Sie nicht haben. Den brauche ich für die Arbeit«, entgegnete Lesniak.

»Sie werden wohl einige Zeit ohne ihn auskommen müssen«, meinte Stuber.

»Das geht nicht!«, beschwerte sich Lesniak. »Ich brauche die Daten der Kunden und der Fahrzeuge. Die befinden sich alle im Rechner.«

»Pech gehabt«, sagte Stuber.

Lesniak sprang auf.

»Wie ›Pech gehabt‹? Sie ruinieren meine Werkstatt! Ich werde Sie verklagen.«

»Machen Sie das.« Stuber zeigte eine erstaunliche Seelenruhe. »Den Laptop nehmen wir trotzdem mit.«

»Und wenn ich ihn nicht freiwillig herausgebe?«

»Dann nehmen wir ihn uns einfach«, sagte Stuber und schritt auf Lesniak zu.

Stuber war zwar einen Kopf kleiner als der Eigentümer der Werkstatt, aber sie war eine taffe Kollegin, die sich so leicht nicht einschüchtern ließ. Weber wusste, dass sie die Beschuldigten gern provozierte, und genoss das Spiel der beiden. Nun war aber doch Zeit einzugreifen.

»So jetzt beruhigen Sie sich erstmal Lesniak«, meinte Weber und machte ebenfalls ein paar Schritte auf die beiden zu.

»Ich soll mich beruhigen? Sagen Sie das Ihrer Kollegin! Und meinen Kunden, wenn die hier auftauchen und Theater machen, weil ich deren Autos nicht reparieren kann.«

»Ich kenne mich zwar nicht so gut mit der Reparatur von Pkw aus wie Sie, aber ich denke doch, Pkw werden immer noch mit Werkzeugen repariert und nicht mit dem Laptop. Oder gibt es dafür jetzt auch schon eine App?«

Lesniak wusste zuerst nicht, was Weber meinte, entspannte sich allerdings etwas, als er den Scherz bemerkte.

»Ich brauche die Kundendaten auf dem Rechner. Außerdem muss ich nach Ersatzteilen recherchieren. Meine Ankäufe und Verkäufe mache ich gleichfalls über das Internet.«

»Dann besorgen Sie sich einen neuen Laptop und machen Sie weiter. Der kommt mit uns«, fauchte Stuber und deutete zum Rechner auf Lesniaks Schreibtisch.

»Wenn Sie sich kooperativ zeigen, werde ich versuchen, die Auswertung Ihres Rechners zu beschleunigen.« Weber bemühte sich, diese Aussage etwas abzuschwächen.

»Das heißt?«, fragte Lesniak.

»Sie erklären sich mit der Sicherstellung und der Auswertung durch die Polizei einverstanden. Dann geht es schneller.« Weber kramte bereits in seiner Aktentasche.

Lesniak überlegte einen Moment.

»Ich rufe erst meinen Anwalt an«, sagte er.

»Wer ist das?«

»Stevens«, sagte Lesniak nur.

Weber nickte. Er kannte Stevens gut. Es war einer der bekanntesten Anwälte in OWL. Stevens war dafür berüchtigt, dass er eine gewisse Klientel anzog, die von Betrügern und Dieben bis hin zu Vergewaltigern und Mördern reichte. Dabei war es Stevens Hauptziel, die Arbeit der Polizei in ein schlechtes Licht zu rücken und so ein gutes Urteil oder einen Freispruch für seinen Mandanten zu erreichen. Ob dieser tatsächlich schuldig oder unschuldig war, spielte dabei für ihn keine Rolle. Der Rechtsanwalt war bereits bei einigen spektakulären Prozessen erfolgreich aufgetreten und hatte seinen Bekanntheitsgrad weit über OWL hinaus ausgedehnt. In der Kanzlei beschäftigte er drei Anwälte und zwei Anwältinnen, die alle gut zu tun hatten.

Weber hörte zu, wie Lesniak mit Stevens sprach.

»In Ordnung«, sagte der gerade in den Hörer. »Und was ist mit meiner Wohnung? Alles klar! Ich sage ihm Bescheid.« Dann legte er auf. »Sie sollen mit der Durchsuchung warten, bis mein Anwalt hier ist. Auch bei mir zu Hause.«

Weber nickte und rief die Kollegen an, die in der Wohnung waren. Dort lief alles gut. Lesniaks Freundin, eine dralle Blondine aus Polen, hatte den Kollegen die Tür geöffnet. Nach dem Telefonat schickte Weber Stuber in die Werkstatt, um den Kollegen mitzuteilen, dass sie auf das Eintreffen des Anwalts warten sollten. Dieser kam etwa fünfzehn Minuten später. Es war aber nicht Stevens selbst, sondern ein junger Anwalt aus seiner Kanzlei, der sich als Marlon Klocke vorstellte. Er las sich den Beschluss durch und besprach sich kurz allein mit Lesniak. Danach stand der weiteren Durchsuchung nichts mehr im Wege. Auch der Laptop wurde ohne weiteres Murren ausgehändigt.

»Was ist mit der Halle hinter der Werkstatt«, wollte Weber wissen, während er das Durchsuchungsprotokoll ausstellte.

»Die habe ich weitervermietet.«

»An wen?«, fragte Weber.

»An eine Firma.«

»Wie heißt die Firma?« Weber war genervt, da er Lesniak alles aus der Nase ziehen musste.

»HLM – Handelslogistik Müller«, antwortete Lesniak ähnlich knapp.

»Muss man Ihnen eigentlich alles aus der Nase ziehen?« Nun wurde Weber doch ärgerlich. »Können Sie mir nicht einfach sagen, wer die Halle gemietet hat und wer dahinter steckt, verdammt nochmal?«, bellte er plötzlich los.

Er spürte ein leichtes Pochen hinter seinem linken Auge, versuchte, sich zu entspannten.

»Herr Weber«, begann der junge Anwalt. »Ich weiß zwar nicht genau, wofür Sie diese Infos brauchen, da sich Ihr Beschluss nicht auf die Halle bezieht, da sie nicht von Herrn Lesniak genutzt wird. Unser Mandant ist Ihnen sehr entgegengekommen, deshalb ist es völlig überflüssig, unhöflich zu werden.«

Weber atmete einmal tief durch.

»Der Beschluss bezieht sich auf dieses Gelände und alle Gebäude die Herr Lesniak angemietet hat. Deshalb muss ich wissen, wer die Halle nutzt, oder wem das Gelände gehört. Je eher ich das weiß, kann ich hier wieder verschwinden.«

Klocke nickte Lesniak kurz zu.

»Die Firma kommt aus Lichtenstein. Vaduz glaube ich. Den Vertrag habe ich in meinen Unterlagen. Sie werden ihn dort sicher finden.« Lesniak war so dreist, diese Worte mit einem leichten Grinsen zu unterstreichen.

»Also gehört das gesamte Gelände Ihnen?«

»Nein«, antwortete Lesniak. »Ich habe das gesamte Gelände gemietet und die Halle weitervermietet. Und bevor Sie fragen, mit dem Einverständnis meines Vermieters.«

Langsam aber sicher riss Weber der Geduldsfaden.

»Und wer ist das?«

»Eine Privatperson aus Hamburg. Karl-Heinz Meyer. Mit y.« Lesniak grinste erneut. »Der Mietvertrag ist ebenfalls in den Unterlagen.«

Weber nahm sich vor, die Aktenordner ganz genau durchzusehen. Er füllte das Protokoll zu Ende aus und übergab Lesniak eine Durchschrift.

»Möchten Sie sich in irgendeiner Weise zur Sache äußern? Sie sind Beschuldigter und müssen es nicht, aber das wird Ihnen Ihr Anwalt sicher als erstes gesagt haben.«

»Herr Lesniak wird sich vorerst nicht auf diese Sache einlassen«, antwortete Klocke prompt. »Wir werden erst Akteneinsicht beantragen und dann entscheiden, ob wir uns äußern.«

»Etwas anderes habe ich auch gar nicht erwartet.«

Jetzt war es Weber, der ein sarkastisches Grinsen zeigte. Er ergriff seine Aktentasche und verließ Lesniaks Büro. Als er durch die Tür trat, wäre er fast über einen schwarzen Retriever gestolpert, der direkt hinter der Tür lag. Der Ermittler fluchte leise und drehte sich zu Lesniak um.

»Sie sollten Ihrem Hund beibringen, sich nicht direkt hinter Türen zu legen, sonst stolpert noch jemand über ihn.«

»Welchen Hund?«, fragte Lesniak ehrlich verblüfft. »Ich habe keinen.«

Weber drehte sich zur Halle um. Das Tier war verschwunden.

Zehn Minuten später verließen er und seine Kollegen das Werkstattgelände mit reichlich Akten und einem Laptop im Kofferraum. Die Kollegen aus der Wohnung hatten kurz vorher angerufen und gemeldet, dass sie ebenfalls fertig waren. Außer einem alten Laptop hatten sie allerdings nichts von Wert für das

Strafverfahren gefunden. Der Retriever war nicht nochmal aufgetaucht. Lesniaks Mitarbeiter gaben an, keinen zu besitzen. Auch von den Kollegen hatte keiner den Hund gesehen.

›Wohl ein Streuner‹, dachte er und lehnte sich im Sitz zurück.

***

Als Weber seine Gedanken zu dem Tier abschloss, hatte Lesniak bereits ein Handy in der Hand und wählte Simons Nummer. Der meldete sich nach dem dritten Klingeln, lauschte Lesniaks Bericht, ohne ihn zu unterbrechen.

»Haben wir etwas zu befürchten?«, erkundigte sich Simon, nachdem Lesniak geendet hatte.

»Nein«, sagte dieser sofort. »Alles im grünen Bereich.«

»Ok«, meinte Simon. »Dann läuft alles weiter wie geplant.«

»Gut«, antwortete Lesniak und legte auf.

Eigentlich hätte er die SIM-Karte und das Handy sofort vernichten sollen. Das Gerät wollte er noch nicht entsorgen, da er es erst vor einer Woche gekauft hatte und bald keins mehr brauchen würde. Da er momentan keine Lust hatte, die Karte zu wechseln, steckte er das Handy in seine Hosentasche. Die SIM-Karten und das Handy hatten die blöden Bullen nicht gefunden, da sie nur auf Akten und Papiere aus waren.

Einer seiner Mitarbeiter rief nach ihm und Lesniak stapfte zur Werkstatt. Der Mitarbeiter brauchte Hilfe beim Austausch eines Motors und er ging ihm zur Hand. Dabei bemerkte er nicht, dass ihm das Handy aus der Tasche fiel und unter die Werkbank rutschte.

***

Simon nahm die SIM-Karte aus dem Handy und legte sie in den Schredder. Das Mobilgerät würde er später irgendwo entsorgen. Er hatte damit gerechnet, dass die Bullen irgendwann bei Lesniak auftauchen würden. Das war also kein Problem.

Natürlich hätte er seinen ›Partner‹ dazu bringen können, nach außen nur noch seriöse Geschäfte zu machen, aber einerseits hätte kaum jemand geglaubt, dass er das tatsächlich machte, was unter Umständen mehr Probleme hätte mit sich bringen können. Lesniak war schon immer ein Kleinganove gewesen und niemand würde ihm zutrauen, sich mit den ganz Großen einzulassen. Außerdem stellte dessen Geschäft noch eine kleine Zusatzeinnahme für Simon dar, weil ihm Lesniak jeden Monat 10% vom Gewinn abgeben musste. Der Geschäftsmann war zudem Mieter der großen Halle, obwohl sein Name nirgendwo auftauchte. Er sorgte dafür, dass monatlich eine Mietzahlung für die Halle auf Lesniaks Geschäftskonto einging. Das Einzige, was Simon etwas beunruhigte, war die Tatsache, dass die Durchsuchung so kurz vor dem nächsten Transport stattfand. Hatten die Bullen etwa Wind von der Sache bekommen?

Diesen Gedanken wies Simon jedoch direkt wieder von sich. Wie sollten sie auch? Er war sich absolut sicher, dass es keine undichte Stelle gab. Allerdings war auch der letzte Transport in die Hose gegangen. Aber das war etwas anderes gewesen. Simon kam letztendlich zu dem Schluss, dass der Zeitpunkt nur ein dummer Zufall gewesen war. Nun musste er Renner jedoch wegen der Durchsuchung unterrichten. Besser sofort, als wenn er es aus anderen Quellen erfuhr.

Simon griff zum Handy und rief den Boss an. Nach dem Gespräch wiederholte er die gleiche Prozedur mit SIM-Karte und Handy wie nach dem Gespräch mit Lesniak. Er hielt diese Maßnahmen für übertrieben, aber Renner bestand darauf. Es gab eine Liste, in der alle SIM-Karten Nummern aufgeführt waren, sodass jeder wusste, welche Rufnummer der andere jeweils als Nächstes haben würde.

Nachdem er alles erledigt und sich Renners neue Handynummer eingeprägt hatte, lehnte er sich im Sessel zurück und dachte an den letzten Samstagabend. Er war fast sechs Stunden bei ihr gewesen und hätte am liebsten die Nacht mit ihr verbracht. Das war jedoch nicht möglich. Es war schon so ein großes Risiko, sich mit ihr zu treffen, das Simon aber gern einging. Die Kinder waren bei einer Freundin gewesen, da sie ihrem Mann gesagt hatte, dass sie ins Kino wollte. Sie waren wie wild übereinander hergefallen, da sie sich über zwei Wochen nicht gesehen hatten. Nach dem ersten intensiven Sex hatten sie nach kurzer Pause eine zweite nicht weniger schweißtreibende Runde eingelegt. Danach konnten sie erst einmal etwas voneinander lassen und aßen etwas.

Sie erzählte, wie sie die beiden letzten Wochen mit ihren Kindern verbracht hatte und er hörte ihr einfach nur zu. Die dritte Runde fand dann direkt am Esstisch statt. Danach kuschelten sie sich aufs Sofa und schmiedeten gemeinsame Pläne, von denen beide genau wussten, dass sie diese niemals würden umsetzen können.

»Warum eigentlich nicht?«, murmelte Simon jetzt.

Er hatte in den letzten Jahren ein geheimes Konto eröffnet und dort immer wieder größere Geldbeträge hin überwiesen. Es sollte ein Notgroschen sein, falls er mal schnell verschwinden musste. Das Geld würde ausreichen, um irgendwo weit weg ein neues Leben anzufangen, auch zu zweit. Da waren allerdings noch die Kinder, die sie auf keinen Fall zurücklassen wollte. Außerdem hatte sie Angst, dass ihr Mann sie finden und ihr und den Kindern etwas antun würde.

Simon wusste, dass sie sehr weit wegmussten, damit das nicht passieren konnte. Zudem brauchten alle eine neue Identität und die musste sehr gut sein. Das kostete viel Geld. Also sparte Simon weiter und hoffte, bald genug zusammen zu haben. Es gab aber auch eine andere Möglichkeit, ihren Mann davon abzuhalten, nach ihnen zu suchen.

Simon wusste genug über ihn, um ihn bei der Polizei ans Messer zu liefern. Wenn er das Geld zusammen hatte, würde er genau das tun.

Um 16 Uhr saß Simon erneut im McDonalds am Bahnhof und trank einen Kaffee. Kaum hatte er sich gesetzt, erschien Jo. Er setzte sich ihm gegenüber und schob Simon einen dicken Umschlag zu.

»Darin ist alles, was du brauchst«, sagte er.

Simon nahm das Päckchen entgegen und überreichte Jo einen nicht weniger dicken Umschlag. Der nickte, stand auf und verließ den McDonalds. Den Umschlag in die Innentasche seiner Jacke steckend, trank Simon seinen Kaffee aus und ging ebenfalls.

Donnerstag, 13.08.2015
10:00 Uhr

Weber klappte den nächsten Aktenordner zu und rieb sich die Augen. Seit der Durchsuchung am Dienstag hatte er mittlerweile sechs dicke Ordner mit Unterlagen über den An- und Verkauf von Pkw durchgesehen. Insgesamt hatten sie in Lesniaks Werkstatt zwölf Hefter mit Unterlagen aus den Jahren 2013 bis 2015 aufgefunden. Die ersten Ankäufe von Fahrzeugen wurden im April 2013 getätigt, also nur zwei Monate, nachdem er aus dem Knast entlassen worden war.

Weber fragte sich, woher er das Geld gehabt hatte, um die Werkstatt zu eröffnen. Immerhin musste er die kompletten Werkzeuge kaufen und das Geld für die Miete zahlen. Oder hatte er das Gebäude samt Werkzeug und Zubehör gemietet? Trotzdem musste es einige Euro gekostet haben. Aus den Verträgen ging zudem hervor, dass Lesniak im ersten Monat zehn Wagen erstanden hatte. Diese hatten ihn zusammen fast 9.000,-€ gekostet. Woher kam die Kohle?

War noch Geld aus seinen Geschäften vor der Verurteilung vorhanden gewesen? Weber konnte sich das schwerlich vorstellen, insbesondere bei so einer Summe. Er ging eher davon aus, dass Lesniak Starthilfe bekommen hatte. Unschlüssig, ob es sich lohnen würde, eine Kontoübersicht von Lesniaks Konto aus den letzten zwei bis drei Jahren anzufordern, saß Weber da.

Am besten redete er mit den Finanzermittlern und der Staatsanwaltschaft darüber. Lesniak hatte die Pkw, die er gekauft hatte, später mit einem Gewinn von 5.000,-€ weiter vertrieben. Diese Vorgehensweise setzte sich in den folgenden Monaten fort.

Weber war mit der Durchsicht der Unterlagen mittlerweile im August 2014 angekommen. Nach groben Berechnungen hatte Lesniak bis zu diesem Zeitpunkt einen Gewinn von etwa 100.000,-€ gemacht. Die Qualität der angekauften Pkw stieg mit dem wachsenden Gewinn. Waren es anfangs hauptsächlich acht bis zehn Jahre alte Autos gewesen, so legte sich Lesniak im August 2014 nur noch Pkw zu, die nicht älter als 3 Jahre waren. Zudem waren es ab da nur noch Pkw der absoluten Oberklasse.

Dass die Geschäfte gut liefen, zeigte auch die Tatsache, dass Lesniak Ende 2013 den ersten Mitarbeiter einstellte. Der zweite folgte knapp zwei Monate später. Mittlerweile beschäftigte er drei Personen. Der dritte Angestellte schien allerdings gerade im Urlaub zu sein. Bei Ersteren handelte es sich um Polen.

Die beiden, die sich in der Werkstatt aufgehalten hatten, waren überprüft worden und es stellte sich heraus, dass sie Brüder waren und seit fünf Jahren in Deutschland, davon die letzten drei in Bielefeld lebten. Beide waren verheiratet und hatten Kinder.

Der dritte Mitarbeiter, dessen Personalien sie in den Akten gefunden hatten, war Russe und erst seit einem Jahr in Deutschland. Seine Familie lebte noch in Russland, wo er sich selbst gerade angeblich aufhielt.

Alle drei waren polizeilich noch nicht in Erscheinung getreten, also schien der Werkstattbesitzer seine Mitarbeiter gut ausgesucht zu haben. Allerdings reichte es ja vollkommen aus, wenn der Chef schon reichlich Erfahrung mit der Polizei hatte.

Weber fand bis jetzt Unterlagen zu vier Fahrzeugen, zu denen Anzeigen vorlagen. Bei den Ankaufverträgen ließen sich jedoch keine Hinweise auf Manipulationen finden. Lesniak hatte etliche Fahrzeuge nicht direkt von den letzten Besitzern gekauft, sondern diese über einen Zwischenhändler erworben. Da die Angaben zu Unfallschäden und Kilometerständen in den Verträgen zu den Daten passten, die später in den Kaufverträgen der Geschädigten auftauchten, konnte man ihm auf diesem Weg kein strafbares Handeln nachweisen. Weber würde sich also die Mühe machen müssen, die Zwischenhändler aufzuspüren und zu befragen. Dies würde vermutlich in allen Fällen schwierig bis unmöglich werden, da diese hauptsächlich im Ausland, wie Polen, Ukraine und Litauen ihren Sitz hatten.

Weber seufzte und nahm sich den nächsten Ordner vor.

Um Punkt 12 machte Weber eine Pause, um sich einen Kaffee zu holen. Auf dem Rückweg zu seinem Büro wurde er von Kathrin Stuber angesprochen.

»Wie läuft es mit der Auswertung?«, rief sie aus ihrem Büro.

Es war eine willkommene Ablenkung, weshalb Weber in ihr Büro ging und sich ihr gegenüber an den freien Schreibtisch setzte. In jedem Büro gab es zwei Schreibtische, die sich gegenüberstanden. Der eine Platz war frei, da Stubers Zimmerkollege noch im Urlaub war. Weber stellte die Kaffeetasse auf dem Schreibtisch ab und erzählte von seiner mühsamen Auswertearbeit.

»Ich denke, dass ich bis Ende der Woche durch bin. Montag werde ich ihm die Unterlagen zurückbringen, die ich nicht brauche. Bei der Gelegenheit versuche ich nochmal, mit ihm zu reden. Ich glaube nicht, dass es was bringen wird, aber was hab ich schon zu verlieren. Vor allem diese große Halle lässt mir keine Ruhe. Ich will wissen, was da drin passiert.«

»Meinst du, er lässt dort die Autos aufbereiten?«, fragte Stuber.

Weber schüttelte den Kopf.

»Zu nah dran. Ich denke eher, er macht das woanders.«

»Hast du schon etwas über die Firma erfahren, die die Halle nutzt?« Kathrin Stuber schien für das Thema ganz Feuer und Flamme zu sein. Man merkte, dass sie Lesniak nicht sonderlich leiden konnte.

»Noch nicht. Aber ich denke, das werde ich gleich mal tun. Und wie läuft es bei dir?«, erkundigte sich Weber.

»Immer das gleiche«, antwortete Stuber. »Die Leute sind einfach zu leichtgläubig, wenn es um Käufe im Internet geht. Da winkt das große Schnäppchen und der Verstand scheint auszusetzen. Dann überweist man schon mal 5.000,-€ als Anzahlung für das Traumauto nach England und dann, oh Schreck, meldet sich der Verkäufer nicht mehr. Manche Leute sind einfach selbst dran schuld. Da frage ich mich, ist das noch Betrug oder einfach Dummheit.«

Sie schüttelte den Kopf.

»Aber solange die Anzeigen bei uns auf dem Tisch landen, werden wir uns drum kümmern müssen. Egal, wie leichtsinnig manche sind«, antwortete Weber und lächelte seine Kollegin aufmunternd an.

»In diesem Sinne«, seufzte Stuber und schlug die nächste Akte auf.

Weber erhob sich, griff nach der Tasse und marschierte ins Geschäftszimmer, um zu schauen, was für neue Vorgänge in seinem Fach lagen. Er nahm diese heraus und sah sie kurz durch. Dabei fiel eine Postkarte aus dem Stapel.

Weber legte die Akten zur Seite und hob die Karte auf. Es handelte sich um eine normale Postkarte, die aber nicht beschrieben war. Nicht einmal sein Name stand darauf. Neugierig betrachtete er das Bild. Es zeigte den Hauseingang eines augenscheinlich alten, aber renovierten Hauses, das ihm bekannt vorkam. Er drehte die Karte um und las den Hinweis zum Bild.

›Berggasse 19, 1090 Wien; Sigmund-Freud-Museum.‹

Weber runzelte die Stirn. Wer hatte ihm die Karte ins Fach gelegt? Da kein Empfänger eingetragen war, konnte sie nicht mit der Post gekommen sein. Auf einen Verdacht hin, ging Weber zu Dörmann.

»Hast du mir die Postkarte in mein Fach gelegt?«, fragte er ihn.

Dörmann sah vom Bildschirm auf.

»Was für eine Karte?«

Weber wedelte damit herum.

»Die hier. Mit einem Motiv aus Wien.«

Sein Chef schnappte sich die Postkarte und sah sie sich an, dann schüttelte er den Kopf.

»Habe ich noch nie gesehen«, sagte er. »Vielleicht einer der anderen Kollegen?«

Weber zuckte mit den Schultern.

»Die Karte lag zwischen den ganzen Rotakten. Ich glaube, die lag schon länger dort.«

»Ich habe sie auf jeden Fall nicht da reingelegt«, meinte Dörmann und wandte die Aufmerksamkeit wieder seinem Bildschirm zu.

»Alles klar, danke. Ich frage mal die anderen.«

Weber verließ Dörmanns Büro. Aber auch von den anderen anwesenden Kollegen hatte ihm keiner die Karte ins Fach gelegt. Es war ziemlich eigenartig!

Nachdenklich stapfte Weber in sein Büro zurück. Er warf noch einen letzten Blick auf die Postkarte, dann öffnete er die oberste Schublade des Schreibtischs und legte sie hinein. Danach widmete er sich erneut den sichergestellten Ordnern.

Donnerstag, 13.08.2015
18:00 Uhr

Je weiter der Tag vorrückte, umso nervöser wurde Simon. Für 20 Uhr war das Treffen mit dem neuen Geschäftspartner in Renners Büro angesetzt. Simon hatte ein ungutes Gefühl, was ihnen dort für ein neues Projekt vorgestellt werden würde.

Das war es allerdings nicht, was ihn so nervös machte. Er hatte sich den heutigen Tag dafür ausgesucht, Renners Laptop anzuzapfen. Das Treffen war um eine Stunde nach hinten verschoben worden, da Renner zuvor noch einen Termin in Hamburg hatte und es deshalb nicht rechtzeig schaffen würde. Diese Gelegenheit wollte Simon nutzen. Er nahm sich vor, bereits zum eigentlichen Termin um 19 Uhr vor Ort zu sein, und so tun, als ob er die Verlegung vergessen hätte. Er hoffte, Renners Sekretärin dazu zu bringen, ihn im Büro des Bosses warten zu lassen. Zumindest ging er davon aus, dass die Sekretärin noch da war. Solang Simon an den Treffen teilnahm, war sie immer geblieben, bis alle Besucher eingetroffen waren.

Wenn Simon dann erstmal im Büro war, würde er den Rest schon hinbekommen. Hoffentlich nahm Renner den versteckten Laptop nicht mit nach Hamburg.

Am liebsten hätte er jetzt ein Bier getrunken, oder besser zwei, um die Nerven zu beruhigen. Er wollte jedoch nicht, dass Renner eventuell bemerkte, dass er Alkohol zu sich genommen hatte. Der Boss mochte es überhaupt nicht, wenn jemand vor oder während der Treffen Alkohol trank. Also musste es ohne gehen.

Simon nahm nun schon zum wiederholten Mal das Gerät in die Hand, das ihm Jo gegeben hatte, um das Passwort des Laptops zu knacken. Um auf Nummer sicher zu gehen, übte er nochmals die Tastenkombination, die er drücken musste, damit ihm später ja kein Fehler unterlief. Nachdem er den Ablauf drei Mal durchgegangen war, packte er das Gerät in seine Aktentasche.

Mittlerweile war es 18:30 Uhr. Zeit zum Aufbruch.

Um 18:50 Uhr stellte Simon den Wagen vor dem Bürogebäude Renners ab. Er atmete tief durch, bevor er sich mit der Aktentasche bewaffnete und ausstieg. Er hatte Glück. Renners Sekretärin, Pia Brüggen, eine hübsche Blondine von 25 Jahren, war noch im Büro. Sie wirkte überrascht, als Simon den Vorraum von betrat.

»Hallo Pia«, begrüßte Simon sie, als wäre alles wie immer. »Wie geht es Ihnen? Sind die anderen schon da?«

»Herr Simon«, antwortete sie. »Sie sind zu früh. Der Termin wurde doch auf 20 Uhr verschoben.«

Er versuchte, eine überraschte Miene zu machen, und schlug sich mit der Hand an den Kopf.

»Ach, Mist«, brummte er und hoffte, dass er seine Rolle gut spielte. »Das habe ich total verdrängt. Also ist noch niemand hier? Auch Renner nicht?«

»Herr Renner ist noch auf der Rückfahrt von Hamburg. Er wird erst kurz vor acht eintreffen.«

»Mist«, wiederholte Simon und ließ sich in einen Sessel sinken. »Was mache ich jetzt?«

Absichtlich mied er Pias Blick.

»Später wiederkommen?«, schlug sie vor. »Etwas essen gehen?«

»Ich habe bereits gegessen«, log Simon. »Und noch was anderes zu unternehmen lohnt sich nicht.«

Er seufzte tief. Dann tat er so, als käme ihm eine Idee.

»Ich könnte die Zeit natürlich nutzen, etwas Papierkram aufzuarbeiten. Darf ich mich in Renners Büro setzen?«, fragte er die Sekretärin.

Sie schien etwas unsicher deswegen zu sein.

»Können Sie nicht hier arbeiten?« Ihr Gesichtsausdruck verriet die Unruhe. »Herr Renner sieht es überhaupt nicht gern, wenn andere Personen allein in seinem Büro sind.«

Simon ließ den Blick über den Vorraum schweifen.

»Wäre ziemlich umständlich, hier zu arbeiten. Es sei denn, Sie überlassen mir Ihren Schreibtisch.«

Simon hielt diesen Vorschlag für eine gute Idee, um zu zeigen, dass er nicht darauf bestand in Renners Büro zu gelangen. Er erhoffte sich jedoch, dass Pia auf den Vorschlag nicht eingehen würde. Die Sekretärin überlegte einen Moment ernsthaft, bevor sie antwortete.

»Ich muss leider selbst noch einiges erledigen, ehe Herr Renner zurück ist.«

Simon atmete erleichtert aus.

»Ich verspreche Ihnen, ich bin wieder raus, bevor Renner hier ist«, legte er direkt nach.

Pia ächzte leise, dann knickte sie ein.

»Also gut. Aber um Viertel vor Acht müssen sie fertig sein.«

»Versprochen«, sagte er lächelnd und schlenderte direkt ins Büro, bevor es sich die Sekretärin noch anders überlegen konnte.

»Ich lehne die Tür an«, erklärte Simon ihr. »Ich muss noch ein wichtiges Telefonat führen.«

Er wartete Pias Antwort nicht ab, hoffte nur, dass sie zwischendurch nicht ins Büro kommen würde. Simon eilte zu Renners Schreibtisch und legte die Aktentasche darauf ab. Mit einem prüfenden Blick zur Tür öffnete er die Tasche und nahm das Gerät zum Knacken der Passwörter heraus. Jo hatte ihm versichert, dass dieses Ding nicht nur Passwörter knacken, sondern zudem die gesamten Dateien auf dem Laptop innerhalb von zehn bis fünfzehn Minuten kopieren und auf einer eingebauten Festplatte speichern konnte. Simon brauchte also keinen zusätzlichen USB-Stick. Er platzierte das Gerät auf der Arbeitsfläche unter der Aktentasche und zückte ein kleines ledernes Etui. Der Inhalt hatte ihm schon einige Türen geöffnet und das im wahrsten Sinne des Wortes.

Er entnahm zwei kleine Werkzeuge und machte sich an der Schublade zu schaffen, in der er den Laptop vermutete. Innerhalb von einer Minute hatte er sie geöffnet. Ihm rutschte das Herz in die Hose, als er bemerkte, dass die Schublade leer war.

»Scheiße«, murmelte er und richtete sich auf.

In dem Moment klopfte es an der Tür und Pia steckte den blonden Kopf herein.

»Möchten Sie ebenfalls einen Kaffee?«, wollte sie wissen. »Ich setze gerade welchen für mich auf.«

Simon konnte nur den Kopf schütteln. Renners Sekretärin wandte sich schon wieder ab, als er seine Sprache wiederfand.

»Pia.« Er räusperte sich. »Ich muss jetzt gleich telefonieren und möchte nicht gestört werden.«

Die Blondine schaute etwas pikiert, von ihm eine solche Ansage in Renners Büro zu erhalten, nickte aber und schloss die Tür ganz. Simon sank im Sessel zusammen.

›Das war knapp‹, dachte er.

Fieberhaft untersuchte er nochmals die Schublade, die immer noch offenstand. Vielleicht gab es ja ein Geheimfach, in dem der Laptop lag. Leider konnte Simon keins finden. Er verschloss die Schublade, als wäre nie etwas vorgefallen, und betrachtete das Möbelstück eingehend. Es befand sich noch eine zweite Schublade auf der Seite des Schreibtischs. Simon öffnete diese ebenfalls und hätte fast vor Freude aufgeschrien, als er darin den Laptop vorfand.

Mit einem Blick zur Tür nahm er diesen heraus und legte ihn auf dem Schreibtisch ab. Ohne weitere Zeit zu verlieren, fuhr er das Gerät hoch. Es verlangte die Eingabe eines Passworts. Obwohl Simon darauf vorbereitet war, hatte er doch gehofft, dass es notwendig war. Es half jedoch nichts. So schloss er das Spielzeug von Jo an und wartete, was passieren würde. Einen langen Augenblick geschah nichts.

›Jetzt mach schon!‹, ging es Simon durch den Kopf und er trommelte nervös auf der Tischplatte herum.

Die Anzeige auf dem Gerät erwachte zum Leben. ›Passwort wird entschlüsselt‹, stand dort.

Simon erinnerte sich daran, dass er Renners Sekretärin von einem wichtigen Telefonat erzählt hatte, weshalb er sein Handy zückte und so tat, als würde er mit jemandem reden. Dabei wurde er zwischendurch etwas lauter, damit Pia auch trotz der geschlossenen Tür mitbekam, dass er telefonierte. Nach einer gefühlten Ewigkeit meldete das Gerät den nächsten Status. ›Passwort entschlüsselt, beginne mit Übertragung.‹

Plötzlich läutete das Telefon auf Renners Schreibtisch. Simon fuhr erschrocken zusammen und warf einen Blick aufs Display. Es war Pia.

Simon nahm das Gespräch an.

»Was gibt es?«, erkundigte er sich.

»Herr Renner hat gerade angerufen. Er ist in zehn Minuten hier. Sie müssen so langsam fertig werden.« Die Blondine klang sehr nervös.

»Okay, komme gleich raus«, sagte er und legte auf.

Er schaute auf den Bildschirm des Gerätes.

›40% fertig‹, konnte man dort lesen.

Simon schluckte. Würde die Zeit reichen?

Die nächsten Minuten fühlten sich wie eine Ewigkeit für ihn an. Nach etwa drei Stunden, tatsächlich waren es sieben Minuten, war der Kopiervorgang endlich beendet. Simon meinte, ein Auto auf den unter dem Fenster befindlichen Parkplatz fahren zu hören. Jetzt wurde es aber richtig knapp.

Er trennte das Gerät vom Laptop, klickte auf herunterfahren und klappte ihn zu. Hektisch verstaute er ihn wieder in der Schublade und verschloss diese, ehe er das Spielzeug von Jo in die Aktentasche packte, sich diese schnappte, einen letzten Blick auf den Schreibtisch warf, dass er auch nichts vergessen hatte und zur Tür schritt.

Renners Sekretärin schaute erleichtert drein, als er aus dem Büro marschierte. Er hatte sich gerade auf einen Stuhl im Vorraum gesetzt, als Renner diesen betrat. Es war 19:50 Uhr.

***

Nicht einmal fünfzehn Minuten später saßen alle versammelt in Renners Büro. Der Boss hatte zwar überrascht geschaut, als er Simon erblickte, aber kein Wort über sein frühes Erscheinen verloren. Jetzt warteten alle am Konferenztisch, einschließlich des Mannes, der das neue Geschäftsmodell präsentieren sollte. Simon warf ihm einen Blick zu. Er kannte ihn nicht und Renner hatte ihn noch nicht vorgestellt.

Simon beäugte auch Fischer und Craig. Sie machten einen neugierigen Eindruck. Offensichtlich wussten sie ebenfalls nicht genau, was auf sie zukommen würde. Das freute Simon innerlich, denn er hatte schon öfter das Gefühl gehabt, dass zumindest Fischer mehr erfuhr als die beiden anderen.

»In Ordnung«, begann Renner und aller Aufmerksamkeit richtete sich auf ihn. »Ich habe ja letzte Woche schon erzählt, dass ich euch heute ein neues Geschäftsmodell und einen Geschäftspartner vorstellen werde, der sich um dieses Modell kümmern wird. Ich möchte, dass ihr ihn nach besten Kräften unterstützt, wenn er Hilfe braucht. Mit anderen Worten«, meinte Renner und schaute dabei jeden einzelnen an, »wenn es nichts wirklich Lebenswichtiges ist, lasst ihr alles stehen und liegen, an dem ihr arbeitet und helft ihm.«

Simon stutzte und Fischer und Craig sahen ebenfalls überrascht aus. Klar unterstützte man sich gegenseitig, aber eine so klare Aussage für ein bestimmtes Geschäftsmodell hatte Renner noch nie gemacht.

»Ich darf euch Alfred Krüger vorstellen.« Renner deutete auf den bis dahin Unbekannten. »Freddy wird euch nun alles zum neuen Projekt verraten.«

»Hallo«, begrüßte Freddy sie knapp. »Wie Sie alle in den letzten Monaten sicherlich zu Genüge gehört haben, werden wir in Deutschland zur Zeit von einer Flüchtlingswelle überschwemmt. Tendenz ist steigend. Unter diesen Flüchtlingen sind viele Kinder und Jugendliche ohne Eltern, unbegleitete Minderjährige, wie sie genannt werden. Und da liegt unser Kapital.«

Freddy legte eine Pause ein, um die Worte wirken zu lassen.

»Diese Minderjährigen müssen irgendwo untergebracht und in Familien vermittelt werden, die sich um sie kümmern. Und genau das werden wir tun. Bis jetzt sind mehr als dreimal so viele Kinder und Jugendliche nach Deutschland gekommen wie im letzten Jahr. Das wird sich auch so schnell nicht ändern. Im Jahr 2015 sollen es geschätzte 60.000 Minderjährige sein. Davon werden fast 6.000 nach OWL kommen, weil in den anderen Regionen kein Platz mehr für sie ist. Wir werden uns um einen Teil dieser Kinder kümmern. Ich habe bereits Kontakt mit den zuständigen Stellen in Bielefeld, Düsseldorf und Berlin aufgenommen. Ich habe ihnen einen Aufnahmeplatz und die anschließende Vermittlung angeboten. Dabei haben mir vor allem die guten Kontakte von Georg in Düsseldorf im Ministerium geholfen.«

›Georg?‹, dachte Simon. ›Von uns durfte keiner Renner mit Vornamen anreden. Eventuell noch Fischer, wenn er mit ihm allein ist. Was läuft da?‹

»Ich habe für die Verwaltung, die Aufnahme und Vermittlung eine gemeinnützige Gesellschaft in Lichtenstein gegründet. Refugee children welcome, RCW.«

Simon war erstaunt, welche Vorbereitungen bereits getroffen worden waren. Es schien schon alles so weit zu laufen. Wo sollten sie dann helfen?

Diese Frage wurde ihm prompt beantwortet.

»Ich habe bereits das Meiste vorbereitet«, erklärte Freddy. »Allerdings brauche ich Hilfe bei der Vermittlung. Die Aufnahme wird durch Mitarbeiter erfolgen, die ich eingestellt habe. Von der Vermittlung sollen diese aber nichts mitbekommen. Ich weiß von Georg, dass jeder von Ihnen über gute Kontakte, auch ins Ausland, verfügt. Sie sollen diese einsetzen, um nach potenziellen Interessenten für die Kinder zu suchen.«

Jetzt wurde es spannend.

»Im Ausland?«, fragte Fischer dazwischen. »Ist das denn erlaubt?«

Freddy grinste zum ersten Mal.

»Herr Fischer, wenn es erlaubt wäre, würden wir nicht darüber reden. Natürlich ist es das nicht. Deshalb werden wir unsere Vermittlungstätigkeit auch so darstellen, als würden die Kinder in Deutschland bleiben.«

»Und wenn das einmal jemand kontrolliert?«, hakte Urs nach.

»Dann wird er die passenden Unterlagen finden und zur Not ein Kind besuchen dürfen. Ich denke, Sie verstehen«, meinte Freddy zu Fischer, der nur nickte.

Simon war aufgefallen, dass Krüger nur noch von Kindern und nicht mehr von Minderjährigen sprach.

»An wen haben Sie bei der Vermittlung gedacht? An bestimmte Leute?«, traute sich Simon nun, zu fragen.

Krüger schaute ihn an.

»An alle Leute, die ein Interesse an Kindern haben. An ALLE Leute, Herr Simon«, antwortete Krüger. »Ich denke, wir verstehen uns.«

Simon sagte nichts.

Donnerstag, 13.08.2015
23:15 Uhr

Simon saß auf dem Sofa und trank seine dritte Flasche Bier, seit er vor einer Viertelstunde nachhause gekommen war. Die ersten beiden hatte er jeweils in einem Zug ausgetrunken. Er dachte an das Treffen in Renners Büro zurück.

»Das ist verdammter Menschenhandel mit Kindern«, fluchte er vor sich hin. »Nichts anderes ist das, heilige Scheiße!«

Natürlich war ihm sofort klar geworden, welche Leute Krüger meinte. Die Kinder würden als Lustsklaven in irgendwelchen Häusern und Villen schwerreicher Perverser enden oder für Kinderpornografie missbraucht werden. Egal, wohin sie kamen, es würde die Hölle für sie werden. Simon war zwar ein Betrüger durch und durch, aber damit wollte er definitiv nichts zu tun haben. Er musste das verhindern.

Er nahm die Flasche Bier, holte seine Aktentasche und setzte sich an seinen Schreibtisch. Er zog das Gerät von Jo heraus. Am Vormittag hatte er sich einen neuen Laptop gekauft, auf dem er die Daten speichern wollte. Nachdem dieser hochgefahren war, schloss er den Apparat an. Augenblicklich begann es mit der Übertragung der Daten. Simon bewunderte Jos Fertigkeiten, mit denen er dieses Spielzeug so programmiert hatte, dass es genau wusste, was zu tun war. Nach acht Minuten wurde die Übertragung beendet.

›Wirklich nicht schlecht‹, ging es Simon durch den Kopf und er nahm noch einen Schluck aus der Flasche. Er hoffte, den Jackpot geknackt zu haben.

***

Zu der Zeit, als Simon die erste Flasche Bier leerte, saß Renner noch in seinem Büro und ordnete die Papiere, die er aus Hamburg mitgebracht hatte. Er war dort auf einem Treffen mit einer Biologin gewesen, die er gern in sein Team aufnehmen wollte. Sie war eine der führenden Forscherinnen auf dem Gebiet der Genforschung – nicht nur in Deutschland, sondern der ganzen Welt. Renner wollte sie unbedingt für sein Projekt ›Hirnforschung‹ haben und hatte ihr deshalb ein fast schon unmoralisches Angebot gemacht. Sie meinte, sich die Sache nochmal bis zum Wochenende überlegen zu wollen, aber Renner war sich sicher, dass sie annehmen würde. Geld verführte sehr viele Menschen.

Nachdem er die Unterlagen abgeheftet hatte, schloss er die obere Schublade an der linken Seite des Schreibtischs auf und legte den Hefter hinein. Als er die Schublade wieder verschloss, warf er einen prüfenden Blick darunter. Er hatte sich angewöhnt, ein Haar an die Schublade zu kleben, wenn er sein Büro verließ, sodass dies unwillkürlich abgehen musste, sollte jemand die Schublade öffnen. Den Trick hatte er aus einem alten Bond Film.

Das Haar fehlte.

Freitag, 14.08.2015
13:30 Uhr

Weber hatte den ganzen Freitagvormittag damit verbracht, mehr Informationen über die Firma HLM herauszufinden. Da er in diesem Bereich nur beschränkte Möglichkeiten zur Recherche hatte, zog er Kollegen für Wirtschaftskriminalität und den Bereich Finanzermittlungen hinzu. Die hatten Zugriff auf die Informationssysteme, die Weber verwehrt waren und hatten zudem mehr Erfahrung mit solchen Ermittlungen. Direkt zu Dienstbeginn hatte er dort um Mithilfe gebeten. Von den Finanzermittlern wollte er außerdem mehr über Lesniaks Konten und die der Werkstatt erfahren.

Gegen Mittag gab es die ersten Infos zur Fa. HLM, die in Lichtenstein registriert war. Der Kollege der Wirtschaftsabteilung konnte ihm auch den Namen des eingetragenen Geschäftsführers nennen: Karl-Heinz Meyer. Dessen Anschrift war die gleiche wie die der Firma. Als Tätigkeitsfeld wurde bei der Eintragung ins Handelsregister lediglich ›Transport von Waren aller Art‹ angegeben.

Weber hatte die Anschrift bei Google eingegeben, um sich selbst einen Eindruck davon zu verschaffen. Es handelte sich um ein 8-stöckiges Bürogebäude. Der Firmenwegweiser des Hauses schien zahlreiche Unternehmen anzugeben. Weber zählte 18 Stück. Er vermutete, dass dort entweder eine Firma saß, die für mehrere Unternehmen die Geschäftspost erledigte, oder aber, es handelte sich bei HLM um eine Briefkastenfirma. In beiden Fällen half ihm die Erkenntnis leider nicht weiter.

Vor einer Stunde hatte sich dann einer der Finanzermittler bei ihm gemeldet. Eigentlich sollte sich dieser auf die finanzielle Situation von Lesniak konzentrieren, aber da er im Moment noch nicht viel machen konnte, solange ihn die Unterlagen der Bank nicht vorlagen, hatte er auch nach ›HLM‹ recherchiert. Er war ebenfalls auf den Namen Karl-Heinz Meyer gestoßen und da er meinte, den Namen schon einmal in Verbindung mit einer anderen Ermittlung gehört zu haben, schaute er intensiver in den alten Unterlagen nach. Nun war Karl-Heinz Meyer nicht gerade ein ungewöhnlicher Name, aber Fabian Geier hatte trotzdem einen guten Riecher bewiesen. Er stieß auf einen Fall aus dem Jahr 2010. Dabei ging es um eine Firma, die bei Banken in ganz Deutschland überhöhte Kredite für die Renovierung von Immobilien beantragt und genehmigt bekam. In Wirklichkeit war an den Immobilien jedoch kaum etwas gemacht worden. Das meiste Geld hatte man stattdessen an die Seite geschafft.

Da auch eine Bank in Bielefeld und eine in Detmold betroffen gewesen waren, wurde ein Teil der Ermittlungen von Bielefeld aus geführt. Geier hatte damals die Finanzermittlungen durchgeführt. Kontoinhaber war die HLM, Kontobevollmächtigter Karl-Heinz Meyer, geboren am 03.06.1959 in Hamburg. Wohnanschrift war Hamburg. Leider verliefen die Ermittlungen im Sande, da der tatsächliche Inhaber der Firma nie festgestellt werden konnte.

Weber startete daraufhin eine Anfrage beim Einwohnermeldeamt. Dort war aber nie ein Karl-Heinz Meyer mit dem Geburtsdatum 03.06.1959 gemeldet worden und die angegebene Anschrift gab es nicht. Er hatte von vornherein nicht zu viele Hoffnungen auf die Anfrage gesetzt, doch er wollte allen Hinweisen nachgehen, auch wenn sie noch so aussichtslos erschienen. Im Laufe der Jahre hatte Weber die Erfahrung gemacht, dass in solchen Fällen hin und wieder ein Glückstreffer gelang. Einer Idee folgend, wollte er Geier darum bitten, nachzuhalten, wie die anderen Firmen hießen, die in diesen Fällen verwickelt waren.

Weber griff gerade nach dem Hörer des Diensttelefons, um seinen Kollegen anzurufen, als sein Handy die Titelmelodie von Indiana Jones anstimmte. Es war die Nummer von Yuna. Seine Frau teilte ihm unter Tränen mit, dass Leon einen Krampfanfall gehabt hatte und sie mit ihm nun in der Kinderklinik in Osnabrück war. Weber versprach, sofort zu kommen, und ließ alles stehen und liegen.

Freitag, 14.08.2015
18:10 Uhr

Andreas Simon saß noch in seinem Büro und erledigte den letzten Papierkram für diese Woche. Am morgigen Samstag wollte er nicht arbeiten, deshalb machte er heute alles fertig, was er noch für den Abschluss des Deals mit der Autovermietung benötigte. Am Montag wollten sich beide Parteien zusammensetzen und die Verträge unterzeichnen.

Simon war fast mit den Unterlagen durch, als das Wegwerfhandy klingelte. Er war so dermaßen in seine Arbeit vertieft gewesen, dass er erschrocken zusammenzuckte.

»Was für ein Mist!«, knurrte er mehr zu sich.

Er holte das Handy aus einer seiner Jackentaschen und nahm den Anruf mit einem knappen »Ja« an.

»Der Transport ist auf dem Weg«, sagte ein Mann mit dominantem polnischen Akzent am anderen Ende der Leitung.

»Okay«, meinte Simon nur und das Gespräch wurde beendet.

Es war das übliche Spiel. Die SIM-Karte wurde aus dem Handy genommen und mit einer Schere zerschnitten, danach entnahm er einer Schreibtischschublade eine kleine Plastiktüte und warf die Schnipsel dort hinein. Das Handy packte er ebenfalls hinein. Die Tüte würde er irgendwo auf dem Weg nachhause entsorgen.

Simon lehnte sich einen Augenblick im Chefsessel zurück und schloss die Augen. Er hoffte, dass es bei dem Transport keine Probleme geben würde.

***

Zur gleichen Zeit, als Simon seine SIM-Karte zerschnitt, erhielt Fischer ebenfalls einen Anruf auf einem Wegwerfhandy aus Polen. Auch er wurde über die Abfahrt des Transports informiert, allerdings von einer anderen Person, die eine vollkommen andere Aufgabe hatte.

Fischer war auf dem Weg zu einem seiner Bordelle gewesen. Nachdem er den Anruf erhalten hatte, überlegte er es sich jedoch anders und fuhr nachhause. Er besaß ein Objekt in einem der begehrtesten Wohngebiete Bielefelds. Direkt hinter dem Garten begann der Teutoburger Wald und er hatte von seiner Terrasse aus einen wunderschönen Blick auf das Waldgebiet.

Der Ausblick war es aber nicht, der ihn nachhause trieb. Er lebte seit sechs Jahren mit einer Frau und ihren beiden Kindern zusammen. Sie hatte früher in einem der Bordelle gearbeitet, die Fischer betreute. Marina stammte aus der Ukraine und war wunderschön, mit langen lockigen blonden Haaren und einer makellosen Haut, die einen olivfarbenen Teint hatte. Außerdem besaß sie eine wahnsinnige Figur und super Titten. Urs wollte sie sofort für sich haben, nachdem er sie das erste Mal gesehen hatte. Um sich an sie heranzumachen, hatte er ihr das Blaue vom Himmel versprochen, ebenfalls, dass er sie heiraten würde, was er allerdings gar nicht gewollt hatte. Sie ins Bett zu kriegen und ein bisschen Spaß mit ihr haben, was das Ziel gewesen. Letztendlich war es ihm gelungen, sie rumzukriegen, und die beiden hatten es regelmäßig wild miteinander getrieben. Einmal sogar so wild, dass er das Kondom vergessen hatte.

Einige Wochen später, als sein Interesse an ihr allmählich verflogen war, beichtete sie ihm, schwanger zu sein. Urs hatte ihr klar zu verstehen gegeben, dass er nichts von den Kindern, es waren auch noch Zwillinge, wissen wollte und ihr vorgeschlagen, eine Abtreibung vorzunehmen. Leider hatte Renner irgendwie von der Sache erfahren und ihm ›nahegelegt‹, Marina zu heiraten und für die Kinder zu sorgen. So hatte Fischer sie dann doch geehelicht und sie hatte Zwillinge zu Welt gebracht. Diese waren mittlerweile sechs Jahre alt und würden nach den Sommerferien in die Schule kommen. Da sie es bis jetzt noch nicht mussten, fuhr Marina oft mit ihnen zu ihren Eltern in die Ukraine.

Als er zu Hause eintraf, saß Marina mit den Kindern im Wohnzimmer vor dem Fernseher. Sie schauten sich eine dieser amerikanischen Serien auf dem Disney Chanel an. Seine Frau schaute überrascht auf, als er hereinkam. Er hatte sie nachmittags angerufen und ihr gesagt, dass er erst spät nachhause kommen würde.

»Hallo Schatz«, begrüßte sie ihn. »Ich dachte, du wolltest erst spät da sein.«

Die Kinder riefen ihm lediglich ein kurzes »Hallo Papa« zu und widmeten sich erneut dem Fernseher.

»Ich hatte Sehnsucht nach dir«, erwiderte er.

Mit einem kurzen Nicken gab er Marina zu verstehen, ihm zu folgen.

»Ich bin gleich wieder da«, sagte sie zu den Kindern und folgte Fischer in die Küche.

Als sie diese betrat, hatte er bereits seine Hose und Unterhose heruntergelassen und sie blickte auf seinen steifen Schwanz.

»Siehst du, wie groß meine Sehnsucht ist«, meinte er mit einem hämischen Grinsen.

Marina wusste, was nun von ihr erwartet wurde. Sie kniete sich vor ihm nieder und besorgte es ihm mit dem Mund. Nachdem sie fertig war, spülte sie sich den Mund am Waschbecken in der Küche aus. Urs zog seine Hosen hoch und nahm sich ein Bier aus dem Kühlschrank. Er hatte gerade den ersten Schluck getrunken, als sein Handy klingelte. Es war der gleiche Anrufer aus Polen wie einige Zeit zuvor.

Fischer hörte sich an, was der Anrufer zu sagen hatte, legte dann auf, nahm einen großen Schluck von seinem Bier, stellte die Flasche auf den Küchentresen und verließ das Haus, ohne ein weiteres Wort zu sagen. Marina ging zurück zu den Kindern ins Wohnzimmer und schwor sich, dass dieses Leben bald ein Ende haben musste. Sie wusste auch genau, mit wem sie darüber reden konnte.

***

Zu der Zeit, als Fischer sich von Marinas Lippen verwöhnen ließ, saß Weber am Bett seines Sohnes im Kinderkrankenhaus in Osnabrück. Leon war vor einer halben Stunde eingeschlafen und Yuna hatte sich danach auf den Weg nachhause gemacht, um Sachen für die Nacht im Krankenhaus zu holen. Leon sollte mindestens bis zum nächsten Tag zur Beobachtung im Krankenhaus bleiben. Er war gründlich untersucht worden, man hatte ihm Blut abgenommen, es war ein EEG, ein Ultraschall und eine Untersuchung durch den Oberarzt der Kinderstation durchgeführt worden. Die Ergebnisse der Blutabnahme lagen noch nicht vor, aber die anderen Untersuchungen hatten keine Erklärung für den Krampfanfall gebracht.

Leons Trisomie 21, dem so genannten Down Syndrom, schien selbst den heutigen Medizinern noch Rätsel aufzugeben. Weber und seine Frau hatten damals im frühen Stadium der Schwangerschaft erfahren. Bei einer Vorsorgeuntersuchung war Yunas Frauenärztin während des Ultraschalls eine Nackenfalte des Fötus aufgefallen. Daraufhin wurde eine Untersuchung bei einem Spezialisten durchgeführt, der die Diagnose der Frauenärztin bestätigte. Allerdings war die Aussage, die danach vom Arzt gemacht wurde, alles andere als aussagekräftig.

»Die Tatsache, dass ihr Kind die Nackenfalte hat, muss nicht automatisch bedeuten, dass er behindert ist. Es kann gut sein, dass sich die Falte auswächst und die Schwangerschaft und Geburt völlig normal verlaufen. Leider ist es aber auch gut möglich, dass ihr Kind behindert zur Welt kommt. Über eine mögliche Art der Behinderung, lässt sich jedoch absolut nichts sagen. Sicherheit könnte da nur eine Fruchtwasseruntersuchung, eine so genannte Amniozentese, bringen. Diese beinhaltet allerdings das Risiko, dass es zu Verletzungen des ungeborenen Kindes, oder sogar einer Frühgeburt kommen kann.«

Da Weber und seine Frau aber wissen wollten, was auf sie zukommen könnte, ließen sie die Untersuchung durchführen. Ein erstes Ergebnis lag bereits nach 48 Stunden vor. Mit einer Wahrscheinlichkeit von 98 % wurde bei dem ungeborenen Kind eine Trisomie 21 festgestellt. Es gab jedoch keinerlei Hinweise auf weitere genetische Veränderungen.

Die Wochen nach der Diagnose hatten Weber und Yuna damit verbracht, sich über das Down Syndrom zu informieren. Sie hatten Bücher gewälzt, das Internet durchforstet, sich in Selbsthilfegruppen umgesehen und mit Leuten aus Bethel gesprochen, die mit ›Downies‹ zu tun hatten.

Jetzt saß Weber zum zweiten Mal bei seinem Sohn am Krankenhausbett. Zwar war er nach den Untersuchungen etwas beruhigter, aber eine gewisse Nervosität, was die Gesundheit seines Jüngsten anging, war nach wie vor vorhanden. So in seine Gedanken vertieft, bekam Weber nicht einmal mit, als Yuna das Zimmer betrat. Erst, nachdem sie ihm eine Hand auf die Schulter legte, zuckte er leicht zusammen. Er ließ Leons Hand los und richtete sich auf. Wegen der ungewohnten Position, in der er gesessen hatte, war ihm der linke Arm eingeschlafen. Weber spürte das unangenehme Kribbeln, als das Blut in seinen Arm zurückfloss.

»Wie sieht es aus?«, flüsterte Yuna.

»Er war kurz wach, nachdem du gefahren bist. Seitdem schläft er.«

»Patty passt auf die Kinder auf«, sagte seine Frau. »Sie bleibt, bis du zu Hause bist. Ich habe sie angerufen und sie hat sich dazu bereit erklärt.«

»Okay.« Weber stand auf. »Dann mache ich mich mal auf den Weg nachhause. Der Band habe ich schon abgesagt.«

Er hatte den anderen Bandmitgliedern eine Whatsapp-Nachricht geschickt, dass er zum Krankenhaus musste. Sie wussten zum Glück, dass dies absolute Priorität hatte, und stellten sich auch nicht dagegen. Weber gab Yuna einen langen Kuss und sie besprachen noch kurz, wie sie sich den morgigen Tag im Krankenhaus aufteilen wollten, ehe er seine Sachen zusammensuchte. Seiner Frau versprach er, so früh wie möglich zu erscheinen, da er genau wusste, wie anstrengend eine Nacht mit Kind in einem Krankenhaus sein konnte.

»Und wann willst du nach Hamburg fahren?«, erkundigte sie sich bei ihm.

»Ich denke, ich bleibe hier«, antwortete Weber. »Solange der Kleine hier liegt, fahre ich nicht.«

»Das tut mir leid für dich«, seufzte Yuna und umarmte ihn.

»Ist ja nicht deine Schuld. Nächstes Jahr findet das nächste Rennen statt. Und vielleicht darf ich ja als Ersatz noch ein anderes Rennen fahren«, sagte Weber mit einem Grinsen.

»Auf jeden Fall«, meinte Yuna lächelnd und küsste ihn erneut.

Freitag, 14.08.2015
22:30 Uhr

Fischer saß in dem Bordell an der Osnabrücker Straße an der Bar und beobachtete die Gäste, als sein Handy klingelte. Er schaute aufs Display und erblickte eine Nummer aus Polen.

»Ja«, brummte er nur.

Dann hörte er zehn Minuten zu, ohne den anderen zu unterbrechen.

»Alles klar«, meinte er daraufhin. »Der Rest wie besprochen. Wir sehen uns in Bielefeld.«

Er beendete das Gespräch, sagte der Bardame Bescheid, dass er wegmusste und marschierte zu seinem Auto. Etwa fünfzehn Minuten später kam er vor einem Haus am Oberlohmansweg an, parkte seinen Wagen davor, stieg aus und ging zum Eingang von Haus Nummer 12. Die Tür war geschlossen, sodass Fischer auf sämtliche Klingelknöpfe drückte. Nur einen ließ er aus.

Er wiederholte den Vorgang so lange, bis jemand die Tür öffnete, ohne sich über die Sprechanlage zu melden. Fischer stieg die Treppe zum dritten Stock hinauf. Die Wohnung, zu der er wollte, befand sich direkt gegenüber der Treppe. Urs näherte sich der Tür und lauschte, ob von drinnen Geräusche zu hören waren. Anscheinend lief in der Wohnung jemand aufgeregt hin und her. Stimmen hörte er nicht.

Fischer zog seine Waffe aus dem Halfter, welches er unter der Jacke trug und klopfte.

Anton Lesniak war der Verzweiflung nahe. Wie konnte die Sache nur schiefgelaufen sein? Wie hatten sie davon erfahren, dass er für das Verschwinden der Autos verantwortlich war? Er hatte die Idee für todsicher gehalten, zumal beim ersten Mal alles so tadellos geklappt hatte.

Auch heute schien alles wie am Schnürchen zu laufen. Der Transport war pünktlich gestartet und seine Leute standen für den Austausch bereit. Zudem hatte er die Nachricht erhalten, dass der Fahrer am Treffpunkt eingetroffen war und mit dem Umladen der Fahrzeuge begonnen wurde. Dann musste jedoch etwas passiert sein.

Er hatte auf die Nachricht gewartet, dass das Umladen abgeschlossen, und der Transport weitergefahren war. Aber die Nachricht kam nicht.

Er hatte versucht, einen seiner Leute zu erreichen. Das klappte ebenfalls nicht. Schließlich hatte er einen alten Bekannten in Polen angerufen, der sehr gute Kontakte hatte und so über fast alles informiert war, was im Land vor sich ging. Dieser hatte versprochen, sich umzuhören und zehn Minuten später zurückgerufen.

»Dein Plan ist aufgeflogen. Deine Leute sind beim Umladen erwischt worden und mittlerweile alle beseitigt. Besser du verschwindest so schnell wie möglich aus Deutschland.«

Lesniak konnte es zuerst nicht glauben, hatte aber seine Sachen gepackt und war nun auf dem Sprung. Er rief seine Freundin an, die mit einer Bekannten im Kino war und sagte ihr, dass er dringend wegmusste. Es gab keine Zeit mehr sie mitzunehmen. Er würde allein fahren.

Das Geld aus dem ersten Coup hatte Lesniak in seiner Wohnung versteckt. Jetzt lag es in seiner Reisetasche. Er schaute sich noch einmal um, ob er irgendwas vergessen hatte einzupacken, als es an der Tür klopfte.

Fischer lauschte nach dem Klopfen erneut an der Tür. Nichts regte sich. Er klopfte erneut.

»Hallo, ist jemand zu Hause?«, wollte er mit leicht verstellter Stimme wissen. »Ich bin der Mieter der Wohnung, die direkt unter ihrer liegt. Bei mir tropft es im Badezimmer von der Decke. Eventuell haben Sie ja einen Rohrbruch im Bad.«

Fischer wartete einen Moment.

»Wenn Sie nicht aufmachen, muss ich die Feuerwehr und die Hausverwaltung anrufen, bevor bei mir alles unter Wasser steht.«

Lesniak überlegte wohl einen Moment. Sollte er warten, bis der Kerl verschwunden war, um die Feuerwehr zu rufen und dann verschwinden? Aber vielleicht hatte der Typ ja ein Handy dabei und würde gar nicht in seine Wohnung zurückgehen.

Lesniak entschied sich, die Tür zu öffnen und ihn hereinzulassen. Sobald das erledigt war, würde er verschwinden. Scheiß auf den Rohrbruch!

Lesniak ging zur Tür. Dabei kam er am Badezimmer vorbei.

›Komisch‹, dachte er, als er die Klinke der Wohnungstür hinunter drückte, ›dass bei mir alles trocken ist.‹

›Eine Falle!‹, schrie plötzlich eine Stimme in seinem Kopf.

Aber da hatte er die Wohnungstür bereits geöffnet und schaute in den Lauf einer Pistole.

Samstag, 15.08.2015
05:58 Uhr

Simon steuerte seinen Pkw auf das Gelände von Lesniaks Werkstatt. Er hatte mit seinem Geschäftspartner verabredet, um sechs Uhr zu ihm zu kommen, sich vom Eintreffen des Transportes zu überzeugen und Lesniak das Geld zu geben. Bevor Simon losgefahren war, hatte er noch versucht, Lesniak auf dem Handy zu erreichen, was ihm allerdings nicht gelungen war. Dieser Umstand hatte Simon jedoch nicht sonderlich beunruhigt.

Nun parkte er seinen Wagen vor der großen Halle hinter der Werkstatt. Die Zufahrt zum Gelände war offen gewesen, sodass Simon davon ausging, Lesniak sei auch tatsächlich hier. Er stieg aus und ging zunächst zum Eingang der Halle.

Die Tür war verschlossen. Der Werkstattleiter würde wohl in seinem Büro warten. Gemächlich schritt Simon um die Werkstatt herum zum Büroeingang. Dieser war jedoch ebenfalls verschlossen. Er sah auch kein Licht dort, schaute zum Tor der Werkstatt und stellte fest, dass dieses ein Stück geöffnet war. Unter dem Spalt fiel ein Lichtstrahl heraus.

Also war Lesniak wohl doch da. Simon hatte keine Chance, das Tor von außen weiter zu öffnen. Er klopfte ans Rolltor und rief Lesniaks Namen. Nichts tat sich.

Simon rief erneut und klopfte fester ans Tor. Immer noch nichts. Kein Geräusch drang aus dem Gebäude. Langsam wurde Simon wütend auf Lesniak. War der Idiot etwa gefahren und hatte die Halle unbeaufsichtigt gelassen?

Kurzentschlossen legte er sich flach auf den Bauch und rollte unter dem Tor hindurch. Auf der anderen Seite richtete er sich auf, klopfte sich den Schmutz von den Klamotten, sah auf und blieb mit offenem Mund stehen. Sein Blick war auf die Hebebühne gefallen und auf die Person, die dort mit einem Strick um den Hals hing.

Es war Lesniak und er war tot. Jemand hatte ihm ein Seil um den Hals gelegt, dieses an der Hebebühne befestigt und sie nach oben gefahren. Allerdings nur so hoch, dass seine Fußspitzen gerade nicht mehr den Boden berührten. Der Kopf baumelte links zur Seite und die Zunge hing ihm aus dem Mund.

Simon wandte den Blick ab und erlebte den zweiten Schock am heutigen Morgen, als er geradewegs in die Augen von Fischer blickte.

»Guten Morgen, Andreas«, sagte Fischer. »Du solltest dir die Leute besser aussuchen, mit denen du zusammenarbeitest. Sonst kann es passieren, dass du selbst mal irgendwo abhängst.«

Der Kerl grinste böse.

»Was ist passiert?«, fragte Simon. »Wo ist der Transport?«

Fischer kam langsam auf ihn zu.

»Der ist in Sicherheit.«

»Ist er in der Halle?«, wollte Simon wissen und betrachtete Fischer, der den Kopf schüttelte.

»Wir haben ihn in Sicherheit gebracht. Wo braucht dich nicht zu interessieren«, knurrte Urs, als Simon zu einer weiteren Frage ansetzte.

»Dein Kumpel dort drüben«, er nickte mit dem Kopf in Richtung Hebebühne, »hat versucht, uns reinzulegen. Wie bei dem anderen Transport auch. Er hat die Fahrzeuge unterwegs austauschen lassen. Gestern Abend haben meine Leute in Polen den Transport überwacht und den Austausch gestoppt. Nach einigen intensiven Gesprächen mit den Beteiligten haben sie bestätigt, dass Lesniak dahintersteckt. Er hat es mir übrigens kurz vor seinem Ableben gebeichtet. Das Geld, das er mit dem ersten Austausch verdient hat, habe ich ebenfalls.«

Fischer machte eine kurze Pause.

»Jetzt sollten wir unsere Spuren beseitigen und verschwinden. Renner erwartet uns.«

Simon bekam ein merkwürdiges Gefühl in der Magengegend.

Samstag, 15.08.2015
07:15 Uhr

Weber wurde früh aus dem Schlaf geholt und rief direkt im Krankenhaus an. Yuna und der Kleine waren schon wach.

»Leon geht es gut«, meinte Yuna zu seiner Beruhigung. »Er hat die ganze Nacht durchgeschlafen und heute Morgen ist er fit wie sonst auch immer. Du kannst also beruhigt nach Hamburg fahren.«

»Erstmal nicht«, antwortete Weber und wusste, dass Yuna müde lächelte. »Erst möchte ich wissen, was der Arzt bei der Visite sagt und wie lang Leon noch im Krankenhaus bleiben muss. Ich komme gleich vorbei.«

Um neun war er in der Klinik. Weber hatte noch gewartet, bis Patty, ihr Au-pair Mädchen, wach geworden war und gefrühstückt hatte, ihr daraufhin die beiden Großen überlassen und war gefahren.

Yuna und Leon befanden sich im Spielzimmer. Leon freute sich sehr, als er seinen Vater sah und streckte direkt die Arme nach ihm aus. Es hatte eine Zeit gegeben, in der Leon so sehr an Weber gehangen hatte, dass er sich nur von ihm beruhigen ließ. Yuna hatte damals keine Chance bei ihm gehabt. Egal, ob es darum ging, ihn ins Bett zu bringen, wenn er nachts wach wurde und nicht wieder einschlafen wollte, oder wenn er sich weh getan hatte. Yuna war ziemlich verzweifelt gewesen. Mit der Zeit hatte sich das glücklicherweise geändert. Jetzt schien es ihm beinahe egal zu sein, wer sich um ihn kümmerte.

Weber nahm Leon auf den Arm und gab Yuna einen Kuss.

»War der Arzt schon da?«, fragte er.

»Nein, die Visite ist heute erst gegen zehn.«

Leon schaute ihn an und deutete auf die Duplo Eisenbahn, mit der er gespielt hatte, als Weber hereingekommen war. Er setzte sich mit seinem Sohn auf den Spielteppich und begann, die Eisenbahnwaggons an die Lok zu hängen. Yuna stand auf.

»Ich gehe mal in die Kantine runter und trinke einen Kaffee. Kann eine kurze Pause gebrauchen.«

Sie bückte sich zu Weber herunter, gab ihm einen langen Kuss auf den Mund und streichelte Leon durchs Haar.

Webers Kinder

»Lass dir Zeit«, sagte Weber lächelnd zu ihr.

Samstag, 15.08.2015
10:15 Uhr

Als Weber mit seinem Sohn von einer Krankenschwester zur Visite gerufen wurde, saß Simon in seinem Wohnzimmer und trank einen großen Schluck Whiskey. Fischer war mit ihm direkt von der Werkstatt zu Renners Büro gefahren. Urs hatte zuvor das Licht in der Werkstatt gelöscht, aber das Rolltor offengelassen.

»Was machen wir mit ihm?«, hatte Simon ihn gefragt.

Fischer zuckte nur mit den Achseln.

»Irgendjemand wird ihn schon finden, denke ich. Seinen Angestellten habe ich telefonisch für die nächste Woche freigegeben.«

Daraufhin waren sie vom Gelände gefahren und hatten auch das Tor zum Werkstattgelände offengelassen.

Renner hatte in seinem Schreibtischsessel gesessen und Simon aufgefordert, ihm gegenüber Platz zu nehmen. Ein unangenehmes Schweigen breitete sich im Raum aus. Fischer hatte sich hinter Simon an den Konferenztisch gesetzt. Irgendwann hielt Simon das Schweigen nicht mehr aus.

»Ich schwöre, dass ich nichts von Lesniaks Plänen wusste. Ich habe ihm vertraut. Hätte ich davon gewusst, hätte ich es verhindert.«

Renner schwieg weiter.

»Sie müssen mir glauben. Ich hatte nie vor, Sie zu betrügen und mein eigenes Ding zu machen. Das muss alles alleine Lesniaks Idee gewesen sein. Ich hätte es ihm allerdings nie zugetraut.«

»Ich weiß, dass du nichts damit zu tun hast«, sagte Renner. »Wenn ich anderer Meinung wäre, wärst du jetzt nicht hier.«

Simon atmete etwas durch.

»Die Transporte liegen jedoch in deiner Verantwortung. Zum Glück haben wir einen Teil des Geldes bei Lesniak gefunden, welches uns der Verlust des ersten Transports gekostet hat. Er hat nicht so viel aus dem Verkauf der Drogen herausbekommen, wie wir es geschafft hätten. Aber immerhin besser als nichts.«

Renner machte eine Pause.

»Der neue Transport konnte dank Fischer gerettet werden. Dir dürfte klar sein, dass das Ganze Konsequenzen für dich haben wird.«

Simon hielt erneut die Luft an, bis Renner fortfuhr.

»Ich entziehe dir ab sofort die Verantwortung für die Transporte. Fischer übernimmt das. Du wirst dich ab Montag um unseren neuen Geschäftszweig kümmern und Freddy zur Hand gehen. Die Leitung der Autohäuser behältst du vorerst. Außerdem werde ich deine Anteile an den Geschäften um 20% kürzen, bis der entstandene Schaden beglichen ist.«

Renner sah Simon an, der ausatmete und hastig nickte.

»Und jetzt verschwinde.«

Simon hatte sich erst entspannen können, als er im Auto saß.

Jetzt schenkte er sich das zweite Glas Whiskey ein und trank es ebenfalls in einem Zug aus. Da er noch nichts gefrühstückt hatte, war er bereits leicht angetrunken, doch das war ihm egal. Ein drittes Glas folgte.

Simon war zu der Einsicht gelangt, dass er knapp davongekommen war. Mehr durfte nicht schiefgehen. Wenn er nochmal auffallen sollte, würde er das gleiche Schicksal erleiden, wie Lesniak, dessen war er sich sicher. Die Verantwortung für die Transporte abzugeben traf ihn nicht besonders, allerdings gefiel ihm der Umstand nicht, jetzt mit Freddy zusammenarbeiten zu müssen. Er wollte mit diesem modernen Kinderhandel nichts zu tun haben. Zum Glück hatte er die Daten auf dem USB-Stick.

Er setzte sich mit einem weiteren Glas Whiskey an seinen Schreibtisch und fuhr den Laptop hoch. Er steckte den USB-Stick ein und schaute sich erneut die Dateien an, die er von Renners Laptop gezogen hatte. Nachdem er die Hälfte der Dateien durchgearbeitet hatte, hellte sich seine Stimmung merklich auf. Mit den auf dem Stick vorhandenen Dateien im Rücken würde ihm Renner nichts antun. Er musste es nur geschickt genug anstellen.

Er trank den Whiskey aus und grinste.

Samstag, 15.08.2015
14:30 Uhr

Weber lag in Leons Krankenhauszimmer auf einer Klappliege, Leon auf seinem Bauch. Bei der Visite hatte ihm der Arzt gesagt, sie würden noch zwei Untersuchungen durchführen wollen. Sollte sich bei diesen nichts ergeben, konnte sein Sohn entlassen werden. Yuna war daraufhin nach Hause gefahren. Er wollte für die Untersuchungen im Krankenhaus bleiben.

Wenn Leon entlassen werden konnte, nahm er sich vor, im Anschluss nach Hamburg zu fahren.

Jetzt lag er auf der Liege und wartete auf die Ergebnisse. Leon war von den Anstrengungen so erschöpft gewesen, dass er auf Webers Bauch eingeschlafen war. Hin- und hergerissen überlegte Weber, ob er Hamburg nicht doch absagen sollte, als sich die Tür öffnete und der behandelnde Arzt mit einem Umschlag in der Hand eintrat. Weber wollte sich aufsetzen, aber der Arzt gab ihm mit einer Bewegung zu verstehen, liegen zu bleiben.

»Die Ergebnisse der Untersuchung sind negativ. Wir haben leider keine Erklärung für den Krampfanfall gefunden. Ich habe mich mit Kollegen beraten und wir sind der Meinung, dass Leons Gehirn einfach überlastet war. Wir denken, er hat in den letzten Tagen so viele neue Eindrücke aufgenommen, die sein Gehirn einfach nicht mehr verarbeiten konnte. Dadurch kam es zu einer Art Kurzschluss, der aber keinen Schaden verursacht hat. Sie müssen sich das so vorstellen, als ob eine Sicherung herausspringt und direkt wieder reingedrückt wird. Danach läuft alles wie zuvor normal weiter.«

»Und dabei kann nichts passieren?«, fragte Weber, konnte die Zweifel nicht unterdrücken.

»Wenn es sich nur um einen kleinen Kurzschluss handelt nicht. Kritisch wird es erst, sollte die Sicherung längere Zeit ausfallen.«

Dieser Vergleich gefiel Weber überhaupt nicht, aber er nickte.

Das Gehirn war schon ein merkwürdiges Organ.

Samstag, 15.08.2015
21:00 Uhr

Simon verließ das Haus in dem Moment, in dem Weber in sein Hotel in Hamburg eincheckte. Er hatte, nachdem er die Dateien auf dem USB-Stick gesichtet hatte, bis 19 Uhr geschlafen, war daraufhin mit Kopfschmerzen aufgewacht, hatte zwei Aspirin genommen, geduscht, drei Tassen starken Kaffee getrunken und telefoniert. Nun fühlte er sich erneut einigermaßen als Mensch und war auf dem Weg zu einem Date. Die Treffen mit der Frau seiner Träume bargen immer ein gewisses Risiko, da sie verheiratet war. Sollte ihr Ehemann davon erfahren, war er ein toter Mann, dessen war er sich sicher.

Das Gleiche galt auch für die Frau, aber trotzdem ging sie das Risiko ein. Das Treffen heute Abend hatte sich besonders schwierig gestaltet, da es sehr spontan zustande kam, er sich aber nach den Ereignissen des Morgens sehr nach ihr sehnte. Sie hatte es geschafft, kurzfristig jemanden zu finden, der auf ihre Kinder aufpasste. Ihr Mann war, wie jedes Wochenende, beruflich unterwegs und würde nicht vor dem frühen Morgen zurückkommen.

Sie hatten als Treffpunkt einen abgelegenen Parkplatz an einem Wanderweg in der Senne ausgemacht. Heute musste ein Auto ausreichen. Simon kam pünktlich dort an. Es stand noch kein anderes Fahrzeug auf dem Parkplatz. Er schaltete den Motor aus, schnallte sich ab und rückte den Fahrersitz etwas nach hinten. Aus dem Radio drang Musik von WDR4.

Nach etwa zehn Minuten sah er die Lichter eines anderen Pkw, der auf den Parkplatz abbog. Er erkannte sofort, dass es sich um ihr Auto handelte. Sie drehte eine Runde, ehe sie neben seinem Wagen hielt, den Motor abstellte, die Fahrertür öffnete und auf seiner Beifahrerseite einstieg. Das Licht der Innenbeleuchtung hatte er ausgeschaltet. Simon beugte sich direkt zu ihr hinüber und die nächsten 15 Minuten küssten sie sich leidenschaftlich. Sie öffnete dabei seine Hose und er schob ihren Minirock nach oben. Er rutschte auf ihren Sitz hinüber und sie setzte sich auf ihn. Für eine Weile vergaß er alle seine Probleme.

Nach dem Sex standen sie neben dem Auto und sie rauchte eine Zigarette.

»Wie soll es nur weitergehen?«, seufzte sie schließlich.

Simon wandte sich zu ihr um.

»Wir werden von hier verschwinden. Ich weiß, wie ich an viel Geld herankommen kann. Ich hole mir die Kohle und dann hauen wir ab nach Australien oder Neuseeland. Dort werden sie uns nie finden.«

»Und meine Kinder?«, fragte sie skeptisch. »Ich kann sie nicht bei ihm lassen.«

»Wir nehmen sie mit«, sagte Simon bestimmt. »Wir bauen uns ein neues Leben auf und werden eine Familie. Schluss mit dem ganzen Mist hier. Endlich ein normales Leben führen, mit dir und deinen Kindern.«

»Woher willst du das Geld bekommen?«, erkundigte sie sich nach kurzer Pause und warf ihre Zigarette auf den Boden, dann kuschelte sie sich in Simons Arme.

»Mir sind Unterlagen in die Hände gefallen, die sehr viel Geld wert sind. Ich werde sie verkaufen.«

Mehr sagte er nicht.

»Ist es gefährlich?«, fragte sie leise.

»Nein«, log er.

Simon zog sie an sich und sie liebten sich auf der Motorhaube ihres Wagens.

Montag, 17.08.2015
07:45 Uhr

Weber betrat das Büro und blickte in das lächelnde Gesicht seines Kollegen Phil ›Power‹ Anderson. Der stand von seinem Platz auf und umarmte Weber.

»Well, Brett my Friend«, sagte er. »Wie sieht es aus?«

Anderson und Weber kannten sich bereits seit über zehn Jahren. Sie hatten in einer Ermittlungskommission zusammengearbeitet und sich sofort super verstanden. Phil Anderson war der Sohn eines deutschen Diplomaten und einer Schottin. Seine Eltern hatten sich kennengelernt, als Andersons Vater in London tätig gewesen war. Die Mutter war damals als Dolmetscherin in der deutschen Botschaft tätig. Anderson hatte die ersten zwanzig Jahre seines Lebens in London verbracht, danach war er nach Bielefeld gezogen, da er aus irgendeinem Grund in Deutschland leben wollte. Damals hatten seine Großeltern noch in Bielefeld gewohnt. Er war bei ihnen eingezogen und hatte sich entschieden, Polizist zu werden. Da er deutscher Staatsbürger war, hatte es in dieser Hinsicht keine Probleme gegeben.

Nun wohnte er zusammen mit seiner Freundin Steffi im Haus der Großeltern, die bereits seit einigen Jahren tot waren. Anderson Eltern lebten mittlerweile in der Heimat seiner Mutter in den schottischen Highlands. Sein Vater hatte sich dort einen Traum erfüllt und eine kleine Whiskey-Destillerie eröffnet. Anderson war damals schon in der A3 gewesen und hatte Weber dazu überredet, sich ebenfalls für diese zu bewerben. Seitdem saßen sie gemeinsam in einem Büro.

»Power, schön, dass du zurück bist«, sagte Weber. »Wie war der Urlaub? Hat Steffi nun endlich genug von dir?«

»Im Gegenteil!« Anderson grinste breit. »Sie kann jetzt noch weniger die Finger von mir lassen als vor dem Urlaub? Was macht die Familie?«

Weber setzte sich und erzählte Anderson von Leons Krankenhausaufenthalt. Die Miene seines Kollegen zeigte deutlich dessen Betroffenheit.

»Fuck«, murmelte Anderson. »Wie geht es ihm heute?«

»Besser«, antwortete Weber und fuhr währenddessen seinen PC hoch. »Nachdem wir aus dem Krankenhaus raus waren, schien zum Glück alles wieder wie sonst auch zu sein. Das bedeutet wohl, dass er keine Folgeschäden hat.

Ich hoffe nur, die Anfälle holen irgendwann ganz auf. Nicht, dass später durch die Vielzahl der Anfälle etwas zurückbleibt.«

Anderson nickte.

»Hamburg?«, wollte er dann nach einem kurzen Moment des Schweigens wissen.

»3 Stunden, 15 Minuten und 27 Sekunden«, antwortete Weber.

»Warst schon mal besser.« Anderson zwinkerte ihm zu. Der Kerl mochte es, ihn zu foppen.

»Und was läuft hier so?«, fragte sein Kollege schließlich.

Weber berichtete kurz von den neuesten Gerüchten und weihte ihn dann in den Fall Lesniak ein.

»Du kannst mich übrigens gleich begleiten. Ich will Lesniak die Unterlagen zurückbringen.«

»Why not?« Anderson zuckte mit den Schultern. »So komme ich aus dem Büro heraus. Du weißt ja: Außeneinsätze liegen mir eher.«

Weber brauchte noch knapp zwei Stunden, um die Unterlagen so weit vorzubereiten, dass er sie zurückgeben konnte. Um kurz vor zehn luden er und An-derson die Ordner in den Dienstwagen und machten sich auf den Weg zu Lesniak.

»Wie geht eigentlich jetzt mit Leon weiter?«, fragte Anderson, als sie den Hof des Präsidiums verließen.

»Wie vorher auch.« Weber reihte den Wagen in den fließenden Verkehr ein. »Morgen wird er wieder zur Kita gehen und dann hoffen wir, dass sich die Anfälle nicht so schnell wiederholen. Ansonsten können wir erstmal nichts tun. Das heißt, wir können noch zu einem Orthopäden gehen und nachschauen lassen, ob Leon etwas an der Wirbelsäule hat. Aber das war's auch schon.«

Weber seufzte.

Anderson erinnerte sich noch genau daran, wie er mit seinem Freund vor Leons Geburt oft zusammengesessen und über das Thema Down Syndrom gesprochen hatte. Er hatte bemerkt, dass Weber und Yuna es sich mit der Entscheidung nicht leicht machten, ob sie das Baby bekommen sollten oder nicht. Allerdings hatte Anderson keine Sekunde daran gezweifelt, dass sie sich für dieses kleine Würmchen entscheiden würden. Seit der Geburt von Leon merkte man, dass er das Leben der Familie absolut bereicherte.

Es verging kaum ein Tag, an dem Anderson nicht irgendwelche Fotos von Leon gezeigt wurden, oder Weber ihn über die neuesten Entwicklungsschritte des Kleinen informierte. Webers Kollege hatte dieses Schwelgen in Erinnerungen gerade beendet, als sie auf das Gelände von Lesniaks Werkstatt einbogen. Weber fuhr durch das offene Tor und hielt direkt vor der Werkstatt.

»Komisch«, brummte er und schaute sich um.

»Was denn?«, fragte Anderson.

»Das Haupttor ist offen, aber das Tor zur Garage ist geschlossen. Außerdem sieht und hört man keine Arbeiter.«

»Vielleicht machen sie gerade Pause«, meinte Anderson.

Weber öffnete die Fahrertür und stieg aus. Anderson folgte ihm. Zielstrebig ging Weber zur Tür des Büros und zog am Türgriff. Sie war nicht verschlossen. Er betrat das Büro, während Anderson davor stehen blieb.

Das Büro war leer.

»Wo ist Lesniak?« Weber runzelte die Stirn. Sein Bauchgefühl meldete sich. Etwas kam ihm äußerst seltsam vor.

»Vielleicht in der Werkstatt?«, schlug Anderson mit einer Gegenfrage vor und nickte in Richtung des Gebäudes.

Weber schaute sich im Büro um und entdeckte an der rechten Wand eine Tür, die vermutlich in die Werkhalle führte. Er marschierte darauf zu, zog auch hier am Türgriff und auch diese war nicht verschlossen. Er schaute kurz zu Anderson, der nun ebenfalls das Büro betrat und zur Verbindungstür kam. Weber machte einen Schritt in die Werkhalle und schaute sich prüfend um. Dem Durch-gang direkt gegenüber befand sich eine Hebebühne, auf der ein alter Pkw stand, links daneben war eine zweite Hebebühne. Auf dieser thronte kein Fahrzeug, dennoch war sie hochgefahren. Am linken Rand der Bühne stand eine Person mit dem Rücken zu ihm.

›Lesniak‹, dachte Weber sofort.

Hinter ihm betrat Anderson die Werkhalle. Weber wollte Lesniak gerade ansprechen, als er bemerkte, dass der zu schweben schien. Seine Füße berührten den Boden nicht, zudem wirkte er merkwürdig schlapp und der Kopf hing zur Seite. Ein Seil verband Lesniaks Hals mit der hochgefahrenen Hebebühne.

»Scheiße!«

Nachdem Weber und Anderson näher an den Werkstattleiter herangetreten waren und zweifellos festgestellt hatten, dass er tot war, verließ Weber zügig die Halle, um die Mordkommission zu alarmieren. Während er telefonierte und auf eine Verbindung zur A1 wartete, sah er wieder den schwarzen Retriever, der vor dem Haupttor lag und ihn anschaute.

»Sehr merkwürdig«, brummte er, wurde jedoch durch den Leiter der A1 abgelenkt, der das Gespräch annahm.

Als Weber kurz darauf wieder zum Tor schaute, war der Hund weg. Er beendete das Telefonat, ging zum Haupttor und blickte die Straße links und rechts hinab. Von dem Hund war nichts zu sehen. Weber drehte sich um und betrachtete die Werkstatt. Erneut kam ihm eine Erinnerung an eine Hebebühne und einen Retriever in den Sinn, die sich allerdings nicht verfestigte.

Anderson trat aus der Tür des Büros und winkte ihn zu sich.

***

Weber betrat sein Büro und setzte sich an seinen Schreibtisch. Mittlerweile war es Mittag geworden. Er hatte gerade noch seine Zeugenaussage bei der A1 gemacht. Nach ihm war jetzt Anderson an der Reihe. Weber hatte noch immer das Bild von Lesniak vor Augen. Das Abschleppseil um den Hals, welches an einer Fahrspur der Hebebühne befestigt war, seine Zehenspitzen knapp über dem Boden schwebend. Er hatte ganz offensichtlich bis zuletzt versucht, den Druck von seinem Hals zu nehmen. Irgendwann konnte er den Druck jedoch nicht mehr verringern und musste elendig erstickt sein.

Weber dachte auch an den Täter, wie grausam dieser sein musste. Die Hebebühne ganz langsam Stück für Stück hochzufahren. Was für ein Mensch brachte so etwas fertig?

Weber schüttelte den Gedanken ab und stand auf, um sich einen Kaffee zu holen. Bevor er ins Büro zurückgehen konnte, musste er die Fragen der Kollegen beantworten, die wissen wollten, was passiert war. Gerüchte verbreiteten sich selbst hier sehr schnell. Damit er nicht alles mehrfach erzählen musste, setzten sie sich alle zusammen in den Aufenthaltsraum und Weber erzählte. Nachdem er fertig war, bat ihn Dörmann in sein Büro.

»Alles klar bei dir?«, erkundigte er sich bei Weber, nachdem sich dieser gesetzt hatte.

Der nickte.

»Habe schon schlimmere Leichen gesehen«, antwortete er.

»Ich meine nicht die Leiche, sondern die Situation mit Leon«, sagte Dörmann.

»Mir geht es gut. Leon ist wieder fit und sie haben im Krankenhaus nichts Schlimmes gefunden. Das hat uns sehr beruhigt.«

Dörmann wirkte zuerst nachdenklich, nickte daraufhin aber langsam.

»Okay. Was machen wir jetzt mit dem Verfahren gegen Lesniak?«, wechselte er das Thema und Weber ging gleich darauf ein.

»Ich denke, die Mordkommission wird sich die Akten erstmal durchlesen wollen. Ich spreche gleich mit dem zuständigen Staatsanwalt in dem Verfahren.«

»Meinst du, der Mord steht im Zusammenhang mit dem Fall?«, fragte Dörmann.

Weber überlegte einen Moment, bevor er den Kopf schüttelte.

»Das wurde ich in der Vernehmung auch schon gefragt. Ich denke nicht. Die Schadenssummen waren in meinen Augen nicht so hoch, dass sich dafür ein Mord lohnt. Außerdem hätte man ihm sonst eher den Schädel eingeschlagen oder ihn erstochen. Die Art und Weise, wie Lesniak ermordet wurde, spricht nach meiner Meinung dagegen. So viel Mühe und Grausamkeit würde ich nicht bei jemandem erwarten, der bei einem Autokauf über den Tisch gezogen wurde.«

Weber machte eine Pause. Dörmann wartete darauf, dass er das aussprach, was ihn seit dem Anblick von Lesniaks Leiche beschäftigte.

»Es könnte höchstens sein, dass noch mehr Personen an dem Betrug beteiligt waren und er bei einem der Hintermänner in Ungnade fiel. Das würde passen, denke ich.«

Ein weiteres Mal dachte Weber an das Vorgehen: Eine Hebebühne, die quälend langsam nach oben gefahren wurde, ein Strick, der sich straffte. Oh ja, da waren Rache und Bestrafung mit im Spiel gewesen.

Montag, 17.08.2015
18:00 Uhr

Simon steckte das Prepaidhandy in die Tasche seines Sakkos und stand auf. Er war noch immer in seinem Büro im Autohaus. Den ganzen Tag über hatte ihn Freddy mit irgendwelchen Aufgaben betraut, sodass er kaum dazu gekommen war, sich um seine üblichen Geschäfte zu kümmern. Er hatte stattdessen in Freddys Auftrag zahlreiche Telefonate führen und Verträge vorbereiten müssen. Dabei ging es um die Anmietung eines großen Bauernhofs auf dem Land in der Nähe von Bielefeld, welcher als Unterkunft für die Flüchtlingskinder dienen sollte. Sie konnten so direkt vom Ausländeramt dorthin gebracht werden. Freddy wollte sich darum kümmern, dass die Kinder in ihre Obhut überstellt wurden. Er hatte, wie er sagte, ›einen guten Kontakt zu den Entscheidungsträgern im Amt‹ und deshalb könnte da nichts schiefgehen. Simon hatte mit dem Makler einen Besichtigungstermin für den nächsten Vormittag vereinbart. Da Freddy selbst Makler war, wollte er nicht bei seinem Kollegen als Käufer auftreten.

Simon stieg ins Auto und nahm sein Zweithandy aus dem Handschuhfach. Als er es einschaltete, piepte es zweimal als Zeichen dafür, dass Whatsapp-Nachrichten eingegangen waren. Es schienen drei zu sein, die vor zwei Stunden geschickt worden waren und alle von ihr stammten. Sie wollte ihn dringend sehen und er sollte sich sobald wie möglich bei ihr melden. Simon schickte ihr eine Antwort, dass er jetzt erreichbar wäre und keine 30 Sekunden später klingelte das Handy.

»Hallo mein Schatz! Was ist los?«, begrüßte er sie.

»Ich muss dich dringend sehen. Er will mich wieder zu meinen Eltern schicken. Diese Woche noch.« Sie klang ziemlich beunruhigt.

»Ist etwas passiert?«, fragte er sofort.

»Kann ich nicht sagen. Aber er war am Wochenende irgendwie komisch zu mir und den Kindern.«

»Glaubst du, er hat einen Verdacht wegen uns?«

Sie schwieg einen Moment.

»Ich hoffe nicht«, sagte sie dann. »Können wir uns morgen zum Frühstück treffen? Neun Uhr im Kachelhaus?«

»In Ordnung, ich werde da sein.«

»Ich liebe dich, Andreas«, flüsterte sie und er bemerkte, dass sie den Tränen nahe war.

»Ich liebe dich auch, Marina.«

Dienstag, 18.08.2015
08:15 Uhr

Als Weber am Dienstagmorgen seine Begrüßungsrunde durch die Büros machte, wurde er von Dörmann herübergerufen. Sein Chef kam direkt zur Sache.

»Die A1 hat dich angefordert. Du sollst in der Mordkommission mitarbeiten, da du umfangreiches Hintergrundwissen über Lesniak hast und man vermutet, dass der Täter aus dem Umfeld kommt. Um neun findet eine Besprechung statt. Da sollst du dabei sein.«

Weber nickte. Das kam nicht überraschend für ihn.

»Such die Vorgänge raus, die dringend bearbeitet werden müssen und leg sie mir auf den Tisch. Ich werde sie verteilen. Die anderen lass erstmal liegen, bis du abschätzen kannst, wie lange die MK laufen wird.«

Aus der Erfahrung heraus wusste Weber, dass dies einige Wochen oder sogar Monate sein konnten. Selbst bei Untersuchungen, wo der Mörder praktisch auf der Leiche saß, dauerten die Ermittlungen eine oder zwei Wochen an.

Gemächlich schlenderte Weber zurück in sein Büro und war gerade dabei, seine Vorgänge zu sichten, als Anderson das Büro betrat.

»Morgen Brett«, sagte er. »Packst du deine Sachen? Hat man dich gefeuert?«, fragte er, als er bemerkte, dass sein Freund fast alle Vorgänge zusammenpackte.

»Ich bin ab sofort in der MK«, antwortete Weber. »Die Vorgänge soll ich dir über den Tisch schieben, hat Dörmann gesagt.«

Weber feixte.

»Dann melde ich mich sofort krank«, brummte Anderson und zog eine Grimasse. »Wann musst du weg?«

Weber schaute auf die Uhr, es war 08:57 Uhr.

»Mist«, brachte er heraus. »Jetzt, um neun ist eine Besprechung in der A1 angesetzt.«

Weber ließ die Akten liegen, schnappte sich seine Notizmappe und verabschiedete sich von Anderson.

Der Besprechungsraum im A1 war voll. Insgesamt waren vierzehn Leute bei der Besprechung anwesend. Die Mordkommission bestand aus zwölf Beamten, hinzu kamen Oskar Schwarzbach, der Leiter der A1, und Klaudia Keim, die Vertreterin der Pressestelle. Für den Nachmittag war eine erste Pressekonferenz angesetzt worden. Olaf Herbst, Leiter der MK, und Keim sollten diese abhalten. Die Untersuchung hatte den Namen ›MK Werkstatt‹ erhalten.

»So«, sagte Herbst, stand vom Stuhl auf und schloss die Tür des Besprechungsraums. »Wir sind vollzählig. Dann fangen wir mal an.«

Er öffnete eine Mappe, die vor ihm auf dem Tisch lag.

»Für all diejenigen, die erst heute zu uns gestoßen sind, möchte ich den Sachverhalt kurz zusammenfassen. Gestern Morgen gegen 10:20 Uhr wurde die Leiche von Anton Lesniak, 39 Jahre alt, deutscher Staatsbürger, in seiner Werkstatt in der Cheruskerstraße 3 tot aufgefunden. Gefunden wurde er von den Kollegen Weber und Anderson aus der A3.« Herbst schaute kurz von seinen Aufzeichnungen auf und blickte zu Weber hinüber. »Deshalb ist Marc auch jetzt mit in der MK. Lesniak wurde ein Abschleppseil um den Hals gelegt, das andere Ende an eine Hebebühne befestigt und soweit nach oben gefahren, bis es zur Strangulation führte. Bei der Obduktion wurde festgestellt, dass dies mehrfach passiert sein muss. Lesniak hatte mehrere Würgemale am Hals. Man kann also ohne Übertreibung sagen, er wurde gefoltert.«

Herbst machte eine kleine Pause, bevor er fortfuhr.

»Letztendlich ist Lesniak erstickt. Zu den möglichen Tätern oder Motiven haben wir noch nichts. Vielleicht kann Marc gleich etwas Licht ins Dunkel bringen, wenn er uns von den Ermittlungen gegen Lesniak berichtet. Bei der Tatort-Aufnahme hat die Spurensicherung nichts gefunden, was uns auf Anhieb weiterhelfen könnte. Natürlich gibt es viele Fingerspuren und DNA, aber in einer Autowerkstatt ist das nicht gerade ungewöhnlich. Die Kollegen sind jetzt erneut vor Ort, um nochmal alles gründlich unter die Lupe zu nehmen. Ein zweites Team hat die Wohnung durchsucht, aber nicht Relevantes gefunden. In der Werkstatt und in der Wohnung waren kaum Unterlagen, was aber ebenfalls nicht verwundert, da Marc dort bereits alles sichergestellt und wohl auch schon ausgewertet hat.«

Herbst sah zu Weber hinüber, der schweigend nickte.

»Schön, dann kannst du die anderen Ordner auch durchsehen.«

Weber machte sich eine Notiz.

»In der Wohnung wurde Lesniaks Freundin angetroffen.« Herbst schaute wieder in seine Unterlagen. »Svetlana Kuzik, 25 Jahre alt. Sie wurde am Freitag und Samstag von Jana und Hugo vernommen, konnte oder wollte aber keine Angaben zum Sachverhalt machen. Jana, Hugo – ihr werdet sie heute nochmals aufsuchen und mit ihr reden.«

Herbst hakte etwas auf einem Zettel ab.

»Die Mitarbeiter der Werkstatt sind ebenfalls am Freitag vernommen worden. Detlef und Tina hatten das übernommen. Hier kam ebenfalls nichts Relevantes heraus. Die Beiden stehen heute ein weiteres Mal auf eurer Liste«, meinte Herbst und schaute Detlef und Tina an, die nickten. »Bei Lesniak wurde ein Handy gefunden, das aktuell bei der A5 ausgelesen wird. Helene, du kümmerst dich bitte um die Auswertung, solange Marc sich durch die Akten wühlt. In der Werkstatt wurde ein nagelneuer Laptop gefunden, der ebenfalls bei der A5 gespiegelt wird. Auswertung bei euch.«

Er wandte sich an Weber und Helene, dann wieder an alle.

»In der Wohnung gab es nur noch einen weiteren Laptop. Frau Kuzik konnte allerdings nachweisen, dass dieser ihr gehört. Was habt ihr bei der Durchsuchung gefunden?«, fragte Herbst Weber.

»Einen Laptop im Büro, der mittlerweile bei der A5 liegt. Ich denke, der ist noch nicht gespiegelt. Das sollte beschleunigt werden.«

Herbst nickte und machte sich eine Notiz auf dem Zettel.

»Hans und Ewald werden sich heute um die Mitbewohner im Lohmannshof und die Nachbarschaft der Werkstatt kümmern. Vielleicht ist jemandem was aufgefallen. Maurice und Marius werden sich um die Hinweisaufnahme und die Bearbeitung des Falles in unserem speziellen System kümmern.«

Bei dem ›speziellen System‹ handelte es sich um eine Anwendung, die es möglich machte, Hinweise und Spuren in größeren Verfahren aufzunehmen und diese miteinander zu verknüpfen. Es nannte sich ›Polizei Informationscenter‹, kurz ›PIC‹ und war erst vor ein paar Monaten eingeführt worden.

»Der Raum hier dient uns als Zentrale«, fuhr Herbst fort. »Maurice und Marius werden im Nebenraum arbeiten. Ich kann für zwei Teams bei uns Büros zur Verfügung stellen, ein Team kann in der Zentrale sitzen. Hat noch einer von euch ein freies Büro?«

Helene meldete sich.

»Bei mir ist noch was frei. Ist auch praktisch, wenn wir uns um die Auswertung von Handys und Laptops kümmern sollen.«

»Prima! Ansonsten alles wie gehabt«, endete Herbst und wirkte ziemlich zufrieden.

Alles wie gehabt bedeutete, dass die beiden Kollegen, die die PIC bedienten, aus den eingehenden Hinweisen und den Ermittlungen der Kollegen Arbeitsaufträge erstellten, welche an die einzelnen Teams vergeben wurden. Zur MK Werkstatt gehörten vier Teams mit je zwei Beamten. Weber bildete ein Team mit Helene Sykowski. Für jedes Team wurde ein Ablagekorb bereitgestellt, in den die Arbeitsaufträge hineingelegt wurden. Sie wurden mit den Namen der Verantwortlichen versehen und standen bereits auf dem großen Tisch in der Zentrale. Weber bemerkte, dass im Korb seines Teams bereits einige Zettel lagen.

Sobald ein Auftrag erledigt war, wurden der Arbeitsauftrag und die gefertigten Schriftstücke in einen Eingangskorb gelegt, dann kümmerten sich Maurice und Marius um die Eingabe der Ermittlungsergebnisse in PIC.

»Nachdem nun soweit alles geklärt ist, möchte ich Marc bitten, etwas zum Verfahren gegen Lesniak zu sagen.«

Die nächsten 30 Minuten war Weber damit beschäftigt, über das aktuelle, aber auch über seine zurückliegenden Verfahren gegen Lesniak zu berichten.

Dienstag, 18.08.2015
12:00 Uhr

Simon saß im Büro des Autohauses und schaute auf den Hefter, der vor ihm lag. Freddy Krüger war gerade bei ihm gewesen und hatte ihm diesen da gelassen. Er hatte ihm erklärt, dass sich darin Namen und Erreichbarkeiten von Personen aus dem In- und Ausland befanden, welche als potenzielle Kunden für ihr neues Geschäft in Frage kamen. Simon sollte mit einigen von ihnen Kontakt aufnehmen und anfragen, ob sie an ›neuer Ware‹ interessiert waren, wie Krüger es ausgedrückt hatte.

Es handelte sich um etwa fünfzig Namen, von denen sich Simon zuerst zwanzig aussuchen sollte. Allein bei dem Gedanken an die ›neue Ware‹ wurde ihm schlecht. Er hatte sich allerdings nichts anmerken lassen und Freddy versprochen, sich nach dem Termin mit dem Makler darum zu kümmern. Krüger erwartete die Antworten bis Ende der Woche.

Simon hatte sich darüber gewundert, da sie ja noch nicht mal ein passendes Objekt für die Unterbringung der Kinder und Jugendlichen hatten. Daraufhin meinte Krüger mit einem süffisanten Lächeln, dass er schon über ausreichend ›Ware‹ verfügen würde, um die Wünsche von zwanzig Kunden zu befriedigen. Danach wurde Simon erst recht schlecht und er musste kurz das Büro verlassen, um auf die Toilette zu gehen. Kotzen musste er jedoch nicht, riss nur das Fenster auf und versuchte, frische Luft einzuatmen. Er hatte sich kaltes Wasser übers Gesicht laufen lassen und war zurück in sein Büro gegangen. Krüger war währenddessen verschwunden, hatte ihm aber einen Zettel hinterlassen, dass er sich nach dem Treffen mit dem Makler bei ihm melden sollte.

Nun saß Simon allein da und traute sich nicht, den Hefter aufzuschlagen. Er öffnete eine Schublade des Schreibtischs, warf ihn dort hinein und schlug sie zu. Mit zitternden Knien erhob er sich, schlurfte zu einem Tisch in der hinteren Ecke seines Büros, der mit Alkoholika befüllt war und schüttete sich einen ordentlichen Schluck Jim Beam in ein Glas. Das trank er in zwei Zügen aus, schüttete sich noch einen weiteren Schluck ein und ging zurück zum Schreibtisch. Simon ließ sich in den Sessel fallen, lehnte sich zurück und dachte darüber nach, was er nun machen sollte. Auf keinen Fall wollte er etwas mit dem Kinderhandel zu tun haben.

Nachdem er einige Zeit mit geschlossenen Augen überlegt hatte, setzte er sich auf, trank den Whiskey aus und traf eine Entscheidung. Er nahm das Prepaidhandy aus der Jackentasche und rief Marina an. Sie meldete sich nach dem zweiten Klingeln.

Dienstag, 18.08.2015
15:45 Uhr

Weber schloss den vor ihm liegenden Ordner und stellte ihn neben den Schreibtisch. Er hatte sich nach Ende der Besprechung erneut alles vorgenommen, was bei den Durchsuchungen sichergestellt worden war. Er hatte die Ordner nach dem Leichenfund mit zurück zur Dienststelle genommen. Ihm fiel jedoch auch bei der zweiten Durchsicht nichts auf, was für die Mordermittlung von Bedeutung sein könnte.

Er hatte sich viel Zeit bei der Durchsicht der Ordner gelassen, zumal die Spiegelungen der PCs noch nicht abgeschlossen waren. Damit konnten sie sich erst am nächsten Tag beschäftigen.

Weber wollte deshalb pünktlich Feierabend machen, da er nicht wusste, ob er in den nächsten Tagen dazu Gelegenheit haben würde. Er hatte sich das Okay dazu von Herbst geholt. Eine weitere Besprechung sollte erst am nächsten Tag erfolgen.

In dem Moment, in dem Weber den PC herunterfahren wollte, betrat Sylvio Reiter, einer der Kollegen, welche die Tatortaufnahme durchgeführt hatten, mit einem braunen Briefumschlag in der Hand das Büro.

»Hallo Marc!«, begrüßte Sylvio ihn. »Herbst hat mich zu dir geschickt.«

»Hallo Sylvio. Was gibt es denn?« Weber zeigt auf einen Besucherstuhl und Reiter kam der Aufforderung lächelnd nach.

»Wir waren heute nochmal in der Werkstatt und haben alles ein weiteres Mal gründlich abgesucht.«

Weber nickte. Herbst hatte das in der Frühbesprechung bereits erwähnt.

»Wir haben tatsächlich noch etwas gefunden, was uns bei der ersten TO-Aufnahme nicht aufgefallen ist. Mir ist meine Taschenlampe runtergefallen und unter die Werkbank gerollt. Sie war eingeschaltet und, als ich danach gesucht habe, hat sie einen Gegenstand angeleuchtet, der weit unter der Werkbank an der Wand lag.« Reiter griff in den Umschlag, den er die ganze Zeit in der Hand gehalten hatte, und holte ein Sony Walkman Handy heraus. »Es war dieses Handy.«

Er reichte es Weber, der es zuerst nicht anfassen wollte. Reiter feixte.

»Du kannst es ruhig nehmen«, sagte er. »Fingerabdrücke und DNA sind schon gesichert.«

»Habt ihr tatsächlich was darauf gefunden?«, fragte Weber verwundert.

„Fingerspuren auf der Gehäuserückseite. Sie werden derzeit abgeglichen.«

Vorsichtig nahm Weber das Handy an sich.

»Und im Handy?«

»Eine SIM-Karte. Interessant ist aber eher, dass sich im Telefonbuch nur eine Rufnummer befindet, gleiches gilt für die Anrufliste. Ausgewertet haben wir es nicht, das sollt ihr machen.«

Weber rief das Telefonbuch auf und notierte sich die dort eingetragene Rufnummer. Es war die eines Handys. Gespeichert war sie unter dem Eintrag ›Andy‹. Er öffnete ein Programm und gab die Nummer dort ein. Mithilfe des Programms ließen sich die Anschlussinhaber für Telefonnummern, sowohl Handy als auch Festnetz, ermitteln. Weber füllte die Pflichtfelder aus und schickte die Anfrage an die Bundesnetzagentur. Die Antwort würde voraussichtlich am nächsten Morgen da sein.

Reiter verabschiedete sich, nachdem ihm Weber den Empfang des Handys quittiert hatte. Rasch, ehe noch ein Kollege etwas von ihm wollte, fuhr Weber seinen PC herunter, verabschiedete sich von Helene, die sich im Büro eines Kollegen aufhielt, zog sich die Radklamotten an und fuhr zu den Klängen von *The River* nachhause.

Dort angekommen, wurde er gleich von seinem Ältesten in Beschlag genommen, noch bevor er vom Rad absteigen konnte.

»Vatta!«, rief Yannik. »Ich will Basketball spielen.«

Weber, der schon seit dem Mittag unter leichten Kopfschmerzen litt, reagierte gereizt.

»Kann man nicht mal in Ruhe zu Hause ankommen, bevor man hier bestürmt wird? Ich habe den ganzen Tag gearbeitet, verdammt nochmal.«

Yuna, die Webers Ausbruch mitbekommen hatte, ging zu Yannik.

»Lass Papa sich erstmal einen Moment ausruhen.« Sie fasste ihren Sohn sanft an den Arm und wandte sich ohne ein weiteres Wort der Terrasse zu.

Weber, der noch immer etwas wütend war, stapfte ins Haus, zog sich aus und stellte sich unter die Dusche, in der er erstmal für zwanzig Minuten blieb, bis er das Gefühl hatte, wieder einigermaßen in der Spur zu sein. Er trocknete sich ab, zog eine kurze Hose und ein T-Shirt der Green Bay Packers an und ging auf die Terrasse hinaus, wo seine Frau mit den Kindern Mensch ärgere dich nicht spielte.

»Geht's wieder?«, erkundigte sich Yuna.

Weber, dessen Stimmung aufgrund der gestellten Frage, schon wieder zu kippen drohte, nickte nur. Er drehte sich zu seinem Ältesten.

»Was wolltest du mir denn erzählen?«

»Ich möchte Basketball spielen«, wiederholte Yannik zögerlich.

»Basketball?«, fragte Weber. »Wie kommst du denn jetzt darauf?«

»Ich habe heute ein Spiel auf Sky gesehen und das fand ich total super«, meinte Yannik mit wachsender Begeisterung. »Mama hat schon im Internet nachgeschaut. In Melle gibt es eine Basketball-Mannschaft mit Spielern in meinem Alter und Freitag haben sie Training. Da müssen wir hingehen.«

»Wir?«

»Einer muss ja mit ihm hingehen und ich habe keine Zeit«, erklärte Yuna.

Weber verzog das Gesicht. Sein Sohn setzte spontan einen Dackelblick auf.

»Bitte Papa ...«

»Na gut«, seufzte Weber und Yannik strahlte über das ganze Gesicht.

»Freitag Nachmittag um 17 Uhr«, fügte Yuna hinzu und lächelte. »Dann bist du auch pünktlich zur Bandprobe wieder zurück!«

Wieso hatte Weber das Gefühl, die beiden hätten sich gegen ihn verschworen?

Dienstag, 18.08.2015
19:55 Uhr

Als Weber Leon ins Bett brachte, saß Simon im Wagen auf einem Parkplatz an der Osningstraße. Er grübelte, was er als Nächstes machen sollte. Instinktiv griff er nach dem USB-Stick, den er in der Innentasche seiner Jacke mit sich herumtrug.

Der Termin mit dem Makler war gut gelaufen. Simon hatte sich das Objekt angesehen und als gut empfunden. Es war ein altes Bauernhaus aus dem Jahr 1905, dass 2012 aufwändig renoviert worden war. Im Haus gab es sieben Zimmer, eine Küche und zwei Bäder, sowie zwei Gäste-WCs. Zudem bestand die Möglichkeit, den Dachboden auszubauen und so vier weitere Zimmer zu schaffen. Zum Haus gehörten ein fast 1000 Quadratmeter großes Grundstück und eine alte Scheune. Es lag am Ende einer etwa 700 Meter langen Zufahrt, die von altem Baumbestand gesäumt und dadurch von der Straße aus kaum zu sehen war. Die Straße, an der sich das Grundstück befand, führte von Bielefeld nach Werther.

Simon hatte noch vom Haus aus mit Freddy telefoniert und sich das Okay für den Kauf geholt. Er wollte zwar nichts mit dem ›Verkauf‹ der Kinder zu tun haben, aber den Transfer des Hauses wollte er trotzdem abwickeln. Als er die Genehmigung erhalten hatte, teilte Simon dem Makler das Ergebnis mit. Der Kaufpreis: 1,5 Millionen Euro.

Am nächsten Tag sollte der Vertrag unterschrieben werden. Das Geld kam von Freddy und Renner. Simon war gerade an diesem Punkt seiner Überlegungen angekommen, als ein anderes Fahrzeug auf den Parkplatz fuhr. Er erkannte das Auto sofort: Marina.

***

Sie trieben es auf dem Rücksitz von Simons Wagen, danach saßen er und Marina eng umschlungen zusammen.

»Wie soll es nur mit uns weitergehen?«, wollte Marina nach einiger Zeit seufzend wissen.

Simon küsste sie auf die Schläfe und wandte sich ihr zu.

»Es wird nicht mehr lange dauern und wir beginnen zusammen ein neues Leben.« Er bemerkte, dass Marina etwas erwidern wollte, weshalb er hastig fortfuhr. »Ich habe den Schlüssel zu unserem neuen Leben in meiner Tasche. Am Freitag fährst du mit den Kindern zu deinen Eltern. Ich werde hier alles regeln und spätestens eine Woche später bei euch sein. Dann verschwinden wir zusammen. Was hältst du von Kalifornien?«

Simon wusste, dass Marina sich schon seit langer Zeit wünschte, einmal nach San Francisco zu fahren. Mit dem Geld, das er von Renner erpressen wollte, könnten sie sich dort einiges aufbauen. Deshalb wunderte es ihn nicht, dass sie auf seinen Vorschlag mit einem breiten Grinsen reagierte.

»Das hört sich toll an, aber ...«

»Kein aber«, unterbrach Simon sie. »Ich habe eine Idee, wie ich an genug Geld herankomme, damit wir uns diesen Traum erfüllen können.«

Marina sah ihn besorgt an.

»Und es ist wirklich nicht gefährlich?«

Simon zögerte einen Augenblick. Zu seinem Plan gehörte es, Marina eine Kopie des Sticks zu geben, falls er in Schwierigkeiten geriet. Es sollte eine Art Vermächtnis sein, sollte ihm irgendetwas zustoßen. Im schlimmsten Fall musste Marina den Stick an die Polizei schicken.

»Nein«, sagte er endlich.

An ihrem Blick erkannte Simon, dass sie ihm nicht recht glaubte.

»Vertrau mir. Ich weiß, was ich tue.«

Kaum hatte er die Worte ausgesprochen, fragte er sich, ob er das tatsächlich wusste. Er griff in seine Jackentasche und holte die Kopie des USB-Sticks heraus.

»Auf diesem Stick sind wichtige Informationen, die uns helfen werden, heil aus der Sache herauszukommen. Ich möchte, dass du ihn mit zu deinen Eltern nimmst. Falls etwas passieren sollte, schick ihn an die Polizei. Hier ist ein Zettel mit der Adresse und dem Namen des Beamten, an den du den Stick schicken kannst. Außerdem habe ich noch seine Telefonnummer notiert, falls du schnell mit ihm Kontakt aufnehmen musst.«

Marina wollte protestieren, aber Simon legte ihr einen Finger an die vollen Lippen.

»Es wird nicht dazu kommen«, versicherte er ihr. »Es ist lediglich eine Vorsichtsmaßnahme. Das ist alles. Man kann nie vorsichtig genug sein. Mir wird nichts passieren.«

Er versuchte, bei diesen Worten positiver zu klingen, als er tatsächlich war. Marina schien ihm nun zu glauben. Sie nahm Stick und Zettel an sich und steckte beide ihn in ihre Handtasche. Dann beugte sie sich zu ihm hinüber und küsste ihn leidenschaftlich.

Mittwoch, 19.08.2015
09:20 Uhr

Nach der Frühbesprechung der MK ging Weber in sein derzeitiges Büro in der A5. Er fuhr den PC hoch und öffnete das Programm für die Anschlussinhaberfeststellung. Ein gelber Punkt zeigte ihm an, dass die Antwort auf seine Anfrage vorlag.

Gespannt öffnete er die Antwortmail. Die Rufnummer der SIM-Karte gehörte zur Firma HLM aus Lichtenstein. Die gleiche Firma, die auch die Halle auf Lesniaks Grundstück gepachtet hatte. Angemeldet hatte man die Rufnummer am 05.04.2015.

Hatte ein Mitarbeiter der Firma das Handy in Lesniaks Werkstatt verloren? Oder arbeitete der Tote selbst für die HLM?

Weber druckte die Antwort aus und nahm sich vor, später weitere Ermittlungen zur Firma HLM durchzuführen. Er öffnete die zweite Antwort. Es ging dabei um die Rufnummer, die als einzige angerufen worden war. Anschlussinhaber hier war eine Isabell Zweig. Als Adresse war eine Anschrift in Bielefeld angegeben.

Weber rief das Programm des Einwohnermeldeamts auf und überprüfte die Anschrift. Eine Isabell Zweig war bis zum 01.03.2010 an der Anschrift Lipper Hellweg 2 gemeldet gewesen, danach war sie nach unbekannt verzogen. Erneut machte Weber einen Ausdruck, rief ein anderes Programm auf und überprüfte die Frau dort.

Er erhielt einen Treffer.

Isabell Zweig, geboren am 08.10.1980 in Bielefeld, war mehrfach wegen Körperverletzung und Hausfriedensbruch angezeigt worden. Interessant war, dass sie seit dem 15.04.2014 in der JVA Hamburg wegen schwerer Körperverletzung eine 1 ½ jährige Haftstrafe verbüßte. Sie befand sich im geschlossenen Vollzug, was bedeutete, dass sie keinen Ausgang hatte. Weber fragte sich, wie sie an eine SIM-Karte und ein Handy gelangen konnte. Im Knast war zwar nichts unmöglich, wenn man die entsprechenden Kontakte hatte, aber die eigentliche Frage war doch, wie gelangte das Handy nach Bielefeld? Hatte Lesniak Kontakt zu Isabell Zweig gehabt? Kannten sich die beiden aus gemeinsamen Bielefelder Zeiten? Waren sie früher sogar zusammen an Straftaten beteiligt gewesen?

Webers Kinder

Weber stellte fest, dass Isabell Zweig eine Strafakte beim PP OWL hatte. Er nahm sich vor, diese genau zu studieren. Zuerst musste er jedoch einen Bericht zum eben Festgestellten verfassen und Herbst und die anderen informieren.

***

Als Weber sich auf den Weg in die Aktenhaltung machte, saß Marina Olschewski in der Küche ihres Hauses und wartete auf ihren Mann, der die Kinder in die Kita brachte. Sie war nervös, da sie ihm gleich erzählen wollte, dass sie am Wochenende wieder zu ihren Eltern fuhr. Sie konnte nicht einschätzen, wie ihr Mann darauf reagieren würde. Seit sieben Jahren kannte sie ihn und seit vier, nach der Geburt der Kinder, waren sie verheiratet. Bereits vor der Hochzeit war er unberechenbar gewesen, was die Stimmungsschwankungen anging, doch seitdem er wusste, dass er der Vater ihrer Kinder war, und erst recht nach der Hochzeit, war es noch schlimmer geworden.

Marina hatte sich immer gefragt, warum er sie überhaupt geheiratet hatte, aber sie vermutete, sein Boss hatte dahinter gesteckt.

Womit ihr Mann sein Geld verdiente, wusste sie genau, immerhin war sie mal ein Teil seiner ›Arbeit‹ gewesen. So hatten sie sich auch kennengelernt. Marina war in der Ukraine geboren worden, in einem kleinen Kaff etwa 100 Kilometer von der Hauptstadt Kiew entfernt. Sie hatte drei Brüder und eine Schwester, die alle noch in der Ukraine lebten. Genau wie ihre Eltern, die mittlerweile weit über siebzig waren und weiterhin in dem Kaff wohnten. Marina besuchte sie normalerweise zweimal im Jahr, einmal im Sommer und zu Weihnachten.

Vor etwa zehn Jahren war sie damals im Alter von 17 Jahren aus der Ukraine nach Deutschland gekommen. Sie verließ ihre Familie, da sie für sich sonst keine Chance sah, in der Heimat ein vernünftiges Leben zu führen. Sie hatte sich das Geld für ein Busticket zusammengespart und war schließlich in Berlin gelandet. Auf der Fahrt war ihr eine Frau begegnet, die ihr anbot, eine Zeit lang in ihrer Wohnung zu leben. Marina hatte es angenommen.

Sie kannte niemanden in Deutschland, geschweige denn in Berlin, hatte nur wenig Bares dabei und gehofft, schnell einen Job zu finden, um Geld für eine eigene kleine Wohnung zu verdienen. Eine Woche wohnte Marina bei der Frau, als ihr das Geld ausging. Sie hatte keinen Job gefunden und glaubte auch nicht mehr daran, überhaupt Arbeit zu bekommen. Unter Tränen erzählte sie der Frau von ihrer Situation. Diese hatte sie nur aufmunternd angeschaut und ihr gesagt, dass sie jemand kennen würde, der sicher einen passenden Job für sie fand.

So war sie bei einem Escort Service gelandet.

Sie hatte den Job angenommen, da ihr nichts anderes übrig geblieben war. Es wurde ihr versichert, es würde sich lediglich um die Begleitung von Männern zu Veranstaltungen und Feiern handeln. Sex sollte dabei nicht im Spiel sein. Die ersten Treffen verliefen auch gut und sie bekam Spaß an der Sache. Zudem verdiente sie gutes Geld und dachte über eine eigene Wohnung nach. Dann kam jedoch alles ganz anders. Die Inhaberin des Escort Service hatte diesen an einen Mann verkauft. Wie sie später erfuhr, erfolgte der Verkauf nicht freiwillig.

Der Mann war offiziell als neuer Inhaber vorgestellt worden. Gleich bei diesem Treffen wurde den Frauen klar gemacht, dass es nun anders laufen würde als unter seiner Vorgängerin. Er verlangte mehr als nur den Begleitservice.

Einige Frauen hatten daraufhin kündigen wollen, aber nur zwei waren tatsächlich gegangen. Die anderen waren von ihm ›überzeugt‹ worden. Eine dieser Frauen war sie selbst gewesen.

Sie wurde aus ihren Gedanken gerissen, als die Haustür aufging und kurze Zeit später stand Fischer vor ihr in der Küche.

Mittwoch, 19.08.2015
11:15 Uhr

Weber hatte den Bericht fertig und an Herbst weitergeleitet. Nun saß er wieder in seinem Büro in der A5 und hatte vor sich auf dem Schreibtisch die Strafakte von Isabell Zweig. Die ersten Merkblätter interessierten Weber nicht sonderlich. Es waren kleinere Ladendiebstähle und Körperverletzungen gewesen. Als Nächstes hatte sich Isabell im Bereich Betrug versucht. Das war vor seiner Zeit in der A3 gewesen.

Weber blätterte weiter und stieß auf einen Namen, der ihm bekannt war. Isabell Zweig hatte im Verdacht gestanden, einen Pkw verkauft zu haben, ohne dem Käufer anzugeben, dass dieser zuvor einen Totalschaden erlitten hatte. Sie hatte in der Vernehmung angegeben, den Pkw selbst kurz zuvor von einem Händler gekauft zu haben. Der Name des Händlers war Andreas Simon.

Weber kannte diesen Mann nicht persönlich, hatte aber von anderen Kollegen gehört, dass er früher oft Kunde in der A3 gewesen war. Immer wieder war es um Betrügereien im Zusammenhang mit Automobilen gegangen. Hatte es nicht eine Verbindung zwischen Simon und Lesniak gegeben? Weber meinte, während der Ermittlungen gegen Lesniak auf den Namen Andreas Simon gestoßen zu sein.

Weber öffnete ein Programm und gab den Namen Andreas Simon ein. Ihm wurden 31 Treffer angezeigt, was bedeutete, dass Simon in 31 Strafanzeigen erwähnt wurde – nicht in allen als Beschuldigter, sondern ebenfalls als Zeuge oder Geschädigter. So blieb Weber nichts anderes übrig, als alle Strafanzeigen aufzurufen und die Namen der Beteiligten zu prüfen. Bei Nummer 18 wurde er fündig.

Es handelte sich um ein Sammelverfahren, das dreizehn Strafanzeigen umfasste. Als Beschuldigte waren Andreas Simon und Anton Lesniak aufgeführt. Beiden warf man vor, im großen Stil die Kilometerstände an Pkw manipuliert und dann verkauft zu haben. Simon war nach diesen Vorfällen zwar nicht mehr in Erscheinung getreten, aber Weber konnte sich gut vorstellen, dass die beiden weiter in Kontakt geblieben waren und weitere krumme Geschäfte abwickelten, ohne dabei erwischt worden zu sein. Es würde sich sicherlich lohnen, weiter in diese Richtung zu ermitteln.

***

Fischer saß am Steuer seines Pkw und war auf dem Weg zu Renner. Sie wollten letzte Details im Zusammenhang mit der Eröffnung eines neuen Bordells in Paderborn klären. Bereits seit einem halben Jahr arbeiteten sie an der Sache und das Bordell sollte nun endlich in zwei Wochen öffnen.

Fischer hatten in den letzten Wochen einige Mädchen zusammengetrommelt, die dort arbeiten sollten. Hauptsächlich waren sie aus Polen und Rumänien rekrutiert worden, einige Frauen stammten aus Spanien, drei aus Deutschland. Die Damen aus Polen und Rumänien hatte er bereits ›getestet‹ und für gut befunden. Die anderen wollte er sich in den nächsten Tagen vornehmen.

Im Moment war er allerdings etwas abgelenkt. Er musste die ganze Zeit an das Gespräch mit seiner Frau denken. Sie wollte wieder zu ihren Eltern fahren, da ihr Vater angeblich schwer krank war. Fischer wurde das Gefühl jedoch nicht los, das diente nur als Vorwand.

Schon seit längerer Zeit hatte er den Verdacht, dass sie einen anderen Kerl hatte. Er hatte zwar keine Ahnung, wer es sein könnte, oder ob es tatsächlich stimmte, aber sie war in letzter Zeit anders. Vor allem im Bett war sie deutlich distanzierter geworden. Er fand sie zwar nie besonders gut darin, aber selbst das wenige, was ihm gefallen hatte, war deutlich schlechter geworden. Ob sie mit dem Kerl durchbrennen wollte und gar nicht zu ihren Eltern fahren?

Fischer würde sich das nicht bieten lassen! Niemand durfte hinter seinem Rücken seine Frau vögeln. Wenn er den Kerl in die Finger bekäme, wäre er tot!

Fischer nahm sich vor, sich der Sache anzunehmen und zu klären, ob es einen anderen gab. Er wusste auch schon, wen er damit beauftragen konnte. Schon wenige Stunden später hatte er eine Antwort, die ihm allerdings überhaupt nicht gefiel.

Mittwoch, 19.08.2015
13:20 Uhr

Weber saß nach zwei Broten und zwei Tassen Kaffee frisch gestärkt an seinem PC und forschte weiter nach Verbindungen zwischen Andreas Simon und Lesniak. Er fand erstaunlicherweise nichts.

Im nächsten Anlauf versuchte er es mit Simon und Isabell Zweig. Auch hier fand er keine weitere Verbindung. Zuletzt kam ihm eine andere Idee und er überprüfte die Anschriften, an denen Simon und Isabell in Bielefeld gewohnt hatten. Ebenfalls keine Übereinstimmung. Ihm fiel dabei allerdings auf, dass beide vor Jahren erst nach Bielefeld gezogen waren.

Als er die entsprechenden Informationen im Programm öffnete, erkannte er, dass beide aus Gütersloh zugezogen waren und dort an der gleichen Adresse gewohnt hatten. Weber verfasste einen neuen Bericht und trug diese Erkenntnisse auf der Besprechung am Nachmittag vor. Herbst entschied, Weber sollte am nächsten Morgen direkt zu Simon fahren, um ihn zu vernehmen. Das hatte dieser eh überlegt und nickte.

Andere Kollegen berichteten, sie hätten in Lesniaks Wohnung Flugtickets für zwei Personen nach Sydney gefunden – nur den Hinflug. Sie waren am 14.08. gekauft worden. Weitere Nachforschungen ergaben, dass Lesniak die Tickets in einem Reisebüro bei Karstadt gekauft und bar bezahlt hatte. Die Mitarbeiterin, die sie verkauft hatte, hatte heute frei und würde erst morgen wieder im Büro sein. Also mussten es die Kollegen dann nochmals versuchen.

Lesniaks Freundin hatte in einer erneuten Vernehmung zugegeben, mit ihm einen Flug nach Australien geplant zu haben. Angeblich sollte es sich um einen Urlaub handeln. Auf die Frage der Kollegen, warum er nur einen Hinflug gebucht hatte, gab sie an, nichts davon wissen. Man ging davon aus, dass sich Lesniak zusammen mit ihr absetzen wollte. Keiner konnte jedoch erklären, warum oder wie er an das Geld für einen Neuanfang gekommen war. Denn das brauchte er, um diesen Schritt zu unternehmen. Die Anfragen zu seinen Konten waren noch nicht eingetroffen. Die Vernehmungen der Mitarbeiter aus Lesniaks Werkstatt hatten nichts gebracht. Keinerlei Anhaltspunkte auf den Täter oder die Gründe. Es blieben Vermutungen.

Nach der Besprechung besuchte Weber das A3, um zu sehen, ob neue Vorgänge für ihn eingegangen waren. Die Kollegen hatten bereits alle Feierabend gemacht. Weber öffnete mit einem versteckten Generalschlüssel das Geschäftszimmer. Es waren lediglich einzelne Rückläufer eingegangen. Andere Vorgänge wurden auf seine Kollegen verteilt, da er wohl für längere Zeit in der Mordkommission bleiben würde.

Zwischen den Briefen fiel ihm eine Postkarte auf.

›Schon wieder?‹, dachte Weber.

Er legte die Briefe zurück und besah sich die Postkarte. Sie zeigte erneut ein Motiv aus Wien: den Prater mit dem Riesenrad. Kein Text, keine Briefmarke.

Weber fragte sich, was das sollte und, ob sich jemand mit ihm einen Scherz erlaubte. Aber was für ein Scherz sollte das sein?

Da er darauf keine Antwort fand, steckte er die Karte ein.

Mittwoch, 19.08.2015
19:35 Uhr

Simon war auf dem Weg nachhause, als er einen Anruf von Marina erhielt. Er fuhr an den rechten Fahrbahnrand, um das Gespräch anzunehmen. Sie mochte es nicht sonderlich, wenn er während des Fahrens mit ihr redete.

»Hallo, mein Schatz, was gibt es?«, fragte er.

»Hallo.« Sofort bemerkte Simon an Marinas Stimme, dass etwas passiert sein musste.

»Was ist los?«, wollte er wissen und hatte einen Kloß im Hals.

Es dauerte einen Moment, bevor Marina antwortete.

»Urs, er ... Er ...«, stotterte sie.

»Was hat er getan?« Simon spürte, dass Zorn in ihm aufstieg.

Wieder dauerte es einen Augenblick, ehe Marina weitersprach.

»Er weiß, dass ich eine Affäre habe.« Simon rutschte während ihrer Worte das Herz in die Hose. »Aber er weiß nicht, wer es ist.«

»Bist du sicher?«

»Ja. Er kam heute nachhause und hat mir direkt ins Gesicht gesagt, dass ich einen anderen habe. Er versuchte, aus mir herauszubekommen, wer es ist. Ich habe jedoch nichts gesagt.« Sie schniefte.

»Was hat er gemacht? Hat er dich geschlagen?«, war Simon alarmiert.

»Nein«, antwortete Marina. »Das würde er nie machen.«

»Was dann?«, hakte Simon nach.

»Er hat gedroht, mir die Kinder wegzunehmen.« Marina brach in Tränen aus.

Simon bemühte sich, sie zu beruhigen.

»Marina, es wird nicht mehr lange dauern, dann kann er uns nichts mehr anhaben. Du fährst am Samstag zu deinen Eltern und ich kümmere mich um alles. Spätestens in drei Wochen sind wir weg.«

»Nicht Samstag«, sagte Marina mit tränenerstickter Stimme. »Morgen früh.«

Simon konnte sie kaum verstehen.

»Was hast du gesagt?«

»Er schickt uns morgen früh los. Er lässt mich nicht allein fahren. Einer seiner Männer bringt mich und die Kinder mit dem Auto zu meinen Eltern.«

»Warum?«, fragte Simon und sein Magen rebellierte.

»Er hat gesagt, damit uns nichts passiert unterwegs und er weiß, dass wir gut ankommen.« Marina machte eine kleine Pause, bevor sie sich zusammenriss. »In Wirklichkeit will er verhindern, dass ich mit einem anderen abhaue.«

Simon schloss für einen Moment die Augen.

»Wir schaffen das, Marina. In spätestens einer Woche habe ich hier alles erledigt und komme zu dir. Es ist doch gar nicht so schlecht, dass du morgen schon zu deinen Eltern fährst. Dann bist du weg von ihm, auch wenn er euch begleiten lässt.«

»Ja, du hast Recht«, meinte Marina geradezu tonlos. Sie wirkte nicht sonderlich überzeugt.

»Ich werde mich bei dir melden, sobald ich absehen kann, wann ich hier fertig bin. Ich verspreche, ich hole euch danach und wir fangen ein neues Leben an.«

»Ich liebe dich«, sagte Marina.

»Ich liebe dich auch.«

Mittwoch, 19.08.2015
21:00 Uhr

Weber saß zu Hause im Arbeitszimmer und übte auf seiner Gitarre. Die Kinder waren im Bett und Yuna schaute sich im Fernsehen einen Krimi an. Irgendeine Wiederholung eines Tatorts auf den dritten Programmen. Früher hatte Weber selbst gern geschaut, aber mittlerweile interessierte er sich nicht mehr dafür. Nun ja, vielleicht ab und zu einen Tatort aus Münster. Da wusste er, dass es die Autoren mit der Handlung nicht so ernst nahmen. Bei den anderen Krimis stellte er automatisch Verbindungen zu seiner eigenen Arbeit her und wusste, dass dazwischen Welten lagen.

Weber versuchte sich an dem Intro zu *Nothing else Matters* und musste feststellen, dass er seine Zupftechnik noch um einiges verbessern musste. Die Gedanken schweiften zudem ständig zum aktuellen Fall ab. Er mochte die Arbeit in der MK, auch wenn er lieber mehr rausgefahren wäre, als Akten zu wälzen oder endlose Tabellen mit Funkzellendaten auszuwerten. Allerdings war er sich sicher, dass er mit der Verbindung zwischen Lesniak und Simon auf eine heiße Spur gestoßen war. Es war im Moment die einzige Spur, die sie hatten und er wollte ihr auf jeden Fall nachgehen.

Weber übte noch eine halbe Stunde und stellte die Gitarre einigermaßen zufrieden in den Gitarrenständer.

Donnerstag, 20.08.2015
08:30 Uhr

Weber saß im Besprechungsraum und hörte Herbst zu, der das Meeting vom gestrigen Nachmittag resümierte. Er konnte sich jedoch nur schlecht darauf konzentrieren. Er schweifte mit den Gedanken ab, dachte an die Postkarte, die er tags zuvor in seinem Fach gefunden hatte. Wien und der Prater.

Er hatte sich am Morgen auf dem Weg zum Dienst schon den Kopf darüber zerbrochen, von wem die Karte stammen könnte und was sie zu bedeuten hatte. Ihm war allerdings nichts eingefallen. Er war nur einmal in Wien gewesen und das war zum Auslandspraktikum, als er Yuna kennengelernt hatte.

»Marc?«, drang die Stimme von Herbst an sein Ohr.

Weber schaute auf und stellte fest, dass ihn alle Kollegen anschauten. Offensichtlich hatte Herbst ihn schon einmal angesprochen, ohne dass er reagiert hatte.

»Entschuldigung«, sagte Weber hastig. »Was hast du gesagt?«

»Ich habe gesagt, dass du einen anderen Kollegen zur Seite gestellt bekommst. Helene muss sich um eine andere Sache kümmern. Sie steht aber zur Verfügung, wenn du noch spezielle Fragen hast.«

Weber bemerkte, dass ihn einige Kollegen mit einem merkwürdigen Grinsen ansahen. Als Herbst ihm sagte, wer sein neuer Partner sein würde, wusste er warum.

Donnerstag, 20.08.2015
10:05 Uhr

Weber stand von dem pink gestrichenen Haus und konnte nicht fassen, dass ihm ausgerechnet Hans ›Hänschen‹ Laschek als Partner zugeteilt worden war. Dieser trug den Spitznamen ›Der Zuhälter‹ und der Grund dafür war unter anderem dem Haus geschuldet, in dem er wohnte: Das pinke Haus in der Stahlstraße in Bielefeld, dem Rotlichtviertel im Westen der Stadt.

Weber hatte es nicht geglaubt, als er von Laschek und dessen Wohnort erfuhr, doch sein Kollege war tatsächlich offiziell angemeldet. Soweit Weber wusste, lebte er bereits seit etwa sieben Jahren dort. Laschek arbeitete in der A1 im Bereich Sexualdelikte und Kinderpornografie. Bei der Bearbeitung eines Falles von mehreren Vergewaltigungen an Prostituierten und zum Teil schweren Körperverletzungen im Jahr 2007 im Bereich des Rotlichtviertels war er als verdeckter Ermittler dort eingeschleust worden. Es war nicht einfach gewesen, einen Mann dort unauffällig zu platzieren, deshalb hatte Laschek als Hausmeister und Mädchen für alles angefangen. Die Betreiber des Bordells waren damals an die Polizei herangetreten und hatten ihre Mithilfe zur Aufklärung der Taten angeboten, da diese schlecht fürs Geschäfts waren. Zuerst wollte die Polizei nichts davon wissen, zumal es sich bei den Betreibern um Mitglieder einer örtlichen Gang handelte, aber nach einem weiteren Überfall auf einen Kunden des Rotlichtviertels, der dabei nur knapp dem Tode entronnen war und für immer ein Krüppel bleiben würde, hatte ein Umdenken eingesetzt.

Als zudem kurze Zeit später eine Prostituierte bei einem Spaziergang mit ihrem Hund durch ein Messer lebensgefährlich verletzt wurde und die Öffentlichkeit zunehmend unruhiger wurde, entschloss man sich dazu, in aller Heimlichkeit mit der Gang ›zusammenzuarbeiten‹. Laschek hatte sich für den Einsatz freiwillig gemeldet und war, trotz zahlreicher Konkurrenten, als verdeckter Ermittler eingeschleust worden. Überraschenderweise konnte er den Täter innerhalb von zwei Wochen festnehmen.

Die Prostituierten hatten nichts von Lascheks wahrem Job gewusst, doch einige vertrauten sich ihm an, nachdem er eine gewisse Art von ›Verhältnis‹ aufgebaut hatte. Dadurch erfuhr er von einem Kunden, der sich oft im Bereich der Bordelle aufhielt und den Frauen Angst machte. Es wäre sein Blick, der sie beunruhigte und die Art und Weise, wie er dastand und sie beobachtete. Laschek hatte sich den Mann genauer angesehen, nachdem eine der Frauen auf diesen gezeigt hatte. Er konnte herausfinden, dass der Kerl Kontakt zu einer anderen

Rockergruppe der Stadt hatte, die ihren Anteil an der Prostitution in Bielefeld vergrößern wollte. Dazu schien ihnen jedes Mittel recht zu sein.

Um in dieser Gang aufgenommen zu werden, hatte der Verdächtige daraufhin eigenständig einen Plan entwickelt, um die Konkurrenz aus dem Rotlichtviertel zu verdrängen. Es konnte der Rockergruppe nicht nachgewiesen werden, dass der Auftrag für die Überfälle und Vergewaltigungen von dort kam und auch der Anwärter blieb bei seiner Aussage, dass es ausschließlich seine Idee gewesen war. Er wurde zu einer lebenslangen Haftstrafe mit anschließender Sicherheitsverwahrung verurteilt.

Weber zuckte zusammen, als die Beifahrertür schwungvoll geöffnet wurde und sich Laschek auf den Sitz fallen ließ.

»Sorry«, sagte er mit einem breiten Grinsen, »aber ich musste noch was erledigen.«

Weber konnte sich denken, worum es sich bei der Sache gehandelt hatte. Laschek war 39 Jahre alt, hatte einen durchtrainierten Körper und lange schwarze Haare, die er meistens zu einem Zopf zusammengebunden trug. Weber konnte verstehen, dass er bei den Frauen gut ankam.

»Kein Problem«, brummte er. »Ich bin auch noch nicht lange hier.«

Sein neuer Kollege reichte ihm die Hand.

»Hans.«

»Marc«, antwortete Weber und schüttelte Lascheks Hand.

»Alles klar«, meinte der weiterhin grinsend. »Gehen wir einen Kaffee trinken und dann bring mich auf den neuesten Stand.«

Weber nickte. Einen Kaffee konnte er gut gebrauchen. Die Nacht war unruhig gewesen, da Leon nachts aufgewacht und fast zwei Stunden geweint hatte, bis endlich ›ein dicker Schiss‹ in die Windel gesetzt worden war. Zwar bekam sein Jüngster ein Mittel, damit er sich mit dem Stuhlgang nicht so quälte, aber augenscheinlich mussten sie die Dosis noch etwas erhöhen.

Weber fuhr vom Gelände des Puffs, passierte einen Imbisswagen, der am Eingang des Rotlichtviertels stand und wollte gerade abbiegen, als Laschek »Stopp!«, rief. Scharf bremste er ab und schaute den Kollegen an. Dieser wies auf den Imbisswagen.

»Den besten Kaffee in ganz Bielefeld gibt es hier. Park den Wagen am besten dort drüben.« Laschek deutete auf eine Parkbucht auf der gegenüberliegenden Straßenseite.

Webers Kinder

Weber stellte den Wagen ab und die beiden Männer stiegen aus.

»Morgen Willi«, begrüßte Laschek den älteren Mann im Imbisswagen, als sie die andere Straßenseite erreichten. »Mach uns doch bitte zwei Kaffee.«

»Kommt sofort«, meinte der Alte und machte sich an die Arbeit.

Kurze Zeit später hatten sie zwei dampfende Tassen Kaffee vor sich stehen. Sie waren an einen der beiden Stehtische gegangen, die rechts neben dem Imbisswagen standen. In der Zwischenzeit war kein Wort gefallen, stattdessen hatte Weber Laschek von der Seite aus beobachtet. Ihm war zwar schon viel über ›den Zuhälter‹ zu Ohren gekommen, aber noch nie hatte er direkt mit ihm tun gehabt.

Weber wusste nicht genau, was er erwartet hatte, aber der Kollege machte einen sympathischen Eindruck. Um sich natürlich zu geben, griff er zur Tasse, nahm einen Schluck und schnappte nach Luft.

»Mein Gott!«, stöhnte er. »Was ist das denn?«

Geradezu fassungslos starrte er in die Tasse. Laschek grinste und nahm seinerseits einen Schluck.

»Das ist eine Spezialmischung«, sagte sein Kollege. »Macht wach und schärft die Sinne.«

»Mit dem Pulver, was da drin ist, mache ich drei Kannen und der Kaffee ist immer noch stark.«

»Dann erzähl mal«, änderte Laschek das Thema und nahm einen weiteren Schluck.

Weber schüttelte den Kopf und schob die Tasse ein Stück von sich weg. Danach brachte er seinen neuen Partner auf den aktuellen Stand in Sachen Lesniak. Laschek hörte zu, ohne ihn zu unterbrechen.

»In Ordnung«, meinte er, nachdem Weber geendet hatte. »Was liegt heute an?«

Er trank seinen letzten Schluck Kaffee.

»Wir fahren zu Simon und vernehmen ihn.« Das hatte sich Weber bereits genau überlegt, obwohl er noch unschlüssig war, wie dieser Andreas Simon darauf reagieren würde.

»Dann los«, sagte sein Kollege und machte sich auf den Weg in Richtung Auto.

Weber warf noch einen letzten Blick auf seine noch fast volle und auf Lascheks leere Kaffeetasse. Wie konnte man nur so ein Zeug trinken und weiterhin derart ruhig bleiben? Abermals den Kopf schüttelnd folgte er Laschek.

Donnerstag, 20.08.2015
11:00 Uhr

Simon trank von seinem Kaffee und schaute aus dem Fenster seines Büros auf die Herforder Straße. Die Ereignisse der letzten Tage hatten ihn mehr mitgenommen, als er gedacht hätte. In der Nacht hatte er schlecht geschlafen und sich nur von einer Seite auf die andere gedreht. Gegen 5 Uhr gab er auf. Mit einem frisch gebrühten Kaffee hatte er sich vor den PC gesetzt, ihn gestartet und sich nochmal die Dateien auf dem Stick angeschaut.

Er wusste, dass er damit einen großen Trumpf gegenüber Renner in der Hand hielt, war sich aber auch sicher, dass er mit dem Feuer spielte, wenn er den Boss mit den Daten erpressen wollte. Allerdings, was war die Alternative? Es gab keine. Entweder er nutzte die Gelegenheit, um an das Geld für ihre Flucht zu kommen, oder es würde keine geben. Er hatte sich fest vorgenommen, mit Marina und den Kindern nach San Francisco zu gehen. Mit dem Geld, das er angespart hatte, würde es schwierig werden so lange auszukommen, bis sie dort Fuß gefasst hatten. Renner durfte jedoch auf keinen Fall von ihm und Marina erfahren.

Simon wusste, wie grausam der Boss und seine Männer sein konnten und, würden sie von Marina und ihm erfahren, hätten sie sich keinerlei Probleme damit, ihr oder den Kindern etwas anzutun, um ihn unter Druck zu setzten. Von Fischer ganz zu schweigen.

Marina war auf dem Weg zu ihren Eltern, also erst einmal in Sicherheit und er konnte in Ruhe sein weiteres Vorgehen planen. Es musste jedoch bald geschehen. Wahrscheinlich war es nur eine Frage der Zeit, bis Fischer in Erfahrung brachte, wer Marinas Geliebter war. Er musste dem zuvorkommen!

Simon zuckte zusammen, als das Telefon klingelte. Es war eine interne Leitung. Er marschierte zum Schreibtisch, nahm den Hörer auf und sagte:

»Ja.«

»Hallo Herr Simon.« Es war Evelyn von der Information. »Hier sind zwei Herren von der Polizei, die Sie gern sprechen möchten.«

***

Weber und Laschek saßen Simon an dessen Schreibtisch im Autohaus gegenüber. Sie hatten fast 15 Minuten warten müssen, bevor sie zu ihm vorgelassen wurden. Andreas Simon hatte sich damit entschuldigt, dass er ein wichtiges Telefonat wegen eines Autokaufs tätigen musste. Weber hielt dies für eine recht eigenwillige Ausrede.

»Wie gesagt, Herr Weber«, sagte Simon gerade. »Einen Anton Lesniak kenne ich nicht.«

»Und Sie haben nie mit ihm Geschäfte gemacht?«, fragte Laschek.

»Es gibt in Bielefeld viele Autohändler – da arbeitet man nicht mit jedem zusammen. Außerdem scheint mir der Autohandel von Herrn Lesniak nicht die Art von Händler zu sein, mit der wir verkehren.«

»Wie kommen Sie darauf, dass Lesniak nicht«, Webers Kollege überlegte einen Moment, »nicht seriös ist?«

»Durch die Art und Weise, wie Sie diesen Autohandel und den Herrn beschrieben haben. Zudem habe ich immer noch nicht ganz begriffen, wie Sie auf eine Verbindung zwischen ihm und mir kommen.«

»Lesniak wurde ermordet«, sagte Weber und wartete auf die Reaktion von Simon.

Der wirkte nicht überrascht, allerdings kam es Weber so vor, als wäre Simon etwas nervös.

»Das erklärt nicht, was ich damit zu tun haben sollte.«

Statt zu antworten, fragte der Ermittler:

»Kennen Sie eine Isabell Zweig?« Weber glaubte zu bemerken, wie Simon kurz zusammenzuckte.

»Sollte ich?«, wollte Simon wissen, ohne die Frage direkt zu beantworten.

Weber schätzte, dass er Zeit gewinnen wollte, um sich eine Antwort zurechtzulegen. Er ging auf Simons Frage nicht ein, sondern sah den Kerl nur weiter schweigend an.

»Nein«, sagte Simon schließlich. »Der Name sagt mir nichts.«

Einen weiteren Moment wartete Weber, bevor er brummte:

»Sie war Kundin von Ihnen, als Sie noch ihren Autohandel an der Gütersloher Straße hatten.«

Simon lachte auf.

»Mein Gott«, meinte er. »Das ist ja Ewigkeiten her. Glauben Sie wirklich, ich kann mich noch an jeden einzelnen Kunden von damals erinnern?«

»Es gab damals ein Strafverfahren. Sie wurden beschuldigt, Frau Zweig einen Pkw verkauft zu haben, ohne einen Vorschaden anzugeben.«

Simon schien einen Moment nachzudenken.

»Damals gab es oft Beschwerden von Kunden, die auf diese Art und Weise versuchen wollten einen Kauf rückgängig zu machen oder einen Teil des Kaufpreises zurückzuerhalten.«

»Und wie viele davon haben eine Anzeige gegen Sie erstattet?«, fragte Laschek und konnte sich ein leichtes Grinsen nicht verkneifen.

Weber gefiel, wie sich sein Kollege in die Vernehmung einbrachte. Simon antwortete nicht sofort.

»Hat diese Frau Zweig das getan? Eine Anzeige erstattet?«, wollte er verwundert wissen.

Laschek sagte nichts.

»Ich kann mich daran erinnern, dass es ein oder zwei Anzeigen gegen mich oder mein Autohaus gab.«

›Nette Untertreibung‹, dachte Weber.

»Aber ich bin weder verurteilt worden, noch sagt mir der Name Isabell Zweig im Zusammenhang mit einer Anzeige etwas.«

Weber beugte sich auf dem Stuhl nach vorn.

»Und wenn ich Ihnen nun sage, dass Sie auch in einem Strafverfahren zusammen mit Lesniak auftauchen?« Weber hätte schwören können, nun kleine Schweißperlen auf Simons Stirn zu erkennen.

»Ich kann nur wiederholen«, antwortete Simon gereizt, »dass ich keinen Anton Lesniak kenne.«

Laschek rutschte ebenfalls unruhig auf dem Stuhl herum.

»Können oder wollen Sie uns nicht helfen, Herr Simon?«, fragte er dann direkt.

»Was hältst du von Simon?«, fragte Weber, nachdem sie wieder im Auto saßen.

»Er lügt«, knurrte sein Kollege ohne ein Zögern.

Simon hatte auf Lascheks direkte Frage nicht geantwortet, sondern sie darum gebeten, das Büro zu verlassen, da er einen anderen wichtigen Termin wahrnehmen müsse. Er hatte ihnen nochmal versichert, ihnen »weder in Bezug auf Lesniak, noch auf Isabell Zweig helfen kann«, wobei er das Wort »kann« ausdrücklich betonte.

»Auf jeden Fall lügte er, was den Toten und eine gemeinsame Vergangenheit angeht«, fuhr Laschek fort. »Bei Zweig bin ich mir nicht sicher, ob Simon in letzter Zeit mit ihr zu tun hatte.«

Weber nickte.

»Den Eindruck hatte ich auch. Er hatte kleine Schweißperlen auf der Stirn.«

Er schaute zu den Büros des Autohauses nach oben. Täuschte er sich oder war eine Bewegung an einem der Fenster im oberen Stockwerk zu sehen?

»Wir sollten Simon auf jeden Fall gründlicher unter die Lupe nehmen.«

»Und was machen wir nun?«, erkundigte sich Laschek.

Weber startete den Motor des grauen Pkw.

»Wir fahren in den Knast«, antwortete Weber und fuhr los.

***

Simon stand erneut am Fenster des Büros und schaute dem davonfahrenden Fahrzeug nach. Er schwitzte unter seinem Sakko. Simon hatte nicht damit gerechnet, dass die Polizei so schnell bei ihm auftauchen würde. Nun ja, früher oder später mussten sie auf ihn kommen. Natürlich hatte er sich an die Anzeige erinnert, in der er und Lesniak beschuldigt wurden, manipulierte Autos verkauft zu haben. Die Erwähnung von Isabells Namen hatte ihn jedoch etwas aus der Fassung gebracht.

Simon hoffte, dass es die Polizisten nicht bemerkt hatten. Wie waren die Bullen verdammt nochmal auf Isabell gekommen? Er hatte lange keinen Kontakt mehr zu ihr gehabt, wusste aber, dass sie derzeit in einer JVA in Norddeutschland einsaß. War es Hannover gewesen oder Hamburg?

Sollte er Renner über den Besuch der Polizei informieren? Er würde Ärger bekommen, falls er es nicht tat. Das war Simon allerdings im Moment egal. Er wollte nicht zusätzliche Aufmerksamkeit auf sich lenken.

Simon wusste, dass die Polizisten bald wiederkommen würden und Renner würde ebenfalls bald davon erfahren. Er musste sich also mehr sputen, als er am Morgen angenommen hatte.

Donnerstag, 20.08.2015
13:00 Uhr

»Nach Hamburg?«, wollte Herbst wissen und hob eine Augenbraue. Weber nickte. »Warum müsst ihr das unbedingt machen? Können das nicht die Kollegen vor Ort?«

Der Leiter der MK sah Weber und Laschek an, die ihm nun gegenübersaßen.

»Ich denke, dass es einfacher ist, wenn wir mit den gesammelten Informationen nach Hamburg fahren, als den Kollegen dort alles zu erklären. Es ist sonst zu aufwändig und wir können besser auf ihre Antworten eingehen und die entsprechenden Fragen stellen.«

Laschek stimmte seinem Kollegen zu, was Herbst zum Nachdenken brachte.

»Außerdem wäre es nur ein Nachmittag. Abends geht es wieder zurück.«

Olaf Herbst schwieg noch einen Moment, dann gab er sein Okay.

»Also gut. Ich informiere die Kollegen in Hamburg und ihr kümmert euch um einen Termin in der JVA. Wann wollt ihr fahren?«

»Am besten sofort«, antwortete Weber. »Ich denke, Frau Zweig wird noch einen Termin freihaben.«

Kurz darauf fand eine erneute Besprechung der MK statt. Weber berichtete von ihrem Besuch bei Simon und von dem anstehenden Besuch in Hamburg. Herbst hatte die Sache mit den Kollegen geregelt, die froh waren, nicht noch eine zusätzliche Aufgabe übernehmen zu müssen. Weber war mit der JVA in Hamburg-Billwerder in Kontakt getreten und hatte einen kurzfristigen Termin ausgemacht. Nach Weber berichteten noch drei andere Kollegen von ihren Ermittlungen, allerdings hatten diese nichts Weltbewegendes ergeben. Zum Abschluss übernahm Herbst nochmals das Wort.

»Ich habe heute noch eine neue Info von der Gerichtsmedizin erhalten. Der Todeszeitpunkt von Lesniak liegt zwischen zwei und fünf Uhr am Samstagmorgen.«

Das Team, das mit den Ermittlungen in Sachen HLM und Karl-Heinz Meyer beschäftigt war, informierte darüber, dass man noch nicht viel weitergekommen war. Man hatte sich mit dem Kollegen Gier von der Wikri getroffen und die dort vorhandenen Infos gesammelt. Man hatte daraufhin, wie von Weber vorgeschlagen, eine Liste mit den Firmen erstellt, die ebenfalls in die Verfahren verwickelt waren, in denen HLM auftauchte. Praktischerweise waren die meisten der Verfahren bei der Staatsanwaltschaft Hamburg anhängig gewesen.

Die Akten würde man dort raussuchen und Weber und Laschek könnten diese mitbringen.

Weitere neue Infos gab es nicht.

Nach einer halben Stunde war die Besprechung zu Ende.

Donnerstag, 20.08.2015
16:05 Uhr

»Und dafür sind Sie extra aus Bielefeld nach Hamburg gekommen? Sie wollten sich wohl mal einen schönen Tag machen, weil ich Ihnen gar nichts dazu sagen kann.«

Weber und Laschek saßen am Tisch in einem der Vernehmungsräume der Frauenabteilung der JVA Hamburg-Billwerder. Ihnen gegenüber saß Isabell Zweig und schaute sie geradezu belustigt an. Weber hatte ihr erklärt, dass er mit ihr über Anton Lesniak sprechen wollte.

»Sie kennen also Anton Lesniak nicht?«, fragte er nochmal. Zweig schüttelte den Kopf. »Wie kommt es dann, dass er eine Handynummer angerufen hat, die auf Sie registriert ist?«

»Was für eine Handynummer?«, wollte Zweig wissen und der Ermittler schaute in seinen Unterlagen nach, um ihr diese zu nennen.

»Kenne ich nicht«, sagte Zweig, ohne großartig nachzudenken.

»Sicher?«, hakte Weber nach. »Nehmen Sie sich einen Moment Zeit.«

»Ich kenne die Nummer nicht. Und sie gehört erst recht nicht mir. Wann sollen die Anrufe gewesen sein?«

»Zwischen Anfang des Jahres und dem 16.08..«

Zweig lachte laut auf.

»Meine Güte haben Sie denn nicht überprüft, seit wann ich hier Urlaub mache?«, antwortete Isabell Zweig genervt.

»Haben wir«, brummte Laschek. »Aber zum einen wissen Sie genau wie wir, dass im Knast vieles möglich ist ...«

»Und zum anderen?«, erkundigte sich Zweig und verschränkte die Arme vor der Brust.

»Kann es ja sein, dass Sie für eine andere Person eine Prepaidkarte auf Ihren Namen angemeldet haben.«

»Würde ich niemals tun.« Zweig schnaubte. »Frau kann ja nie wissen, ob der andere nicht irgendwelchen Blödsinn mit der Rufnummer macht.«

Jetzt grinste sie Laschek an.

»Was ist mit Andreas Simon?«, wechselte Weber auf gewisse Weise das Thema und erntete einen merkwürdigen Blick.

»Ist der auch tot?«

»Sie kennen ihn?«, fragte er. Nun schien es vielleicht doch interessant zu werden.

»Der Name kommt mir bekannt vor. Wer ist das?«

»Sie haben im Jahr 2011 einen Pkw verkauft. Es stellte sich heraus, dass Sie dem Verkäufer verschwiegen haben, dass der Pkw zuvor einen Totalschaden erlitt.«

»Weil ich es nicht wusste«, meinte Zweig und verschränkte abermals die Arme vor der Brust.

»Sie selbst hatten den Pkw von Andreas Simon gekauft.«

»Ach, daher kenne ich den Namen!« Isabell Zweig wollte sich wohl wieder in Ausreden flüchten, was Weber unterband.

»Sind Sie näher bekannt mit Herrn Simon?«

»Ich habe einmal ein Auto von ihm gekauft und er hat mich dabei beschissen. Glauben Sie wirklich, dass ich mit dem Kerl ›näher bekannt‹ sein wollte?« Die Antwort war wieder schwammig, weshalb Weber sie fordernd anschaute. »Nein, bin und war ich nicht. Was hat er mit dem anderen zu tun?«

***

Zwei Stunden später saßen Weber und Laschek in ihrem grauen Dienstwagen und waren auf dem Rückweg nach Bielefeld. Sie hatten die Akten von der Staatsanwaltschaft abgeholt und noch eine Kleinigkeit gegessen, bevor sie sich auf den Weg machten. Die Vernehmung von Isabell Zweig hatte absolut nichts Brauchbares ergeben. Trotzdem war Weber klar, dass sie es hatten versuchen müssen.

***

Zu der Zeit, als Weber und Laschek in Hamburg in einem Döner Restaurant an der Binnenalster zu Abend aßen, klappte Renner in seinem Büro in Bielefeld zufrieden den Laptop zu. Er hatte soeben auf einem seiner Konten in Panama einen Geldeingang in Millionenhöhe feststellen können. Das war sein Anteil an den Geschäften mit den Flüchtlingskindern der letzten Woche.

Die Geschäfte liefen sehr gut und er fragte sich, warum er nicht früher in diesem Geschäftszweig tätig geworden war. Renner hätte eigentlich zufrieden sein können, wäre da nicht das Problem mit dem Maulwurf gewesen. Er hatte sich jedoch vorgenommen dieses Problem so schnell wie möglich aus der Welt zu schaffen. Auch, wenn dies bedeuten könnte, einen seiner vertrautesten Männer dabei opfern zu müssen. Er war sich bezüglich der Person des Maulwurfs nicht hundertprozentig sicher, aber im Moment deutete alles auf eine bestimmte Person hin.

Renner hatte seinen Laptop durch einen seiner IT-Fachmänner untersuchen lassen. Dabei hatte sich herausgestellt, dass sich jemand daran zu schaffen gemacht und Daten heruntergeladen hatte. Die IT-Leute waren sogar in der Lage gewesen, den Zeitstempel für den Download zu finden. Aufgrund dessen gab es nur einen stark eingegrenzten Personenkreis, der für den Diebstahl der Daten verantwortlich sein konnte.

Renner war sich sicher, dass es kein Außenstehender war. In dem Fall wäre mit Sicherheit schon jemand an ihn herangetreten, um eine Forderung zu stellen. Er fragte sich stattdessen, was der Maulwurf mit den Daten vorhatte. Wollte er diese an einen von Renners Kontrahenten verkaufen? Wollte er Renner erpressen? Oder stellten sie eine Art Lebensversicherung für diese Person dar?

Es klopfte an seiner Bürotür.

»Herein«, rief Renner und die Tür öffnete sich.

Ein Mann in einem schwarzen Anzug mit Weste, weißem Hemd und einer hell orangenen Krawatte betrat den Raum. Sie nickten sich kurz zu und der Mann nahm unaufgefordert vor Renners Schreibtisch Platz. Georg Renner hatte seiner Sekretärin eine längere Mittagspause verordnet, damit sie den Besucher nicht sah.

»Schön, dass Sie so kurzfristig Zeit hatten, Stone«, meinte Renner zum Mann im Anzug.

»Was kann ich für Sie tun?« Der Mann, der sich Stone nannte, blickte ihn aufmerksam an.

»Ich befürchte, dass ich ein kleines Leck in meinem Unternehmen habe und das an einer Stelle, an der es mir sehr schaden könnte. Ich muss so schnell wie möglich wissen, wo dieses Leck ist. Ich habe Sie gerufen, weil ich niemanden aus meinen eigenen Reihen voll vertrauen kann.«

Renner griff in eine Schublade des Schreibtischs und holte eine DIN A4 Mappe daraus hervor. Er legte sie vor Stone auf den Schreibtisch und griff erneut in die Schublade. Diesmal war es ein prall gefüllter Briefumschlag, den er auf der Mappe platzierte.

»In der Mappe befinden sich alle Infos, die Sie haben müssen. In dem Umschlag ist die Anzahlung. Den Rest gibt es, sobald der Auftrag erledigt ist.«

Stone nahm die Sachen an sich, ohne hineinzusehen.

»Ich melde mich, sobald es erledigt ist«, sagte Stone, stand auf und verließ ohne ein weiteres Wort das Büro.

Renner lehnte sich entspannt in seinen Chefsessel zurück. Er wusste, dass er sich nun wegen des Maulwurfs keine Sorgen mehr machen musste.

Donnerstag, 20.08.2015
23:00 Uhr

Weber saß auf dem Sofa im Wohnzimmer und trank von seinem *Southern Comfort* mit O-Saft. Seine Frau lag neben ihm und hatte den Kopf in seinen Schoß gelegt. Mit der freien Hand streichelte er ihr den Nacken. Die Kinder waren im Bett und schliefen bereits.

Weber und Laschek hatten nach ihrer Rückkehr noch an der Besprechung teilgenommen und vom Ergebnis ihrer Vernehmung in der JVA berichtet. Das Ergebnis war allerdings mehr als mager, was auch Herbst so sah. Allerdings konnten sie den anderen Mitgliedern der MK glaubhaft machen, dass Zweig in einigen Dingen gelogen hatte. Nach kurzer Diskussion einigte man sich darauf, Simon für den nächsten Tag vorzuladen und ihn erneut zu befragen. Weber hatte ihn nach der Besprechung noch angerufen und für zehn Uhr am nächsten Morgen vorgeladen. Simon hatte zugesichert zu erscheinen.

Weber hatte seinen Kollegen anschließend auf dessen Bitte hin nachhause gebracht. Laschek wollte ihn noch auf einen Kaffee einladen, was Weber allerdings in Erinnerung an das letzte Mal dankend abgelehnt hatte.

Kaum Zuhause angekommen, war er von Leon belagert worden, der noch wach war. Sein Jüngster hatte nach der Entlassung aus dem Krankenhaus glücklicherweise keinerlei weitere Anzeichen eines Krampfanfalls gezeigt. Weber kam es jedoch irgendwie so vor, dass sein Sohn nach dem Anfall etwas weiter in seiner Entwicklung war. Er konnte besser krabbeln und machte auch Fortschritte beim Stehen. Oder bildete er sich dass alles nur ein, weil er hoffte, dass die Entwicklung seines Sohnes endlich weiter ging? War er zu ungeduldig, was das anging?

Er wusste, dass Leon viel mehr Zeit brauchte, um sich zu entwickeln, als andere Kinder, aber manchmal, gerade wenn er sah, wie jüngere Kinder in der Kita in ihrer Entwicklung an ihm vorbeizogen, wünschte er sich doch, Leon würde größere Fortschritte machen. Diese Gedanken beschäftigten ihn jedoch nur selten.

Er hatte Leon ins Bett gebracht. Sein Jüngster warf sich die ganze Zeit herum, bevor er endlich einschlief. Dann war Weber nach unten gegangen und hatte sich zu Yuna aufs Sofa gesetzt. Da saß er nun immer noch und ließ sich durch einen Krimi ablenken, auf den er beim Zappen gestoßen war. Als dieser zu Ende war und Weber sich wieder mal wunderte, welche Ermittlungsmöglichkeiten die Polizisten im Fernsehen hatten, trank er seinen *Southern Comfort* aus, weckte Yuna mit einem dicken Kuss auf und sie gingen ins Bett.

Einschlafen tat er jedoch erst eine Stunde später.

Donnerstag, 20.08.2015
23:55 Uhr

Der Transporter stand am Ende des unbeleuchteten Feldweges in der Nähe des Tierparks Olderdissen. Der Fahrer und sein Beifahrer saßen im Wagen des VW und rauchten bei offenem Fenster eine Zigarette.

»Wann soll die Ware ankommen?«, fragte der Beifahrer.

»Um Mitternacht«, antwortete der Fahrer kurz angebunden.

Das war mittlerweile der dritte Transport, den sie zusammen durchführten, und der Ablauf war stets der gleiche gewesen. Gleiche Uhrzeit, anderer Feldweg.

Beide gehörten zu der Art von Menschen, die für gutes Geld ihre Mutter und Ehefrau verkaufen würden oder ihre Kinder. Genau aus diesem Grund waren sie auch für die Transporte ausgesucht worden.

Als der Fahrer seine Zigarette aus dem offenen Fenster warf, bemerkte er ein anderes Fahrzeug, das sich mit ausgeschalteten Scheinwerfern von vorn näherte. Er hatte gar nicht gewusst, dass man den Feldweg ebenfalls von der anderen Seite aus befahren konnte. Der andere Transporter hielt unmittelbar vor dem VW. Die Fahrer und Beifahrer der beiden Fahrzeuge stiegen aus. Ohne ein Wort zu wechseln, gingen sie zu den Hecktüren der Transporter und öffneten sie. Es wechselten vier Kinder, zwei Jungen im Alter von 8 und 7 Jahren und zwei Mädchen im Alter von 12 und 10 Jahren die Fahrzeuge. Die Türen wurden geschlossen und der Transporter, in dem sich nun die Kinder befanden, machte sich auf den Weg zur A2 in Richtung Osten.

Der Fahrer des anderen Transporters nahm sein Prepaidhandy und wählte eine bestimmte Nummer. Der Mann am anderen Ende nahm den Anruf an und der Fahrer sagte nur zwei Worte:

»Ware zugestellt.«

Er wartete nicht auf eine Antwort, sondern legte direkt auf, nahm die SIM-Karte aus dem Handy und bog diese solange, bis sie in der Mitte durchbrach. Dann warf er sie aus dem Fenster.

Als der Transporter mit den Kindern auf die A2 fuhr, waren Freddy und Renner bereits über die geglückte Übergabe informiert worden. Das erste gemeinsam organisierte Geschäft war erfolgreich über die Bühne gegangen und viele weitere sollten noch folgen.

Freitag, 21.08.2015
07:00 Uhr

Simon hatte schlecht geschlafen. Das lag zum einen daran, dass er sich Sorgen wegen Marina machte, zum anderen, weil er heute zur Polizei musste. Er hatte gehofft, nach dem ersten Besuch der Kripo etwas mehr Zeit zu haben.

Ihm war klar gewesen, dass es ein zweites Gespräch geben würde, allerdings hatte er erwartet vorher noch einiges regeln zu können oder gar verschwunden zu sein. Dass es nun so schnell ging, gefiel ihm nicht. Noch mehr Sorgen machte er sich allerdings wegen Marina. Er hatte gestern Abend und in der Nacht ständig versucht, sie zu erreichen. Sie hatte aber weder auf seine SMS oder Whatsapp-Nachrichten reagiert.

Angerufen hatte er sie noch nicht, falls sie weiterhin mit Fischers Aufpasser unterwegs war, allerdings hätte sie schon längst bei ihren Eltern ankommen müssen. Er hoffte inständig, dass ihr nichts passiert war.

Gestern Abend hatte Simon mit den Vorbereitungen für die Flucht begonnen. Er hatte neue Konten eröffnet und sein Geld dorthin transferiert. Außerdem hatte er einen Bekannten kontaktiert und bei ihm falsche Ausweise für sich, Marina und die Kinder bestellt. Diese sollten bis Samstagabend fertig sein. Alle hatten neue Namen ausgesucht bekommen und heute wollte Simon Flüge nach San Francisco buchen. Sonntag würde er sich von Renner das Geld holen und dann direkt zu Marina fahren. Der Flug Richtung Freiheit sollte von Kiew aus starten.

Aber erstmal musste er die Vernehmung bei der Polizei hinter sich bringen.

***

Renner saß am Schreibtisch und sah seinen Besucher an. Freddy grinste breit ihm gegenüber.

»Ich habe doch gesagt, dass es sich für dich lohnen wird«, sagte er mit selbstzufriedenem Lächeln. »Und das war erst der Anfang. Wir werden mit dem Geschäftsmodell noch viel mehr Geld machen.«

Renner wusste, dass Freddy Recht behalten würde. Erst vorgestern hatte er in den Nachrichten gesehen, wie der Bundesinnenminister bekannt gab, dass in diesem Jahr mit bis zu 800.000 Flüchtlingen zu rechnen war. Renner hatte sich ausgerechnet, dass davon mindestens 100.000 unbegleitete Jugendliche sein würden. Von denen wiederum könnten sie bestimmt mit Freddys Beziehungen 5.000 bis 6.000 Jugendliche in die Einrichtungen bringen, die von ihnen kontrolliert wurden. Rechnete man von diesen Jugendlichen etwa 20 - 30% heraus, die für ihre Geschäfte nicht geeignet waren, so blieb immer noch genug ›Ware‹ für ihre Kunden übrig.

Allerdings lag hier auch ein gewisses Problem. Was sollte man mit den Jugendlichen machen, die sich nicht als ›Ware‹ anboten? Der Unterhalt der Einrichtungen kostete eine Menge Geld und schmälerte damit den Gewinn. Also was tun?

Das war ein Thema, was Renner mit Krüger besprechen wollte.

»Also«, brummte Renner. »Lass uns nicht lange um den heißen Brei herumreden. Was machen wir mit den Jugendlichen, die wir nicht vermitteln können?«

Freddy beäugte ihn und nahm einen Schluck von dem Kaffee, der vor ihm stand.

»Nichts«, sagte er dann.

Renner sah ihn entgeistert an. Bevor er jedoch etwas erwidern konnte, hob Freddy beschwichtigend die Hand.

»Zumindest eine Weile nicht. Wir müssen erst eine gewisse Zeit vergehen lassen, bevor wir handeln können. Es wäre zu auffällig, wenn auf einmal zu viele Jugendliche verschwinden würden. Außerdem kann es zu Kontrollen kommen und da macht es sich gut, wenn noch einige Jugendliche von den Kontrolleuren angetroffen werden, die schon etwas länger in der Einrichtung sind.«

»Wie viele?«, erkundigte sich Renner.

»Ich denke, 5 - 6 schwer zu vermittelnde Jugendliche sind okay. Die können dann später immer noch verschwinden.«

»Wie sollen sie verschwinden?« Renner faltete die Hände, die auf dem Schreibtisch ruhten.

Freddy nahm noch einen Schluck von seinem Kaffee, bevor er antwortete.

»Willst du das wirklich wissen?«, fragte er. Als Renner nicht sofort antwortete, seufzte Freddy. »Sagen wir mal so. Ich habe Leute, die sich darum kümmern und keine Fragen stellen. Es werden entsprechende Papiere vorliegen, die belegen, dass es den Jugendlichen gut geht. Es gibt für alle einen Markt, auch für die, die für unser eigentliches Geschäft nicht geeignet sind. Und bevor du fragst: Du willst es nicht wissen.«

Renner sah Freddy einen Moment an, dann nickte er.

»In Ordnung«, sagte er. »Hauptsache, sie kosten kein Geld mehr.«

Freitag, 21.08.2015
10:30 Uhr

»Ich glaube, Sie sind sich nicht ganz bewusst, worin sie da verstrickt sind«, meinte Weber zu Simon.

Sie saßen bereits seit dreißig Minuten in Webers Büro und drehten sich bei der Vernehmung im Kreis. Laschek hatte seinem Kollegen am Schreibtisch gegenüber Platz genommen, Simon saß neben der Bürotür auf einem Stuhl.

»Erklären Sie es mir doch noch einmal. Sie haben es jetzt seit einer gefühlten Ewigkeit versucht und ich habe es noch immer nicht verstanden.« Simon lehnte sich entspannt auf dem Stuhl zurück. »Und ich glaube, Sie haben es selbst nicht verstanden, da Sie eigentlich nichts gegen mich in der Hand haben«, fügte er hinzu.

Weber beugte sich vor und sah Andreas Simon in die Augen.

»Freuen Sie sich nicht zu früh«, brummte er. »Wir haben in Lesniaks Werkstatt ein Handy gefunden, von dem aus nur eine einzige Nummer angerufen wurde. Diese Rufnummer ist auf Isabell Zweig angemeldet. Sie ist eine Bekannte von Ihnen ...«

Simon wollte protestieren, aber der Ermittler hob eine Hand, um ihn zu stoppen.

»Wir haben mit Frau Zweig gesprochen.«

Weber meinte, ein Zucken um die Mundwinkel von Simon zu sehen. Anscheinend überraschte ihn diese Nachricht.

»Sie war sehr auskunftsfreudig«, fügte Laschek hinzu, der Simons Reaktion wohl ebenfalls mitbekommen haben musste.

»Überlegen Sie sich also, was sie sagen und rücken Sie mit der Wahrheit raus«, sagte Webers Partner nun. Simon beugte sich vor, sah allerdings Weber in die Augen. Laschek würdigte er keines Blickes.

Es wirkte so, als hätte Simon seine Fassung schnell wiedergefunden.

»Wenn Sie Beweise haben, legen Sie diese auf den Tisch, oder lassen Sie mich endlich gehen. Es würde mich schwer wundern, wenn Sie welche hätten, weil es keine gibt. Ich kann verstehen, dass Sie den Mord schnell aufklären wollen, aber nicht auf meine Kosten.« Simon lehnte sich auf dem Stuhl zurück.

Er schaute diesmal Laschek und Weber an, bevor er sagte:

»Und, was passiert jetzt?«

»Gehen Sie«, knurrte Weber.

Als Simon aufstehen wollte, legte ihm Laschek eine Hand auf den Arm.

»Aber freuen Sie sich nicht zu früh, Simon«, sagte er. »Wir wissen, dass Sie etwas mit der Sache zu tun haben, auch wenn Sie vielleicht nicht der Mörder sind. Wir werden es herausfinden.«

Simon schaute Laschek kurz in die Augen und danach demonstrativ auf seinen Arm.

›Der Zuhälter‹ zog seine Hand zurück.

Freitag, 21.08.2015
13:00 Uhr

Renner schaute Fischer prüfend an.

»Was haben Sie gegen ihn in der Hand?« Der Boss hatte sich andere Neuigkeiten erhofft.

»Bis jetzt noch nicht viel«, antwortete Fischer. »Mein Kontakt hat mir erzählt, dass sie wohl in der Werkstatt ein Handy gefunden haben. Das wurde irgendwie in Kontakt mit Simon gebracht. Aber wie genau, kann ich noch nicht sagen. Die Ermittler scheinen allerdings überzeugt davon zu sein, dass Simon irgendwie mit der Sache zu tun hat.«

»Und wo kommt das Handy her?«, fragte Renner mit einer Spur Ärger in der Stimme.

»Nicht meine Schuld«, sagte Fischer sogleich. »Das Handy wurde nur durch Zufall unter einer Werkbank gefunden.«

Renner sagte nichts, aber Urs merkte, dass ihm die Neuigkeiten gar nicht gefielen.

»Was machen wir jetzt?«, knurrte er schlussendlich, nachdem er eine Weile wütend auf die Unterlagen gestarrt hatte.

»Mein Kontakt wird mich weiter auf dem Laufenden halten. Er versucht, genauere Infos zu bekommen.«

»Freddy hat berichtet, Simon wäre bei dem neuen Projekt nicht so ganz bei der Sache. Er hätte den Eindruck gewonnen, dass sich Simon mit der Art des Projekts nicht anfreunden kann. Er vermutet es könnten Fehler gemacht werden, um das Projekt zum Scheitern zu bringen, unbewusst, oder auch mit Absicht.« Renner machte eine kurze Pause. »Ich habe jemanden auf ihn angesetzt. Er ist zu einem Sicherheitsrisiko geworden.«

Renner erzählte Fischer von dem möglichen Datenklau auf seinem Laptop.

»Simon?« Fischer runzelte die Stirn. »In Anbetracht der Gesamtumstände nicht auszuschließen. Ich kümmere mich darum.«

Dabei verschwieg Urs, dass er ebenfalls ein persönliches Interesse an Simon hatte.

***

Simon setzte sich an seinen Schreibtisch und öffnete eine Schublade. Er musste endlich in die Gänge kommen! Mit zitternder Hand entnahm er der Schublade ein noch originalverpacktes Handy. Er hatte es vor einiger Zeit zusammen mit zwei weiteren günstig erstanden. Simon komplettierte es mit einer SIM-Karte und schaltete es ein.

Nachdem er die notwendigsten Einstellungen vorgenommen hatte, öffnete er eine andere Schublade und entnahm ihr ein etwa 13 cm langes, 7 cm breites und 2,5 cm hohes schwarzes Plastikteil, das wie eine Musikbox aussah. Ein Mikrofon mit einem Kabel war an das Gerät angeschlossen. Sorgsam legte Simon zwei Batterien ein und schaltete es ein, ehe er das Mikrofon in die Hand nahm und hineinsprach. Die Stimme, die daraufhin aus dem Lautsprecher kam, hatte nichts mehr mit seiner Stimme gemein. Simon war zufrieden.

Er atmete noch zweimal tief durch und wählte dann Renners Büronummer.

***

Fünf Minuten später legte Renner den Hörer seines Bürotelefons auf. Er hatte bereits mit dem Anruf gerechnet. Früher oder später musste er einfach kommen. Aber so früh?

Anscheinend war jemand nervös geworden und wollte schnell an Geld kommen. Der unbekannte Anrufer, der mit verstellter Stimme gesprochen hatte, verlangte von ihm fünf Millionen Euro innerhalb von 48 Stunden. Sollte er das Geld bis dahin nicht erhalten, wollte er Unterlagen an Presse und Polizei weiterleiten, die Renners schmutzige Geschäfte offenlegen würden.

Georg Renner griff zum Telefon und drückte eine Kurzwahltaste. Als am anderen Ende abgenommen wurde, sagte er nur:

»Wir müssen handeln.«

Dann legte er auf und lehnte sich zufrieden im Sessel zurück.

Freitag, 21.08.2015
17:30 Uhr

Weber stand nun schon seit fast einer Stunde am Spielfeldrand und schaute seinem Sohn beim Training zu. Als er nachhause gekommen war, hatte er gerade einmal Zeit für eine Tasse Kaffee gehabt, bevor er mit Yannik zum Training musste. Einen zweiten Kaffee hatte er sich in einem Thermobecher mitgenommen.

Auf dem Weg wollte er von Yannik wissen, ob er denn die Regeln vom Basketball kannte, woraufhin sein Sohn ihm mitteilte, er würde das ja wohl beim Training lernen. Dafür wäre das Training ja schließlich da.

Weber hatte dabei zugesehen, wie sich sein Sohn bemühte, den Ball in den Korb zu werfen. Bei zehn Versuchen landete er jedoch keinen Treffer.

Zum Abschluss des Trainings gab es ein Spiel. Dabei stellte sich heraus, dass jeder Probleme mit dem Fangen und Werfen hatten.

Das Spiel endete 0:0.

Der Trainer war wirklich nicht zu beneiden.

Freitag, 21.08.2015
21:00 Uhr

»Mist«, presste Weber heraus und seine Bandkollegen hörten mit dem Spielen auf. »Tut mir leid. Das ›F‹ klappt mal wieder nicht.«

»Gleich nochmal«, sagte Johannes Honig, aber Weber war mit den Gedanken nicht ganz bei der Sache. Nur mit viel Mühe gelang es ihm diesmal, das ›F‹ und anschließend das ›Hm‹ richtig zu greifen.

Seine Gedanken kreisten um den Fall und speziell der Vernehmung Simons. Er war sich sicher, dass der Kerl log und Lesniak sehrwohl kannte. Allerdings hatten sie derzeit keine Beweise. Laschek hatte vorgeschlagen, nochmal nach Hamburg zu fahren und Isabell Zweig unter Druck zu setzen, doch Weber hatte bei der Vernehmung den Eindruck gewonnen, diese Frau würde sich nicht unter Druck setzen lassen. Da müssten sie schon ein ziemlich starkes Druckmittel haben und ihm fiel im Moment kein passendes ein.

Weber griff den nächsten Akkord unsauber, als ihm ein Gedanke kam, den er aber nicht so recht fassen konnte. Es war etwas, das er in der Akte von Isabell Zweig gelesen hatte. Leider konnte er sich nicht auf den Gedanken konzentrieren, ohne das Spielen einzustellen.

***

Nach Ende der Probe fuhr Weber nachhause. Dort stellte er seine *Seagull* ins Musikzimmer, dann ging er zum Kühlschrank, nahm sich ein Bier und setzte sich zu seiner Frau ins Wohnzimmer.

»Wie war die Probe?«, fragte Yuna ihn lächelnd.

Weber nahm einen Schluck von seinem Bier.

»War schon mal besser. War heute nicht so mein Tag.«

Yuna sah ihn verwundert an.

»Stress auf der Arbeit?«, wollte sie wissen.

»Nicht direkt. Ich hatte nur die ganze Zeit einen Gedanken im Kopf, der mit meinem aktuellen Fall zu tun hat, konnte ihn aber nicht fassen.« Weber nahm einen weiteren Schluck von seinem Bier.

»Es wird dir schon noch einfallen, wenn du nicht die ganze Zeit daran denkst.« Seine Frau lehnte sich an ihn und gab ihm einen Kuss.

Weber erwiderte diesen leidenschaftlich.

»Und du willst mich auf andere Gedanken bringen?«, fragte er grinsend.

Statt zu antworten, küsste Yuna ihn erneut und legte die Hand in seinen Schritt. Weber überlief ein leichtes Zittern.

»Lass uns nach oben gehen«, hauchte sie, als sie seine Erregung spüren konnte. »Ich bin mir allerdings nicht sicher, ob die Kinder schon schlafen.«

Weber richtete sich auf.

»Die Kinder«, meinte er auf einmal und stand auf.

»Du hast es aber eilig ...«

»Die Kinder! Das ist der Gedanke, den ich vorhin nicht fassen konnte. Ihre Kinder.«

»Wessen Kinder?«, fragte Yuna irritiert.

Weber strahlte.

»Danke, du hast mir sehr geholfen.«

Weber zog seine Frau an sich und küsste sie. Die war noch immer verwirrt.

»Wobei?«

»Bei meinem Fall.« Rasch zog Weber seine Yuna an sich und sie gingen ins Schlafzimmer.

Freitag, 21.08.2015
21:30 Uhr

Zu dem Zeitpunkt, als Weber wiederholt einen Akkord falsch griff, saßen Renner und Fischer in der Bar eines Hotels in Rietberg zusammen. Urs hatte den Boss angerufen und ihn dringend um ein Gespräch gebeten. Da dieser für den frühen Abend ein Essen mit Geschäftspartnern in Rietberg arrangiert hatte, bestellte er Fischer für 21:30 Uhr in die Bar. Seine Geschäftspartner saßen an einem Tisch im hinteren Teil zusammen, während er mit Fischer an der Theke Platz genommen hatte. Der Boss mochte dieses Hotel und lud seine Geschäftspartner sehr oft in das Restaurant ein. Zwar gab es in Bielefeld genug gute Restaurants, aber Renner mochte die Lage des Hotels. Von dessen Terrasse aus blickte man auf das Ufer der Ems im historischen Stadtkern von Rietberg.

»Also, was gibt es so Dringendes, dass es nicht bis morgen oder Montag warten kann?«

Weder Renner noch Fischer hatten Getränke bestellt. Die Frage des Barkeepers hatte Renner verneint und Fischer damit klargemacht, dass er nicht viel Zeit für ihn hatte. Dabei hätte Urs gern etwas Stärkeres getrunken.

»Mein Informant bei der Polizei hat mir gesagt, dass man Simon mit dem Mord an Lesniak in Verbindung gebracht hat. Mittlerweile ist er zweimal von den Bullen vernommen worden. Und so wie es aussieht, bleiben sie auch weiter an ihm dran.«

»Was haben sie gegen ihn in der Hand?«, erkundigte sich Renner nach einer kurzen Pause.

»Wohl noch nichts Konkretes. Aber das Handy, das man gefunden hat, ist auf eine ehemalige Freundin von Simon angemeldet. Sollten weitere Daten zum Handy rauskommen, scheint es nur noch eine Frage der Zeit zu sein, bis sie Simon haben.«

Renner schwieg erneut einen Moment, ehe er den Barkeeper zu sich rief.

»Zwei Whiskey. Bourbon mit Eis.«

Nachdem die Getränke da waren, ergriff Renner ein Glas in die Hand und prostete Fischer zu. Der schnappte sich ebenfalls eins und beide nahmen einen großen Schluck. Dann stellte Renner seinen Whiskey auf die Theke zurück.

»Das Sicherheitsrisiko wird augenscheinlich größer. Wir werden bald handeln müssen.«

Fischer wusste, dass Renner ihm keine weiteren Erklärungen liefern würde, aber das war ihm egal.

Er trank aus, rutschte vom Stuhl, bedankte sich bei Renner für den Drink und verließ das Hotel. Der Boss blieb noch sitzen und bestellte sich einen zweiten. Zum Glück hatte das Hotel auch gute Zimmer.

Samstag 22.08.2015
08:00 Uhr

Weber saß mal wieder im Büro und las sich die Akte von Isabell Zweig durch. Er war früh am Morgen aufgestanden, hatte in Windeseile zwei Tassen Kaffee getrunken und war danach zum Präsidium gefahren. Yuna war nicht gerade begeistert gewesen, zumal die letzte Nacht ziemlich stressig gewesen war. Leon wurde mehrfach wach und weinte. Anscheinend hatte er Magenschmerzen gehabt, was in der letzten Zeit des Öfteren vorkam.

Gegen drei Uhr morgens war Weber so genervt gewesen, dass er Yuna das Kind in den Arm gedrückt und den Rest der Nacht auf dem Sofa verbracht hatte. Er war mit Nacken- und Kopfschmerzen aufgewacht und hatte erstmal zwei Schmerztabletten genommen. Seine Laune befand sich auf dem Tiefpunkt und er war froh, aus dem Haus zu kommen.

Auf dem Weg zum Büro hatte er sich bei einem Bäcker einen großen Kaffee und zwei belegte Brötchen gekauft. Nun blätterte er in der Akte und hoffte, die Information zu finden, mit der sie Isabell Zweig dazu zwingen konnten mehr über Andreas Simon herauszurücken. Nach dem ersten Brötchen und der Hälfte seines Kaffees entdeckte er das Gewünschte.

Als Yuna gestern Abend die Kinder erwähnte, war der Gedanke hervorgekommen, den er während der Probe nicht hatte greifen können. Weber erinnerte sich daran, gelesen zu haben, dass Isabell Zweig zwei Kinder hatte, die derzeit in einer Pflegefamilie untergebracht waren. Er ging stark davon aus, dass sie diese erneut zu sich nehmen wollte, sobald man sie aus der Haft entließ. Sie hatte einen Antrag auf vorzeitige Entlassung zum 01.10. des Jahres gestellt. In der Akte war vermerkt, dass Isabell Zweig zwei Töchter im Alter von 3 und 5 Jahren hatte. Hinweise auf den Vater gab es nicht. Wenigstens hatte man die beiden Mädchen gemeinsam in einer Familie untergebracht.

Weber lehnte sich auf dem Stuhl zurück und trank von seinem Kaffee, der mittlerweile nur noch lauwarm war. Ihm schoss ein Gedanke durch den Kopf und er setzte sich wieder auf. Konnte es sein, dass Simon der Vater der Kinder war? Deckte Isabell Zweig ihn deshalb? Zahlte er für die Kinder mehr als den normalen Unterhalt, damit sie nicht gegen ihn aussagte?

Egal wer der Vater der Kinder war, Weber wusste nun, wie er Isabell Zweig unter Druck setzen konnte. Er griff zum Handy und wählte die gespeicherte Nummer von Laschek.

Sein Kollege meldete sich erst nach dem achten Klingeln.

»Ja«, hörte Weber dessen verschlafene Stimme.

»Weber hier.«

Ein Fluchen folgte.

»Weißt du eigentlich, wie spät es ist?«, fragte Laschek genervt.

»Zeit zum Aufstehen und für einen kleinen Ausflug.«

»Was?«, murrte Laschek. »Bist du wahnsinnig? Es ist Samstag und noch nicht mal Mittag. Wo willst du denn hin?«

»Eine Freundin besuchen und ihr gehörig Dampf unter dem Arsch machen.«

Samstag 22.08.2015
11:30 Uhr

»Und du meinst, das klappt?« Laschek wollte das nun schon zum dritten Mal wissen.

»Ich hoffe es«, antwortete Weber.

Sie waren im Dienstwagen auf der A2 kurz vor Hannover unterwegs. Bis jetzt hatten sie Glück gehabt und der sonst obligatorische Stau war ihnen erspart geblieben. Nachdem Weber Laschek unter viel Murren und Meckern zu diesem ›Ausflug‹ überredet hatte, hatte er in der Frauen-JVA, in der Isabell Zweig einsaß, angerufen und gefragt, ob sie heute noch mit ihr sprechen konnten. Der JVA Beamte hatte erwidert, dass das Wochenende eigentlich für Besuche von Verwandten und Freunden reserviert wäre, aber als Weber ihm erklärte, es würde sich um einen Notfall handeln, stimmte der Beamte zu. Schließlich hätte Frau Zweig ja am Wochenende nichts Besonderes vor und wäre eh da.

Danach rief Weber Yuna an. Wie zu erwarten, war sie gar nicht begeistert davon, dass Weber an seinem freien Samstag arbeiten wollte. Sie war sogar richtig sauer, vor allem nach der letzten Nacht. Leon hatte sich zwar beruhigt und alles war wieder normal, aber seine Frau hätte sich trotzdem Unterstützung für den Tag gewünscht.

Weber, der erneut Kopfschmerzen bekam, sagte, sie könne ja ihre Mutter anrufen, sollte sie Unterstützung brauchen und legte auf. Er schluckte zwei weitere Schmerzmitteltabletten, dann sammelte er Laschek an dem Imbisswagen vor dem Puff ein und war schnell wieder losgefahren, bevor dieser auf die Idee kam, ihn zu einem Kaffee einzuladen.

Sein Partner wurde während der Fahrt über das informiert, was er herausgefunden hatte.

»Hast du das eigentlich mit Herbst abgesprochen?«, fragte Laschek jetzt.

»Ich habe ihn im Präsidium getroffen und er hat uns grünes Licht für die Vernehmung gegeben.« Weber zuckte mit den Schultern, aber ›der Zuhälter‹ hakte weiter nach.

»Hast du ihm genau erklärt, was du vorhast?«

Weber schüttelte den Kopf.

»Er muss ja nicht alles wissen«, erklärte er mit einem Grinsen und sein Kollege lachte bellend auf.

***

Zwei Stunden später saßen sie Isabell Zweig an dem gleichen Tisch im gleichen Raum wie beim letzten Mal gegenüber. Sie war sichtlich erstaun, die beiden so schnell, wenn überhaupt, wieder zu sehen, wirkte aber noch immer so selbstsicher und unantastbar wie beim letzten Mal.

»Frau Zweig«, begann Weber. »Haben Sie sich unser Gespräch nochmals durch den Kopf gehen lassen?«

»Warum sollte ich?«, antwortete sie.

»Vielleicht, um uns jetzt die Wahrheit über Ihre Beziehung zu Andreas Simon zu erzählen?«

Isabell Zweig beugte sich nach vorn.

»Das Gespräch und Sie beide sind es nicht wert, auch nur eine Sekunde länger darüber nachzudenken«, meinte sie gehässig und lehnte sich mit einem breiten Grinsen daraufhin nach hinten.

Weber seinerseits setzte nun ebenfalls ein breites Grinsen auf. Nach einer kurzen Pause sagte er:

»Frau Zweig, wie geht es eigentlich Ihren Töchtern?«

Er sah Isabell Zweig an, wie sehr sie der Themenwechsel überraschte. Sie wirkte allerdings nicht beunruhigt. Weber setzte nach.

»Wann haben Sie sie zuletzt gesehen? Das muss schon einige Zeit her sein. Wie alt sind Ihre Töchter jetzt? 3 und 5 Jahre, wenn ich mich nicht irre.« Er schaute ihr die ganze Zeit fest in die Augen.

Je mehr er sprach, desto mehr Verunsicherung meinte er darin zu erkennen. Zweig sagte jedoch nichts.

»Wie ich las, haben Sie zum 01.10. einen Antrag auf vorzeitige Haftentlassung gestellt, der derzeit noch geprüft wird.« Weber sah aus den Augenwinkeln, dass Laschek ihm einen kurzen Seitenblick zuwarf, von dem er hoffte, Isabell Zweig würde ihn nicht bemerken.

Bevor sie in den Vernehmungsraum geführt worden waren, hatte Weber den diensthabenden Beamten nach dem Antrag gefragt. Dieser hat in den internen Akten nachgesehen und festgestellt, dass er bereits genehmigt war und Isabell Zweig das Ergebnis am Montag mitgeteilt werden sollte.

›So so‹, dachte Laschek. ›Eine kleine Notlüge, um die Frau zum Reden zu bringen. Du gefällst mir, Weber.‹

»Was wird wohl aus Ihrem Antrag werden, wenn ich weiterleite, dass Sie die Polizei bei der Aufklärung eines Mordes behindern? Oder vielleicht sogar mehr als das. Vielleicht sind Sie ja selbst in die Sache verwickelt?«

Isabell Zweig biss die Zähne aufeinander und presste zwischen den Lippen hervor.

»Sie mieses Schwein! Das würden Sie sich nicht trauen.«

Weber lächelte.

»Jetzt hör mir mal gut zu, du dumme Kuh. Du weißt gar nicht, was ich mich alles trauen würde. Ich habe keine Probleme damit, die entsprechenden Stellen darüber zu informieren, dass du in einen Mordfall verwickelt bist. Dann ist deine vorzeitige Entlassung vom Tisch. Deine Kinder werden in der Pflegefamilie bleiben und, wenn du dann entlassen wirst und du sie zu dir nehmen willst, werden sie fragen, wer du bist und was du von ihnen willst. Niemand wird Kinder zu einer Frau geben, die in einen Mordfall verwickelt war. Solltest du auch nicht verurteilt werden, wird dir der Vorwurf ein Leben lang anhaften.« Weber hatte sich in Rage geredet und machte jetzt eine Pause um herunterzukommen.

Es war ihm unangenehm, sich so gehen gelassen zu haben, aber er wollte diese Frau einfach tief in ihrem Inneren verunsichern, vielleicht sogar verletzen. Noch schwieg Isabell Zweig allerdings.

»Sie werden Ihre Kinder, wenn überhaupt, nur an den Wochenenden sehen. Der Vater der Kinder wird sie zudem nicht sehen. Andreas Simon landet ebenfalls im Gefängnis.«

Weber sah, wie Isabell Zweig merklich zusammenzuckte.

»Woher wissen Sie das?«, keuchte sie sichtlich geschockt.

Auch Laschek schaute ihn überrascht an. Von seinem Verdacht, wer der Vater der Kinder war, hatte er ihm nichts erzählt. Weber schwieg, schaute Isabel Zweig nur fest in die Augen, aus denen mittlerweile Tränen kullerten. Nach einem kurzen Moment fing sie plötzlich an zu erzählen.

Samstag 22.08.2015
14:00 Uhr

Simon legte das Handy zur Seite. Er schwitzte stark und sein Herz schlug ihm bis zum Hals. Er lehnte sich in seinen Schreibtischstuhl zurück und atmete aus, griff zum Glas Whiskey, das auf seinem Schreibtisch stand und trank einen großen Schluck. Sofort spürte er die beruhigende Wirkung des Alkohols und entspannte sich ein wenig.

Soeben hatte er den zweiten Anruf bei Renner getätigt und ihn über die Abwicklung der Geldübergabe informiert. Diese sollte am nächsten Tag im Tierpark Olderdissen erfolgen. Simon hatte Renner genaue Anweisungen gegeben, der Boss hatte zugehört und kaum ein Wort gesprochen.

Das machte Simon Angst, da es ihm so vorkam, als wüsste Renner genau, mit wem er sprach. Die Übergabe sollte zur Mittagszeit erfolgen. Simon wollte, dass Renner das Geld persönlich zum Tierpark brachte und die Übergabe durchführte – allein. Er hatte sich auf die Schnelle einen Plan überlegt, von dem er annahm, dass er funktionieren könnte. Allerdings blieb ihm nicht die Zeit zu prüfen, ob der Plan auch wirklich wasserdicht war. Er musste das Risiko eingehen.

Simon wollte so schnell wie möglich zu Marina und mit ihr und den Kindern verschwinden. Direkt nach der Übergabe im Wagen sitzen. Er nahm einen weiteren großen Schluck Whiskey, als sein Handy klingelte. Das, mit dem er ausschließlich Kontakt zu Marina hatte.

Sofort war er erneut angespannt.

»Hallo«, meldete er sich hastig.

»Wann kommst du?«, fragte Marina mit Angst in der Stimme.

»Was ist los? Ist etwas passiert?«

»Ich glaube, wir werden beobachtet«, antwortete sie. »Mir ist ein Auto aufgefallen, das seit gestern Abend öfter in der Nähe unseres Hauses steht. Meinen Eltern haben den Wagen auch schon bemerkt. In einem so kleinen Dorf fällt sowas schneller auf als in der Stadt. Was sollen wir tun?«, wollte sie unsicher wissen.

›Scheiße, Scheiße, Scheiße‹, dachte Simon.

Er fuhr sich nervös mit der Hand durchs Haar.

»Nichts«, antwortete er nach kurzer Pause. »Macht so weiter wie bisher. Morgen Nachmittag mache ich mich auf den Weg zu euch. Ich denke, ich bin spätestens Montagmittag da. Seht zu, dass ihr dann eure Koffer gepackt habt. Wir fahren sofort weiter zum nächsten Flughafen und verlassen das Land. Weit weg. Mehr kann ich dir jetzt nicht sagen. Es wird dir gefallen.«

»Aber der Mann im Auto?«

»Der wird euch nichts tun. Er soll euch nur im Auge behalten.« Nach einer weiteren Pause fügte Simon hinzu. »Wenn ich da bin, werde ich mich um ihn kümmern. Hast du den USB-Stick gut versteckt?«

»Ja«, flüsterte Marina.

»Gut. Pass auf ihn auf und denke an das, was ich dir gesagt habe. Falls ich bis Montagabend nicht bei euch bin, ruf den Polizisten in Deutschland an.«

»Du machst mir Angst.« Marina schniefte leise, aber Simon konnte es dennoch hören.

»Mir wird nichts passieren«, versicherte Simon nochmals und sprach sich selbst im Grunde damit Mut zu. »Es ist eine reine Vorsichtsmaßnahme. Am Montagabend sitzen wir im Flieger und fangen ein neues Leben an.«

»Ich liebe dich, Andreas«, hauchte Marina. »Pass auf dich auf.«

»Ich liebe dich auch«, antwortete Simon und beendete das Gespräch.

Am liebsten hätte er sich noch einen großen Whiskey gegönnt, aber er musste noch etwas erledigen und durfte nicht betrunken Auto fahren. Er kochte sich stattdessen einen starken Kaffee und nahm diesen mit in sein Arbeitszimmer. Dort schob er ein Bücherregal zur Seite, hinter dem eine mit Holz vertäfelte Wand zum Vorschein kam. Simon zog an einem Panel und eine kleine Tür öffnete sich. Den kleinen Tresor dahinter hatte er vor einigen Monaten einbauen lassen. Darin verwahrte er einen großen Batzen Bargeld, einige wichtige Papiere, eine Pistole, sowie Munition. Er nahm das Bargeld aus dem Safe und zählte es nach. 20.000,-€.

Danach schnappte er sich die Pistole und nahm sie mit zum Schreibtisch, holte die Munition und begann, die Pistole zu laden. Es handelte sich um eine Heckler & Koch, P8, 9mm. Er lud das Magazin mit 15 Schuss.

Die Pistole hatte er bereits vor drei Jahren in Polen gekauft. Er führte das Magazin in die Waffe ein und lud sie durch. Ab jetzt würde er keine Minute mehr ohne Waffe verbringen.

Kurz darauf erließ er tief in Gedanken versunken das Haus, stieg in seinen Wagen und fuhr Richtung Innenstadt. Er bemerkte den schwarzen Pkw nicht, der vom Bordsteinrand fuhr und ihm folgte.

***

Renner stand am Fenster seines Büros und schaute auf die Straße hinab. Er hatte gerade ein Telefonat mit Fischer beendet, in dem Fischer auf den neuesten Stand gebracht worden war. Fischer hatte ihn gefragt, ob er wirklich beabsichtigte, allein zur Übergabe zu fahren, worauf Renner ihm daraufhin seinen Plan erläutert hatte. Urs Fischer sicherte ihm zu, alles Nötige in die Wege zu leiten. Der Erpresser würde den morgigen Tag nicht überleben.

Samstag 22.08.2015
17:45 Uhr

Weber und Laschek saßen auf einer Bank neben dem Imbisswagen vor dem Puff, aßen Currywurst mit Pommes und tranken ein Detmolder. Nachdem Isabell Zweig ihnen erzählt hatte, dass sie den Handyvertrag für Andreas Simon abschloss und er sie dreimal in der JVA besucht hatte, waren sie zum Wagen gegangen und schweigend nach Bielefeld zurückgefahren. Im Hinausgehen hatte diese Frau sie noch gefragt, was jetzt aus ihrem Antrag auf vorzeitige Haftentlassung werden würde.

Weber hatte sich daraufhin in der Tür umgedreht und erwidert, der Antrag wäre bereits bewilligt. Schreien und Verwünschungen verfolgten die beiden Ermittler, als sie den Besuchertrakt verließen. Die Wärter würden sicherlich Mühe haben, sie wieder zu beruhigen und in ihre Zelle zu schaffen.

»Tut mir leid, dass ich während der Vernehmung so aufbrausend geworden bin. Das war nicht so gut«, meinte Weber zu Laschek.

»Braucht es nicht«, antwortete sein Partner. »Wir haben doch unser Ziel erreicht. Also von mir aus ist alles okay.«

Weber nahm einen Schluck von seinem Bier.

»Ich konnte es einfach nicht mehr ertragen, wie sie uns angesehen und verarscht hat. Die meinen, sie kommen mit allem durch. Allmählich habe ich keinen Bock mehr, immer den Kürzeren zu ziehen.«

Weber merkte, dass er wieder dabei war, sich in Rage zu reden. Er nahm einen weiteren Schluck Bier. Ein Obdachloser näherte sich ihnen, der in die umliegenden Mülleimer schaute, um eventuell ein paar Pfandflaschen zu finden.

»Du hast hoch gepokert.« Laschek lächelte verständnisvoll. »Es hätte auch ziemlich nach hinten losgehen können. Aber wie gesagt, Ziel erreicht.«

›Der Zuhälter‹ zuckte mit den Schultern.

»Meinst du, sie wird sich beschweren?«, erkundigte sich Weber.

Laschek schüttelte den Kopf.

»Ich denke, sie ist froh, dass der Antrag durch ist und sie will keine weitere Aufmerksamkeit.«

Weber beobachtete wieder den Obdachlosen, der inzwischen noch nähergekommen war.

»Mein Vater hat mich früher immer vor solchen Menschen gewarnt.« Sein Kollege, den der Themenwechsel überraschte, schaute in Webers Blickrichtung. »Wenn ich früher mit meinem Vatta in unserem Ort unterwegs gewesen war und wir einen Obdachlosen gesehen haben, hat er mich zu ihm hin gezerrt. Mein Vatta schimpfte: ›Willst du so enden wie der?‹. Ich schüttelte stets den Kopf. ›Dann sieh zu, dass du einen vernünftigen Abschluss machst und einen guten Job findest. Ich werde dich nicht unterstützen, wenn du auf der Straße landest".

Weber schwieg einen Moment.

»Einmal wäre es fast zu einer Schlägerei zwischen meinem Vater und einem der Obdachlosen gekommen. Andere Passanten griffen jedoch ein und konnten Schlimmeres verhindern. Ich weiß gar nicht, wie oft er das mit mir gemacht hat. Er tat es allerdings nur, wenn meine Mutter nicht dabei war.«

Weber sah zu Laschek.

»Ich fahre jetzt lieber nachhause, meine Ehe retten.«

Er trank sein Bier aus, entsorgte die leere Essschale und schaute noch einmal zum Obdachlosen hinüber, ehe er seinem Kollegen zunickte und zum Auto marschierte.

Sonntag, 23.08.2015
12:00 Uhr,

Simon hatte keinen Parkplatz in der unmittelbaren Nähe des Tierparks gefunden. Das Wetter war schön, die Sonne schien von einem blauen Himmel und die Temperatur betrug schon jetzt 20 Grad. Es versprach ein heißer Tag zu werden. Ein Tag, an dem viele Familien einen Ausflug in den Tierpark unternehmen würden. Die Parkplätze waren an solchen Tagen immer schon sehr früh voll und man musste intensiv suchen und unter Umständen weit laufen. Zum Glück fand er noch einen freien Platz auf dem Johannisberg, sodass er es nicht ganz so weit hatte. Er war extra eine Stunde vor der verabredeten Zeit am Tierpark eingetroffen – Renner sollte sich erst um 13 Uhr am Haupteingang einfinden.

Eine Sonnenbrille auf der Nase und ein Basecap tief ins Gesicht gezogen, lief Simon los. Es war keine perfekte Verkleidung, aber es musste reichen. So saß er nur wenig später im Außenbereich des Cafés in der Nähe des Haupteingangs, wartete und beobachtete die Menschen. Von seinem Platz aus hatte er zwar keinen direkten Blick auf den Haupteingang, doch das war auch nicht nötig. Er ging nicht davon aus, dass Renner tatsächlich allein auftauchen würde. Deshalb war er auch so früh erschienen, um mögliche Leute Renners zu entdecken. Bis jetzt hatte er aber noch niemanden identifiziert. Er schaute auf die Uhr. Noch 15 Minuten.

***

Renner hatte Glück mit dem Parkplatz. Als er ankam, fuhr gerade ein anderes Fahrzeug davon und er nutzte die Chance. Nachdem er aus seinem Wagen gestiegen war, ging Renner zum Kofferraum, öffnete diesen und entnahm ihm eine leuchtend gelbe Sporttasche. Der Erpresser hatte darauf bestanden, dass das Geld in einer solchen Tasche übergeben werden sollte. Der USB-Stick sollte nach der Geldübergabe und nachdem der Erpresser alles überprüft und gezählt hatte, zu seinem Büro gebracht werden.

Renner hatte natürlich gefragt, wie er sich da sicher sein könnte, dass keine Kopie vom Stick gemacht wurde, um ihn weiter zu erpressen. Er machte sich deswegen nicht wirklich Sorgen. Sein Verdacht, wer der Erpresser war, erhärtete sich und er würde aus ihm herausbekommen, ob es noch eine Kopie gab. Er musste allerdings den Schein wahren und diese Frage wurde vermutlich erwartet. In der Tasche befand sich deshalb tatsächlich der geforderte Geldbetrag in echten Scheinen. Es hätte Renner keine Mühe gemacht, die Summe in Blüten zu besorgen, davon hatte er reichlich in ausgezeichneter Qualität, aber er machte sich auch darum keine Sorgen. Schon sehr bald würde er alles wieder vollzählig zurückbekommen.

Ehe sich Renner auf den Weg zum Eingang machte, verschloss er den Wagen.

***

Noch fünf Minuten. Simon wurde immer nervöser. War sein Plan wirklich gut durchdacht? Nein, das war er natürlich nicht, aber ihm war auf die Schnelle leider kein besserer eingefallen. Es musste dieser reichen.

Er kontrollierte abermals die Umgebung, konnte aber nichts Auffälliges entdecken. Er schaute erneut auf die Uhr. Noch 2 Minuten.

***

Renner passierte die Haltestelle des Sparrenmobils. Es handelte sich dabei um eine Ausflugsbahn für Kinder und Erwachsene, welche eine einstündige Rundfahrt durch Bielefeld anbot. Er marschierte weiter in Richtung des Cafés, welches sich am Haupteingang des Tierparks befand, als sein Handy klingelte. Renner nahm das Gespräch an, ohne etwas zu sagen.

»Gehen Sie zum Sparrenmobil. Kaufen Sie eine Fahrkarte für eine Rundfahrt und steigen Sie ein«, sagte die verzerrte Stimme am anderen Ende der Leitung. »Stellen Sie die Reisetasche neben sich auf den Sitz.«

»Ich soll mit dem Kinderzug fahren?«, war Renner von dieser Anweisung extrem genervt, aber der andere hatte bereits aufgelegt.

Er drehte sich um und ging zurück.

***

Simon nahm den Verzerrer vom Handy und steckte beides mit zitternden Händen ein. Er trank seinen Kaffee aus und stand auf. Der Anfang war gemacht, nun würde der nächste Schritt folgen.

Simon verließ den Tierpark und machte sich auf den Weg zu seinem Wagen.

***

Der Zug war schon sehr voll gewesen, aber Renner hatte noch einen Platz in der vorletzten Reihe bekommen. Der Abstand zwischen den Bänken war dermaßen gering, dass er die Beine anziehen musste und dadurch sehr unbequem saß. Kaum hatte sich Renner gesetzt und den Koffer mit dem Geld links neben sich auf die Sitzbank gestellt, fuhr der Zug mit einem lauten Tuten los. Er entfernte sich vom Tierpark und bog nach rechts auf die Dornberger Straße ab.

Der Boss rutschte auf der Sitzbank hin und her und war mittlerweile so wütend, dass er sich schwor, den Erpresser für diese Fahrt büßen zu lassen. Indes fuhr der Zug weiter auf der Dornberger Straße Richtung Johannisberg.

***

Simon hatte den Wagen erreicht. Er setzte sich auf den Fahrersitz und nahm ein weiteres Wegwerfhandy seiner Sammlung aus der Jackentasche. Viele würde er nicht mehr brauchen, bis der Deal erledigt war. Als das Sparrenmobil den Parkplatz passierte, auf dem Simons Auto stand, drückte er eine Kurzwahltaste an dem Handy. Nach dem ersten Klingeln meldete sich eine männliche Stimme.

179

»Ja?«

»Er ist unterwegs«, sagte Simon nur und legte auf.

Der Mann, der das Gespräch angenommen hatte, warf das Handy in eine Mülltonne, die neben ihm am Straßenrand stand und am nächsten Tag abgeholt werden sollte. Er nickte seinem Bekannten zu, der am Motorrad lehnte, setzte sich seinen Motorradhelm auf und startete seine Motorrad. Er fuhr vom Franziskus Hospital in Richtung Werther Straße.

***

Das Sparrenmobil hatte mittlerweile den Johannisberg passiert und fuhr weiter auf der Dornberger Straße Richtung Werther Straße. Renner war nun in so schlechter Stimmung, dass er den Zug am liebsten sofort verlassen und die ganze Aktion abgebrochen hätte. Wie lange er dieses Theater noch mitmachen musste, wusste er nicht. Renner war davon überzeugt, dass er den USB-Stick und den Erpresser auch ohne die Geldübergabe in die Finger bekommen hätte, aber er war nicht so weit gekommen, weil er halbe Sachen machte. Aus diesem Grund bemühte er sich, ruhiger zu werden und die Fahrt durchzustehen.

***

Der Mann auf dem Motorrad stand vor der Gaststätte Vahle auf der Werther Straße und sah das Sparrenmobil von der Dornberger Straße nach rechts auf die Werther Straße abbiegen. Nachdem der Zug die Richtung geändert hatte, klappte er das Visier herunter und fuhr dem Zug in einigem Abstand hinterher.

Währenddessen hatte Simon mit seinem Pkw den Parkplatz auf dem Johannisberg verlassen und fuhr jetzt das Johannistal hinunter zum Ostwestfalendamm. Dort fuhr er in Richtung A33.

Das Sparrenmobil befand sich auf der Moltkestraße und bog auf die Von-der Recke Straße ein, die unter dem OWD entlang führte. Renner bemerkte die weiße *KTM* nicht, die sich mittlerweile drei Pkw-Längen hinter dem Zug befand. Aufgrund eines Rückstaus an der Kreuzung Von-der Recke-Straße / Artur-

Ladebeck-Straße, musste der Zug unter der Brücke halten. Der Motorradfahrer, der sich jetzt nur noch einen Pkw dahinter befand, scherte aus und fuhr auf das Sparrenmobil zu. Die gelbe Reisetasche hatte er zuvor schon auf der Sitzbank entdeckt.

Als das Motorrad sich genau neben Renner befand, ergriff der Sozius die Reisetasche und der Fahrer gab Gas.

Instinktiv wollte Renner zuerst nach dem Koffer greifen, doch er hielt in der Bewegung inne. Er sah dem Motorrad nach, wie es an den anderen Pkw vorbeifuhr, bei Rot in die Kreuzung fuhr und daraufhin nach rechts abbog. Er verlor kurz darauf die Maschine aus den Augen.

Renner blieb keine Sekunde länger im Zug sitzen, als nötig, stieg aus, griff nach seinem Handy und rief Fischer an, der sich nach dem ersten Klingeln meldete.

»Übergabe erfolgt«, sagte der Boss nur und legte auf.

***

Simon parkte den Pkw auf dem rückwärtigen Teil des IKEA-Parkplatzes am Südring. Seine Nerven waren zum Zerreißen gespannt und er hoffte, dass das Motorrad mit der Reisetasche bald eintreffen würde. Immer wieder schaute er auf die Uhr und lief nervös vor dem Fahrzeug auf und ab. In der Nähe parkte ein schwarzer Pkw, in dem ein Mann saß und Simon beobachtete. Er sprach in ein Handy und gab seine Beobachtungen an Fischer weiter, der ihm Anweisungen erteilte.

»Wenn die Tasche übergeben ist und er sich in Bewegung setzt, folgst du ihm«, knurrte Fischer gerade. »Melde dich, wenn er zu Hause angekommen ist, oder wenn er irgendwo anders hinfährt. Den Rest erledige ich.«

»Was ist mit dem Motorrad?«, erkundigte sich der Mann.

»Die haben Glück gehabt«, meinte Fischer und beendete das Gespräch.

***

Zehn Minuten später hörte Simon ein Motorrad, das sich näherte. Es fuhr lang-sam über den Parkplatz, bis der Fahrer Simon entdeckte. Er hielt mit dem Motorrad vor ihm an, woraufhin der Sozius die Tasche übergab. Im Gegenzug reichte Simon dem Kerl einen braunen DIN-A-5 Umschlag. Noch ein kurzes Nicken und das Motorrad brauste davon.

Simon zitterten die Knie. Am liebsten hätte er die Tasche direkt geöffnet und das Geld gezählt. Er beherrschte sich, stellte sie stattdessen auf die hintere Sitz-bank und holte das letzte Wegwerfhandy hervor. Einen letzten Anruf musste er noch tätigen.

***

Renner erreichte der Anruf, als er gerade wieder im Auto saß.

»Der Stick liegt im Briefkasten Ihrer Firma.«

Mehr sagte die verzerrte Stimme nicht.

Er startete den Motor und fuhr mit einem leichten Grinsen vom Parkplatz.

Sonntag, 23.08.2015
17:00 Uhr

Weber hatte den Tag mit seiner Familie im Freibad in Riemsloh verbracht. Es hatte ihn einiges an Mühe gekostete, Yuna nach dem Ausflug nach Hamburg davon zu überzeugen, dass dieser nötig und nicht aufschiebbar gewesen war. Dafür hatte er ihr allerdings einiges über den Fall erzählen müssen, was er eigentlich nie tat. Weber verschwieg jedoch, welches Mittel er eingesetzt hatte, um an die gewünschten Informationen zu gelangen. Er hatte sich bei ihr und den Kindern entschuldigt und ihnen versprochen, sie als eine Art Entschädigung am nächsten Tag ins Freibad einzuladen. So waren sie direkt nach dem Frühstück losgefahren.

Das Freibad in Riemsloh war relativ klein und deshalb auch schon ziemlich voll gewesen, als sie eintrafen. Trotz allem bekamen sie noch einen Platz im Schatten und breiteten dort ihre Decke aus. Danach verbrachten sie viel Zeit im Wasser und vor allem Leon war kaum heraus zu zerren.

»Mehr, mehr, mehr«, hatte er ständig gerufen und Weber ging schon davon aus, sie würden mit Schwimmhäuten zwischen den Zehen aus dem Wasser kommen.

Erst die Aussicht auf eine Portion Pommes hatte Leon davon überzeugen können, das kühle Nass zu verlassen. Zumindest für einige Zeit.

Nach dem Essen schlief Leon auf der Decke ein und Weber hatte Zeit, sich auch mit seinen anderen Kindern zu beschäftigen. Sie tobten noch eine Weile und die Stimmung war ausgelassen. Durch und durch ein voller Erfolg!

Nach dem Schwimmen machten sie noch an der Eisdiele Halt und fuhren danach nachhause. Weber war vom Tag ziemlich erledigt und die Kinder hingen ebenfalls in den Seilen. Nur Yuna machte noch einen relativ frischen Eindruck und bereitete das Abendbrot vor, während alle anderen eher herumgammelten.

Nach dem Essen brachte Weber Leon ins Bett. Kurz bevor er neben seinem Sohn einschlief, dachte er daran, wie er sich Simon am nächsten Tag vornehmen würde. Ein Lächeln machte sich auf seinem Gesicht breit.

Dass sich Simon zu diesem Zeitpunkt bereits ein anderer vorgeknöpft hatte, konnte er ja nicht ahnen.

Sonntag, 23.08.2015
19:00 Uhr

Sein ganzer Körper schrie vor Schmerzen. Er tauchte langsam aus der Bewusstlosigkeit auf und wünschte sich nichts sehnlicher, als erneut in ihr zu verschwinden. Wie hatte alles nur so verdammt schief laufen können? Was hatte er falsch gemacht? Wie waren sie nur so schnell auf ihn gekommen?

Er versuchte, die Schmerzen zu verdrängen und einen klaren Kopf zu bekommen, um seine Situation einschätzen zu können. Anscheinend war er allein im Raum. Das Licht war aus, von außen fiel auch kein einziger Lichtstrahl in den Raum. Er konnte nicht viel erkennen, spürte aber, dass sich keine andere Person an diesem Ort befand.

Wie lange war er schon hier?

Er konnte es nicht sagen, hatte jegliches Zeitgefühl verloren. Nach den Schmerzen zu urteilen, musste es jedoch schon eine ganze Weile sein. Man hatte ihn an den Handgelenken an einen Haken an der Decke des Raums aufgehängt. Seine Füße baumelten über dem Boden. Wenn er sich bewegte, drehte sich sein Körper unkontrolliert im Kreis. Wie sollte er nur von hier wegkommen?

Drei Männer waren es gewesen, die auf ihn eingeschlagen hatten. Immer und immer wieder. Zwei mit bloßen Fäusten, der dritte mit einem Baseballschläger. Als sie ihm beinahe alle Knochen im Körper gebrochen hatten, war ein weiterer Mann in den Raum gekommen. Renner.

Er hatte ihn nur einen Moment voller Abscheu angesehen, ohne etwas zu sagen. Daraufhin hatte ihm einer der Männer eine Pistole in die Hand gegeben und Renner hatte ihm kurz hintereinander in beide Kniescheiben geschossen. Das war der Moment gewesen, in dem Simon bewusstlos geworden war.

Jetzt wurden seine Gedanken allmählich klarer und die Männer waren weg. Was war passiert?

Nachdem er die Reisetasche entgegengenommen hatte, war er mit einem wachsenden Gefühl der Erleichterung nachhause gefahren, hatte den Wagen in der Garage geparkt und war ins Haus gegangen. Im Wohnzimmer hatte er sich zuerst einen Whiskey eingeschüttet, bevor er die Tasche öffnete. Das Geld war tatsächlich darin gewesen.

Simon war vor Erleichterung aufs Sofa gesunken. Er hatte nach dem Handy gegriffenm und wollte Marina anrufen, um ihr zu sagen, dass er nun das Geld für ihre Zukunft in Händen hielt, doch noch bevor er ihre Nummer aus den Kontakten herausgesucht hatte, spürte er, dass er nicht mehr allein war. Er drehte sich um und sah einen Mann in einem dunklen Anzug mit weißem Hemd und einer orangenen Krawatte hinter sich stehen, in der Hand einen Baseballschläger. Simon saß völlig reglos da, während der Baseballschläger auf seinen Kopf niedersauste.

Als er danach zu sich kam, hing er bereits an den Handgelenken baumelnd in diesem Raum. Simon drohte, wieder in die Bewusstlosigkeit abzugleiten, als er das Geräusch einer sich öffnenden Tür hörte.

Plötzlich flammte das Licht eines Strahlers auf und blendete ihn. Er kniff die Augen zusammen, konnte aber aufgrund der Tatsache, dass seine Augen komplett zugeschwollen waren, nichts erkennen. Er hörte jedoch, dass jemand auf ihn zukam. Die Person blieb direkt vor ihm stehen und flüsterte in sein linkes Ohr:

»Jetzt sind wir endlich allein. Darauf freue ich mich schon seit Tagen.«

Simon spürte, wie etwas kaltes über seinen Bauch schnitt. Zuerst merkte er nichts, aber dann kam der Schmerz.

»Wir haben viel Zeit«, sagte dieser Mistkerl und Simon spürte einen zweiten Schnitt über seinen Bauch. Diesmal länger und tiefer.

»Jetzt wirst du erleben, was es heißt, wenn man meine Freundin vögelt«, knurrte Fischer, und Simons Albtraum wurde noch schlimmer.

***

Zum Zeitpunkt, als Fischer den ersten Schnitt bei Simon setzte, saß Marina, an Händen und Füßen gefesselt und mit einem Knebel im Mund, auf dem Rücksitz eines Mercedes. Auch sie fragte sich, was wohl schief gelaufen war, wusste, dass sie ihren Sohn und ihre Eltern nie wiedersehen würde.

Marinas Mutter stand vor dem Haus und schaute dem davon fahrenden Wagen nach. Sie hatte nichts für ihre Tochter tun können. Der Mann war einfach ins Haus gestürmt, hatte ihren Mann niedergeschlagen und auch ihr einen Schlag verpasst, sodass sie zu Boden fiel. Die Jungen befanden sich zum Glück in deren Zimmer und hatte von alldem nichts mitbekommen. Tränen standen ihr in den Augen und sie ging zurück ins Haus.

Ihr Mann war wieder bei Bewusstsein und saß auf einem Stuhl in der Küche. Vor sich hatte er eine Flasche Wodka stehen.

»Was sollen wir den Jungen sagen?«, fragte er verzweifelt und nahm einen großen Schluck aus der Flasche.

»Darum kümmere ich mich«, sagte Marinas Mutter.

»Ich habe versagt«, meinte ihr Mann gequält und nahm einen weiteren Schluck.

»Du hattest keine Chance.« Seine Frau legte ihm beruhigend einen Arm um die Schultern. »Wir werden Marina rächen. Die Leute, die ihr das angetan haben, werden dafür bezahlen.« Ihre Stimme war fest und voller Entschlossenheit, weshalb Marinas Vater sie entgeistert anschaute.

»Und wie willst du das anstellen, Weib?«

»Lass das meine Sorge sein«, sagte seine Frau und marschierte ins Zimmer der Jungen.

Montag, 24.08.2015
10:25 Uhr

Weber und Laschek standen vor Simons Haus und klingelten zum wiederholten Mal. Nach der Frühbesprechung waren sie zuerst zu dessen Büro gefahren, da sie ihn um diese Uhrzeit dort eher erwartet hatten, als zu Hause. Überraschenderweise hatten sie dort erfahren, dass er sich für den Rest der Woche krank gemeldet hätte. Weber und Laschek hatten im Meeting über die Ergebnisse der Ermittlungen am Samstag berichtet und dabei bemerkt, dass die anderen Mitglieder der Mordkommission, genau wie er und Laschek, das Gefühl hatten, einen großen Schritt weiter gekommen zu sein. In Absprache mit Herbst dürften sie Simon ein weiteres Mal vernehmen. Allerdings sollte er nicht telefonisch vorgeladen werden, vielmehr sollten Weber und sein Partner ihn abholen und zur A1 bringen. Ihrer Erfahrung nach machte es schon einen anderen Eindruck auf die Leute, ob sie telefonisch vorgeladen oder zu Hause abgeholt wurden. Jetzt sah es allerdings so aus, als wäre er auch nicht zu Hause, oder wollte zumindest nicht aufmachen.

Nach dem fünften Klingeln und wiederholtem Klopfen an der Tür sagte Weber:

»Ich gehe mal ums Haus. Vielleicht kann ich ja vom Garten aus was erkennen.«

»Was ist mit seinem Wagen?«, brummte Laschek.

Weber ging an die Ecke das Hauses und blickte zur Garage. Sie war zu, was er seinem Kollegen mitteilte. Ein bisschen weiter an der linken Seite des Hauses führte ein Weg in Richtung Garten. Hier gab es nur ein Fenster. Weber schaute hindurch, blickte aber nur in ein spärlich möbliertes Zimmer. Hier gab es nur einen Schrank, ein Doppelbett, einen Tisch und zwei Stühle.

›Möglicherweise ein Gästezimmer‹, dachte Weber und schritt weiter.

Im Vorbeigehen versuchte er, das Garagentor zu öffnen, doch es war fest verschlossen. Gleiches galt für die Tür an der Seite der Garage. Der Garten war nicht eingezäunt, sodass Weber ohne ein Gartentor öffnen zu müssen hinein gelangte. Dort stapfte er direkt auf die Terrasse.

Durch eine große Schiebetür konnte Weber ins Wohnzimmer des Hauses schauen. Es wirkte ziemlich unaufgeräumt, aber von Simon war nichts zu sehen. Links von der Schiebetür befand sich ein großes Fenster. Weber trat auf den

Rasen und blickte auch dort hindurch. Es gehörte zu einem Arbeitszimmer. Auch das sah unordentlich aus, nur keinerlei Spur von Simon.

Der Schreibtisch stand unmittelbar vor dem Fenster und Weber konnte alles erkennen, was auf diesem lag. Es handelte sich hauptsächlich um private Korrespondenz, Briefe vom Stromversorger, von der Kfz-Versicherung, sowie Prospekte neuer Fahrzeug Modelle. In der Mitte befand sich ein Reiseführer von Marco Polo über Kalifornien. Hatte Simon vor, in nächster Zeit in den Urlaub zu fliegen? Oder plante er seine Flucht?

Er wandte sich vom Fenster ab und betrat die Terrasse. Er blieb wie angewurzelt stehen, als er den schwarzen Retriever bemerkte, der ihn von der anderen Ecke der Terrasse aus ansah.

»Wo kommst du denn her?«, sprach Weber den Hund an, und schritt langsam auf das Tier zu, das sich kein Stück bewegte.

Vorsichtig streckte er die Hand aus, damit der Hund daran schnüffeln konnte. Als Weber das Tier fast erreicht hatte, drehte es sich um und lief in Richtung Straße davon. Er rannte dem Hund hinterher, doch bereits an der Straße war von dem Retriever nichts mehr zu sehen. Stattdessen sah ihn Laschek überrascht an.

»Was Interessantes entdeckt?«, fragte er.

»Hast du gerade einen Hund hierherlaufen sehen?« Weber war leicht außer Atem und beäugte seinen Kollegen, der den Kopf schüttelte.

Weber schaute nochmals die Straße rauf und runter, entdeckte aber nichts. Danach wandte er sich an Laschek und erzählte ihm, was er im Arbeitszimmer erspähen konnte.

»Wir sollten so schnell wie möglich ins Büro zurück und einen Durchsuchungsbeschluss beantragen«, sagte Laschek. »Irgendwas stimmt hier ganz und gar nicht.«

Weber blickte sich ein letztes Mal um. Nichts von dem Hund zu sehen. Sie stiegen ins Auto.

***

Fischer saß im Wagen auf der anderen Straßenseite und beobachtete, wie die beiden Ermittler davonfuhren. Er stieg aus, marschierte zur Haustür und öffnete diese mit einem Schlüssel. Er wusste, dass ihm nicht mehr viel Zeit bleiben würde.

Sicherlich würden die Bullen bald mit einem Beschluss wiederkommen und das Haus auf den Kopf stellen. Er wollte ihnen jedoch zuvorkommen.

Renner hatte ihm befohlen, Simons Haus gründlich auf den Kopf zu stellen und alle Speichermedien und PC mitzunehmen, die er finden konnte. Der Boss wollte ganz sichergehen, dass es keine Kopie des USB-Sticks gab.

Montag, 24.08.2015
12:15 Uhr

Weber war gerade dabei, die letzten Formulierungen für den Antrag des Durchsuchungsbeschlusses fertigzustellen, als sein Telefon klingelte. Es war Laschek.

»Du solltest mal rüberkommen«, sagte er.

»Ich bin gerade dabei, den Antrag zu schreiben.«

»Gerade deswegen«, antwortete Laschek. »Ich habe soeben die Retro-Daten von Lesniaks Handy bekommen. Die solltest du dir auf jeden Fall ansehen, bevor du den Antrag losschickst.«

Weber fuhr sich mit den Händen durchs Haar. Was würden nun schon wieder für Neuigkeiten auf ihn warten?

»Bin auf dem Weg«, brummte er und legte auf.

Er speicherte den Bericht und erhob sich mit einem Seufzen.

»What's wrong?«, fragte Anderson, der ihm am Schreibtisch gegenüber saß und in einer dicken Akte der Staatsanwaltschaft laß.

Weber informierte ihn kurz über den aktuellen Stand.

»Auf jeden Fall interessanter als der Mist hier«, sagte Anderson, als Weber geendet hatte und zeigte auf die Akte.

»Was ist das?« Weber runzelte die Stirn.

»170 Seiten für einen Schaden von sage und schreibe 20,12€. Da hat jemand eine *Senseo* über *ebay* gekauft und als er sie erhalten hat, stellte sich heraus, dass sie nicht richtig funktioniert. Angeblich wird der Kaffee nicht heiß genug. Und jetzt kommt der Hammer. Die Staatsanwaltschaft hat tatsächlich ein Gutachten bei Siemens in Auftrag gegeben, um festzustellen, ob die Maschine das Wasser auf die richtige Temperatur erhitzt. Kosten von 300,-€ bei 20,-€ Schaden. I hate *ebay* und die StA.« Anderson vertiefte sich erneut in die Akte.

Okay, in Sachen Langeweile hatte er gewonnen. Weber verließ mit einem Grinsen das Büro. Kurz darauf zeigte Laschek ihm die Daten auf seinem PC.

»Es ist nicht viel. Lesniak hatte das Handy nicht oft in Benutzung, wie wir ja schon vermutet haben. In den letzten drei Monaten, soweit liegen Informationen vor, hat Lesniak sechs Mal mit Simon telefoniert. Die Gespräche dauerten zwischen drei und einmal sogar 12 Minuten. Also keineswegs nur Anrufversuche. Im Gegenteil. Jeder Anruf von Lesniak wurde von Simon angenommen.«

Weber jubelte innerlich.

»Jetzt haben wir dich«, sagte er laut.

Montag, 24.08.2015
15:50 Uhr

Weber, Laschek, vier weitere Kollegen aus der Mordkommission und ein Trupp des SEK standen etwas entfernt von Simons Haus. Es hatte trotz allem fast zwei Stunden gedauert, bis der Durchsuchungsbeschluss ausgestellt war. Weber und Laschek waren persönlich zur Staatsanwaltschaft gefahren und hatten den Antrag dort abgegeben. Der für das Verfahren zuständige Staatsanwalt hatte die Sache glücklicherweise ohne viel Aufhebens genehmigt. Damit waren sie direkt zum Richter geeilt und hatten dem Diensthabenden versucht klarzumachen, dass ihr Antrag direkt bearbeitet werden müsste. Der zuständige Richter hatte jedoch noch einen anderen Antrag zu bearbeiten, den er als dringender einstufte.

Weber hatte auf ihn eingeredet, es ginge schließlich um die mögliche Verhaftung eines Mörders, aber der Richter hatte sich nicht überzeugen lassen.

»Wenn es wirklich so dringend ist, nehmen Sie Gefahr im Verzug an und gehen ohne Beschluss rein. Ansonsten warten Sie bitte.«

Weber hatte innerlich getobt vor Wut und konnte diese nur mit Mühe zurückhalten.

»Wenn uns der Mörder durch die Lappen geht ...«, hatte er sich aber nicht zurückhalten können, dem Richter zu erwidern, »dann ist das Ihre Schuld. Und sollte noch ein weiterer Mord geschehen, geht der auch auf Ihre Kappe.«

Er war aus dem Richterzimmer gestürmt und erstmal nach draußen gegangen. Als er sich wieder einigermaßen unter Kontrolle hatte, stapfte er zurück. Laschek saß vor dem Richterzimmer auf einer Bank.

»Ich habe mit Herbst telefoniert«, meinte er. »Er bemüht sich, etwas Druck zu machen.«

Weber nickte nur und setzte sich neben seinen Kollegen auf die Bank.

»Herbst hat soweit alles vorbereitet. Wir werden ein Team vom SEK zur Wohnung von Simon bekommen. Dazu zwei Teams aus der MK. Zwei weitere Teams werden in Simons Büro fahren und das durchsuchen. Sie sind schon vor Ort und achten darauf, dass der Kerl nicht abhaut. Bis jetzt haben sie aber nichts von ihm zu Gesicht bekommen.«

»Gut«, brummte Weber. »Wenigstens das läuft.«

Sie mussten noch gut eine Stunde warten, bis die Beschlüsse für die Wohnung und das Büro fertig waren. Auf dem Weg zu Simons Wohnung waren sie am Autohaus vorbeigefahren und hatten den Kollegen dort den Beschluss übergeben. Es wurde abgesprochen, die Durchsuchungen gleichzeitig durchzuführen. Zuerst sollte das SEK reingehen. Im Büro hatte man auf die Kollegen verzichtet, da sich dort gut feststellen ließ, ob der Verdächtige im Büro war oder nicht. Simon war nicht dort.

Nach einer letzten Absprache mit dem Kommandoführer des SEK, rückten die Beamten vor. Kurze Zeit später war ein lauter Knall zu hören, als das SEK die Haustür mit einem Rammbock öffnete. Danach ertönten Rufe der Beamten, die sich als Polizisten zu erkennen gaben. Weber konnte über Kopfhörer mithören, wie ein Raum nach dem anderen gesichert wurde. Schnell wurde klar, dass Andreas Simon nicht zu Hause war. Auch im Keller ließ sich keine Spur von ihm zu finden.

Nachdem das komplette Haus abgesucht worden war, öffnete das SEK die Tür zur Garage. Kein Fahrzeug.

Mittlerweile hatte Weber von den Kollegen, die Simons Büro im Autohaus durchsuchten, darüber informiert worden, dass sich der Verdächtige dort ebenfalls nicht aufhielt. Er war den ganzen Tag nicht erschienen. Keiner wusste, wo er war. Weber rief daraufhin Herbst an und dieser leitete eine Fahndung nach Simon und dessen Pkw ein.

Das SEK zog ab und Weber, Laschek und die anderen Kollegen aus der MK machten sich daran, das Haus gründlich zu durchsuchen. Weber fing mit dem Arbeitszimmer an. Er setzte sich an den Schreibtisch und griff als erstes nach dem Reiseführer. Als er ihn aufhob, entdeckte er einen Umschlag von einem Reisebüro. Darin befanden sich Flugtickets, ausgestellt auf die Namen Florian, Helga, Tim und Axel Lampe. Insgesamt waren es acht Tickets.

»Wieso acht?«, fragte er sich verblüfft.

Weber besah er sich die Tickets genauer. Sie waren für zwei Flüge. Wegen des Abflugorts staunte er nicht schlecht. Der erste Flug sollte von Kiew nach London gehen, der Anschlussflug von London nach San Francisco. Also wollte sich Simon tatsächlich absetzen. Dazu hatte er sich augenscheinlich eine neue Identität verschafft. Aber für wen waren die anderen Tickets? Hatte er eine Familie in der Ukraine, von der niemand etwas wusste?

Der Flug von Kiew nach London war für den heutigen Tag um 19:15 Uhr Ortszeit Kiew gebucht. Aber konnte er auch ohne die Tickets fliegen?

Weber rief Herbst an und brachte den Leiter auf den neuesten Stand. Der glaubte nicht, dass ein Flug bei dem heutigen Standard ohne Vorlage der originalen Tickets möglich war. Er versprach jedoch, sich danach zu erkundigen und zu versuchen, die Kollegen in Kiew mit ins Boot zu holen. Als Weber das Gespräch mit Herbst beendet hatte, hörte er Laschek aus dem Obergeschoss rufen.

»Brett, du solltest dir das hier einmal ansehen.«

›Verdammt‹, dachte Weber, ›woher kennt er denn nun wieder meinen Spitznamen?‹

Weber war ein großer Fan der Footballmannschaft der Green Bay Packers in der NFL. *Brett Favre* war bis vor einigen Jahren der Quarterback der Mannschaft gewesen und galt als einer der Besten aller Zeiten.

Weber erhob sich vom Schreibtischstuhl und schlurfte nach oben.

»Wo bist du?«, rief er, als er Laschek auf dem Flur nicht sehen konnte.

»Hier«, hörte er eine Stimme aus dem ersten Zimmer auf der linken Seite.

Weber betrat es und stellte fest, dass es sich augenscheinlich um das Schlafzimmer handelte.

»Was gibt es?«, wollte Weber fragen, als er über die Schwelle trat.

Als er einen vollständigen Überblick hatte, sah er auch, was Laschek ihm zeigen wollte. Zu seiner linken befand sich ein großer dreitüriger Kleiderschrank, der komplett offenstand. Davor lagen haufenweise Kleidungsstücke verstreut. An der gegenüberliegenden Wand stand eine Kommode mit vier Schubladen. Die waren komplett herausgezogen worden und der Inhalt lag ebenfalls auf dem Boden. Dann war da noch das Doppelbett. Die Matratzen des Bettes waren aus dem Rahmen herausgenommen, das Bettlaken abgezogen und die Matratzen aufgeschnitten worden.

Weber sah Laschek an.

»In den anderen Zimmern sieht es genauso aus. Da hat jemand ganze Arbeit geleistet.«

›Vielleicht war es doch keine Flucht.‹

Montag, 24.08.2015
19:20 Uhr

Weber und Laschek saßen sich in Webers Büro gegenüber und schrieben die Berichte zur Durchsuchung der Wohnung. Nachdem schnell klar wurde, dass in Simons Wohnung eingebrochen worden war, hatte Weber die Spurensicherung gerufen. Tatsächlich waren in sämtlichen Räumen im Obergeschoss die Zimmer gründlichst durchsucht und dabei keine Rücksicht auf die Einrichtung genommen worden. In der ersten Etage befanden sich noch drei Zimmer: Ein Gästezimmer, ein großes Badezimmer und ein Zimmer, das als Lagerraum genutzt wurde. In diesem befanden sich zahlreiche Kartons mit Ordnern. Sie waren ausgeräumt und der Inhalt auf dem Boden verteilt worden. Im Erdgeschoss sahen die Zimmer nicht so schlimm aus.

Möglicherweise war der Einbrecher während seiner Suche immer nervöser und übellauniger geworden und hatte seinen Frust an den Gegenständen ausgelassen. Doch was hatte das alles mit dem Mord an Lesniak zu tun?

Simon war für sie der Hauptverdächtige gewesen. Gab es vielleicht noch einen anderen Täter im Zusammenhang mit dem Mord? Oder hatte der Einbruch gar nichts mit dem Mordfall zu tun?

Weber wollte es nicht ganz ausschließen, aber sein Bauchgefühl sagte ihm, dass es einen Zusammenhang gab. Außerdem fiel ihm die Garage ein und er grübelte, was mit Simons Auto geschehen war. Stand der Wagen etwa irgendwo mit Simons Leiche darin?

In der Garage befanden sich kein Wagen und auch keine Leiche. Weber hatte aufgeatmet. Gut, das bedeutete nicht, dass sie noch etwas finden könnten. Eventuell war Simon aber auch nur untergetaucht.

Dann hatte Weber einen Anruf von Herbst erhalten. Er hatte über Kollegen aus dem Bereich der organisierten Kriminalität Kontakt zu Kiew aufnehmen können. Die hatten Herbst erklärt, es gäbe in Kiew zwei Flughäfen. *Kiew-Boryspil* als der größere und *Kiew-Schuljany*, der kleinere Flughafen. Ins Ausland starteten sie fast ausschließlich, bis auf wenige eher unbekannte Billigfluglinien, von *Kiew-Boryspil*, aus. Der Kollege, Igor Marinov, hatte versprochen, sich darum zu kümmern, dass die Kontrollen an beiden Flughäfen verstärkt werden würden. Außerdem hatte er Herbst versichert, in Kiew würde niemand ohne ein original Ticket an Bord eines Flugzeugs ins Ausland gelangen.

Nun hieß es, in dieser Angelegenheit abwarten.

Die Spurensicherung hatte sich ans Werk gemacht und Weber und Laschek waren ins Büro gefahren.

Jetzt hatte Weber zumindest einen ersten kurzen Bericht der Spurensicherung erhalten. Es konnten keine Einbruchspuren festgestellt werden. Anhand des durch den Einsatz des SEK, beschädigten Türschlosses der Haustür ließ sich jedoch erkennen, dass diese nur ins Schloss gezogen und nicht verschlossen worden war. Die Spurensicherer gingen davon aus, dass der Einbrecher mit einem Schlüssel ins Haus gekommen war, was bei Weber und Laschek die Frage aufwarf, wie er an den Schlüssel gelangt war. Hatte er einen besessen, oder hatte er ihn Simon abgenommen?

Laschek war der Ansicht, dass Simon tot war.

»Ob das allerdings mit dem Mord an Lesniak zu tun hat, oder ob es einen anderen Hintergrund hat ...« Laschek hatte den Satz unvollendet gelassen und mit den Schultern gezuckt.

Es wurde eine Großfahndung nach Simon und seinem Pkw ausgelöst. Insbesondere an den Grenzen sollte man verschärft nach ihm Ausschau halten. Über Interpol würde zudem eine europaweite Fahndung ausgestrahlt werden, insbesondere im Raum Kiew.

Nun saß Weber allein im Büro. Herbst war, nachdem er die Fahndung über Interpol veranlasst hatte, nachhause gegangen. Auch Laschek hatte mittlerweile Feierabend gemacht, nachdem er den Bericht über die Durchsuchung zu Ende geschrieben hatte. Weber telefonierte noch ein letztes Mal mit dem leitenden Spurensicherer in Simons Haus.

Als dieser ihm auch nichts Neues berichten konnte, beschloss Weber, ebenfalls zum Ende des Tags zu kommen. Auf neue Nachrichten warten konnte er auch zu Hause.

Dienstag, 25.08.2015
06:00 Uhr

Weber wachte auf, ohne dass ein Anruf seine Nachtruhe gestört hatte. Er freute sich zwar darüber, einigermaßen ausgeschlafen zu sein, aber andererseits hieß das ebenfalls, dass Simon weiter auf der Flucht war. Was wiederum bedeutete, die Suche könnte länger dauern, als er gehofft hatte. Weber hatte sich gewünscht, Andreas Simon würde zeitnah gefunden werden, dass er eventuell noch nicht damit rechnete, dass ihm die Polizei schon so nah auf den Fersen war.

Weber drehte sich auf den Rücken. Yuna war schon aufgestanden. Er konnte sie in der Küche hören. Sie bereitete sicherlich schon die Brote für die Schule und die Kita vor. Von den Kindern war noch nichts zu hören.

Weber schaute auf die Uhr des Handys. 06:10 Uhr. Yuna würde sie so lange schlafen lassen, bis sie mit den Broten fertig war.

Er drehte den Kopf nach rechts. Dort lag Leon und schlief ebenfalls noch. Sein Jüngster war immer noch nicht so weit, allein in seinem Bett einzuschlafen. Weber oder seine Frau mussten sich noch jeden Abend mit ihm hinlegen, damit er einschlief. Meistens schliefen sie auch mit ein und der Abend war gelaufen, aber Leon brauchte diese Nähe noch und sowohl er, als auch Yuna waren bereit, ihm diese zu geben.

Weber hasste die Bücher, in denen Eltern erklärt wurde, wie sie es schafften, dass jedes Kind lernt, allein einzuschlafen. Für ihn war das nichts anderes als pure Quälerei für die Kleinen. Yuna und er hatten es bei Yannik mit solchen Tipps versucht. Ihnen war doch tatsächlich dazu geraten worden, das Kind einfach schreien und weinen zu lassen, wenn es nicht allein einschlafen wollte. Man sollte nur kurz ins Zimmer gehen, es trösten und es dann aber sofort wieder verlassen. Sie hatten es an einem Abend vier Stunden probiert, daraufhin aber die Nerven verloren und es aufgegeben. Am nächsten Morgen hatte Weber das Buch direkt in den Müll geworfen und eine vernichtende Kritik im Internet verfasst, hatte sogar erwogen, eine Strafanzeige wegen Körperverletzung gegen die Autoren zu erstatten. Nachdem er sich etwas beruhigt hatte, war er davon allerdings doch abgerückt.

Neben ihm regte sich Leon. Er setzte sich auf, sah Weber und lächelte.

»Papa«, sagte der Kleine und kuschelte sich an ihn.

Webers Kinder

***

Um acht Uhr saß Weber frisch geduscht mit den anderen Kollegen der MK in der Frühbesprechung. Er und Laschek berichteten von den Ereignissen des gestrigen Tages. Nach ihnen war Herbst an der Reihe. Er informierte die Kollegen über den aktuellen Stand der Fahndung nach Simon. Kurz zusammengefasst kam dabei Folgendes heraus: Niemand wusste, wo sich Simon derzeit aufhielt.

Danach saßen Weber und Laschek mit Herbst in kleiner Runde zusammen.

»Ich habe die Kollegen in Hamburg darum gebeten, sich noch einmal mit Isabell Zweig zu unterhalten«, meinte Herbst. »Vielleicht kann sie etwas dazu beitragen, wo sich Simon derzeit aufhält.«

Weber nickte.

»Warum Ukraine? Und wieso Abflug von Kiew?«, fragte Laschek plötzlich, der sich schon während der Besprechung darüber Gedanken gemacht hatte.

»Was meinst du?« Weber beäugte den Kollegen, der die Stirn in Falten gelegt hatte und anscheinend etwas in Gedanken auseinandernahm.

»Warum fährt er extra in die Ukraine, um von dort zu verschwinden? Warum nicht einfach von Düsseldorf, Frankfurt oder München aus? Da könnte er sich sogar den Umweg über London sparen.«

Weber nickte. Laschek hatte Recht.

»Vielleicht hatte er Angst, an einem deutschen Flughafen eher erkannt und festgenommen zu werden, als in der Ukraine.«

»Möglich«, brummte Laschek, der ganz und gar nicht so aussah, als wäre er damit einverstanden. »Aber er verliert viel Zeit, wenn er zuerst nach Kiew fährt und dann von dort aus fliegt. Wäre er von Deutschland aus geflogen, könnte er schon lange in der Luft sein.«

»Zu dem Zeitpunkt, als er die Tickets bestellt hat, hatte er aber noch keinen Zeitdruck«, antwortete Weber, der nicht wusste, wieso sein Kollege auf einmal dermaßen drauf war. »Es gab keinen Grund für ihn anzunehmen, dass ihm die Polizei auf die Pelle rücken würde.«

»Trotzdem bleibt die Frage«, sagte Laschek beharrlich, »warum er von der Ukraine aus fliegen will.«

Herbst und Weber stimmten ihm zu.

»Wir sollten die Frage heute Nachmittag in der großen Runde stellen«, sagte Herbst. »Vielleicht hat dort jemand eine Idee.«

»Okay«, erwiderte Weber und machte sich eine entsprechende Notiz.

»Zudem frage ich mich, warum er die Tickets hat liegen lassen? Warum hat er sie nicht mitgenommen? Ist er einfach so vergesslich, dass er nicht an die Tickets gedacht hat, oder steckt mehr dahinter?« Laschek kam wohl allmählich zu dem Punkt, der ihn am meisten störte.

»Möglich wäre ja, dass er gedacht hat, er hätte die Tickets schon eingepackt. Sie lagen ja im Reiseführer, waren also nicht sofort zu sehen«, entgegnete Weber. Laschek zuckte nur mit den Schultern. Er war nicht überzeugt.

»Wie machen wir weiter?«, fragte Herbst irgendwann.

»Wir sollten Simons Umfeld genau abklappern«, antwortete Weber. »Seine Freunde, Bekannten, Mitarbeiter im Autohaus.«

»Und seinen Chef«, warf Laschek ein.

»Wen meinest du genau?«, erkundigte sich Herbst.

»Diesen Georg Renner, dem das Autohaus gehört.«

Herbst munterte Laschek mit einer Geste auf, weiterzuerzählen, da er das Gefühl hatte, er hätte noch mehr dazu beizutragen. Das tat er auch.

»Es gibt schon seit längerem Gerüchte, dass Renner seine Finger ebenfalls in schmutzigen Geschäften hat. Soweit ich weiß, ist er bis jetzt noch nicht verurteilt worden, aber er tauchte bereits im Dunstkreis von Strafverfahren wegen Geldwäsche- und Menschenhandel auf. Wer weiß, vielleicht hat Simon ja mehr getan, als nur eines seiner Autohäuser zu führen.«

Dienstag, 25.08.2015
10:25 Uhr

Als Weber und Laschek sich auf den Weg zu Renners Vernehmung machten, war dieser seit einer halben Stunde in einem Meeting mit Fischer, Craig und Krüger im Büro, um die aktuelle Lage zu besprechen. Renner hatte den anderen mitgeteilt, dass Simon aus seinem Unternehmen ausgeschieden wäre, ohne weitere Erklärungen zu den genauen Umständen zu machen. Außer Fischer mussten die anderen nicht mehr wissen und es wurden auch keinerlei Fragen gestellt. Die Nachfolge Simons sollte zu einem späteren Zeitpunkt geregelt werden. Zunächst würde sich Renner selbst, mit Unterstützung von Fischer um Simons Arbeitsbereiche kümmern. Dabei sah er besonders Krüger an, der daraufhin leicht nickte.

Krüger war gerade dabei über eine neue ›Lieferung‹ zu sprechen, als sich Renners Sekretärin per Telefon meldete.

»Herr Renner, hier sind zwei Herren von der Polizei, die Sie sprechen möchten.«

Krüger und Craig sahen erstaunt zum Boss.

»Sie sollen sich noch fünf Minuten gedulden, dann habe ich Zeit.« An Krüger und Craig gewandt sagte er: »Keine Sorge. Nichts, was uns Probleme bereiten wird. Wir setzen die Besprechung zur üblichen Zeit am Donnerstag fort.«

Als Krüger einen Einwand vorbringen wollte, entgegnete Renner schnell:

»Wegen der neuen ›Lieferung‹ verlasse ich mich voll auf dich. Sollte es wider Erwarten Probleme geben, melde dich bei Fischer oder mir. Oder gibt es etwas, das wir im Zusammenhang sofort besprechen müssen?«

Krüger schüttelte den Kopf.

»Nichts, was nicht bis Donnerstag warten kann.«

Renner war zufrieden.

»Ich denke, es ist besser, wenn alle den Nebenausgang nutzen.« Dabei deutete Renner auf eine Tür, die sich rechts neben der Sitzgruppe befand.

Krüger und Craig packten wortlos ihre Unterlagen zusammen, nickten Renner und Fischer zum Abschied zu und verließen das Büro durch die erwähnte

Tür. Von dort aus gelangten sie in ein Treppenhaus, welches zu dem Nebenausgang des Gebäudes führte.

***

»Herr Renner hat in 5 Minuten Zeit für Sie«, verkündete Renners Sekretärin, nachdem sie den Hörer aufgelegt hatte. »Nehmen Sie doch noch so lange Platz.«

Sie wies auf eine Sitzgruppe mit einem runden Tisch und vier Stühlen hin, die sich in der rechten Ecke des Raums befanden.

»Möchten Sie vielleicht einen Kaffee oder etwas anderes zu trinken?«, erkundigte sie sich.

»Wenn es nur fünf Minuten dauert, lohnt es sich nicht«, antwortete Weber, bedankte sich jedoch für das Angebot.

»Sie können den Kaffee auch gern mit ins Büro nehmen, oder ich bringe ihn ihnen.« Die Sekretärin grinste.

Weber sah sie etwas genauer an. Sie war eine attraktive Frau mit langen blonden Haaren und einer guten Figur, zumindest soweit Weber das sehen konnte.

»Also gut«, sagte er und lächelte zurück.

Laschek lehnte weiterhin ab.

Die Sekretärin stand auf, um zur Kaffeemaschine zu gehen, während Weber in der Sitzgruppe Platz nahm. Dabei ließ er es sich nicht nehmen, die Figur der Sekretärin zu bewundern. Auch der Rest war perfekt. Weber zog sie fast mit den Augen aus, als ihn Laschek anstieß. Die Tür zu Renners Büro hatte sich geöffnet und ein Mann, der eine Figur wie ein Footballspieler hatte, kam heraus. Weber hatte gar nicht gemerkt, dass sich die Tür geöffnet hatte. Nun schaute auch er den Mann an.

Dieser wandte sich zur Sitzgruppe.

»Sie können jetzt eintreten. Herr Renner hat nun Zeit für Sie.«

Weber und Laschek erhoben sich und schritten an dem Mann vorbei in Renners Büro. Als sie eingetreten waren, wurde die Tür von außen geschlossen.

Renner saß hinter einem großen Schreibtisch an der rechten Seite des Büros. Er erhob sich nicht, als die beiden eintraten, schaute nur auf, als sie näher traten. Er machte keine Anstalten, ihnen die Hände zu schütteln. Er deutete auf zwei Besuchersessel, die vor dem Schreibtisch standen.

»Was kann ich für Sie tun?«, wollte Renner ohne eine Begrüßung wissen.

Weber stellte sich und Laschek vor.

»Wir sind hier, weil einer Ihrer Geschäftsführer verschwunden ist«, erklärte Weber zur Einleitung.

»Sie meinen Herrn Simon?«, fragte Renner und Weber nickte. »Ich habe gehört, dass die Polizei ihn sprechen wollte und er gestern und heute nicht zur Arbeit erschienen ist. Ich wusste allerdings nicht, dass er ›verschwunden‹ ist.«

Renner malte Anführungsstriche in die Luft, als er das Wort ›verschwunden‹ aussprach.

»Wissen Sie, ob er sich mittlerweile gemeldet hat?«, ging Weber nicht darauf ein.

»Sie meinen, ob er sich bei mir krankgemeldet hat?«, fragte Renner mit einem Lächeln.

Weber antwortete nicht darauf.

»Sehen Sie, Herr Weber«, begann Simons Boss. »Ich besitze einige Autohäuser und auch zahlreiche andere Firmen. Ich habe genug zu tun, ohne mich zusätzlich noch um die Krankmeldungen meiner Mitarbeiter zu kümmern. Dafür habe ich anderes Personal.«

»Auch nicht, wenn es sich um einen Ihrer Geschäftsführer handelt?«

»Dann ebenfalls nicht. Jedes Autohaus arbeitet erstmal für sich. Herr Simon wird sich zuerst dort krankmelden und innerhalb des Autohauses wird alles Nötige veranlasst. Erst, wenn es sich um eine längere Krankheit handelt oder eine sonstige außergewöhnliche Situation stattfindet, werde ich unterrichtet. Das ist bis jetzt nicht passiert.«

»Und persönlich hat er sich auch nicht bei Ihnen gemeldet?«, brummte nun Laschek.

»Ich treffe mich regelmäßig einmal die Woche mit meinen Geschäftsführern. Sollte Herr Simon an einem dieser Termine krank sein, würde er sich direkt bei mir oder meiner Sekretärin melden. Ansonsten nicht.«

In dem Moment klopfte es an der Bürotür und nach einem »Herein« von Renner, betrat die Sekretärin mit einem Tablett das Büro. Sie stellte eine Tasse vor Renner und eine weitere vor Weber. Ganz offensichtlich wusste sie sehr gut, wann ihr Chef Kaffee trank. Sie platzierte noch ein Kännchen mit Milch und eine Schüssel mit Zucker auf dem Schreibtisch, bevor sie sich abwandte, um das Büro zu verlassen.

»Frau Schulze, wo Sie gerade hier sind«, sagte Renner.

Die Angesprochene drehte sich erneut um.

»Hat Herr Simon sich zufällig bei ihnen krank gemeldet?«

Frau Schulze schüttelte den Kopf.

»Nein«, erwiderte sie.

Renner nickte ihr zu und sie verließ das Büro.

»Wann haben Sie ihn zum letzten Mal gesehen?«

»Das war bei unserer letzten Besprechung. Am letzten Donnerstag. Ich treffe mich mit den Geschäftsführern meiner Autohäuser jeweils donnerstags.« Renner nippte am Kaffee.

»Und danach haben Sie nicht mit ihm telefoniert?«, erkundigte sich Weber, woraufhin Renner den Kopf schüttelte.

»Dafür bestand kein Grund. Herr Simon macht einen guten Job. Da muss ich nicht ständig mit ihm telefonieren.«

»Kennen Sie einen Anton Lesniak?«, kam Laschek plötzlich mit einem Themenwechsel.

Renner sah ihn an, schüttelte dann jedoch den Kopf.

»Der Name sagt mir nichts. Wer ist das?«

»Lesniak hatte eine Autowerkstatt an der Hillegosser Straße«, erklärte Laschek.

Renner lächelte.

»Ich bin zwar in der Autobranche tätig, kenne aber nicht jeden Inhaber einer Werkstatt in Bielefeld. Warum fragen Sie nach ihm?«

»Er wurde vor einigen Tagen ermordet," antwortete Webers Partner, was Renner dazu brachte, eine entsetzte Miene zu zeigen.

»Ermordet?«, fragte er. »Oh«, sagte Renner auf einmal, da ihm scheinbar etwas einfiel. »Etwa der Mann, der in seiner Werkstatt aufgehängt vorgefunden wurde?«

Die Presse war darüber informiert worden, die genauen Umstände der Auffindesituation waren jedoch nicht mitgeteilt worden. Die Medien hatten dies dennoch begeistert verkündet. Laschek nickte.

»Wie gesagt, kenne ich den Mann nicht. Warum fragen Sie mich eigentlich nach ihm? Ich dachte, Sie wollen mit Herrn Simon sprechen.«

Weber übernahm erneut die Gesprächsführung.

»Wir vermuten, Lesniak und Simon kannten sich.«

»Und deshalb wollen Sie jetzt mit Simon sprechen? Hat er etwas mit dem Mord zu tun?«, brachte Renner besorgt heraus.

Weber fiel auf, dass der Chef jetzt nicht mehr von ›Herrn Simon‹, sondern nur noch von ›Simon‹ gesprochen hatte.

»Wir wollen nur mit ihm reden«, antwortete er.

»Wie gesagt, ich kann Ihnen nicht weiterhelfen. Waren Sie schon bei ihm zu Hause? Ach, was frage ich da ... Natürlich waren Sie das«, beantwortete Renner seine Frage selbst. »Sonst wäre Sie wohl nicht hier«, fügte er hinzu.

Weber nickte.

»Dann tut es mir leid, dass ich Ihnen nicht weiterhelfen kann.« Renner sah demonstrativ auf die Uhr. »Ich habe gleich eine wichtige Besprechung, sodass ich Sie bitten muss, jetzt zu gehen.«

Weber und Laschek erhoben sich. Sie überreichten Renner eine Visitenkarte.

»Falls Sie etwas von Herrn Simon hören sollten, rufen Sie mich bitte an«, brummte Weber.

Renner nahm die Karte entgegen und legte sie auf seine Schreibtischunterlage, ohne genauere Betrachtung. Sie schüttelten sich die Hände und Weber und Laschek verließen das Büro. Im Vorraum befand sich jedoch nur Renners Sekretärin. Der Mann, der die beiden Ermittler ins Büro gebeten hatte, war nicht mehr da.

»Was hältst du von Renner?« Weber warf Laschek einen prüfenden Blick zu, als sie wieder im Dienstwagen saßen. Der schaute tief in Gedanken versunken aus dem Beifahrerfenster.

»Alles okay bei dir?«, fragte Weber.

Laschek sah ihn an.

»Was?«

»Ich habe dich gefragt, was du von Renner hältst.«

»Sorry, war gerade mit den Gedanken woanders.«

»Das habe ich bemerkt«, sagte Weber grinsend.

»Ich habe an den Kerl gedacht, der uns in Renners Büro gebeten hat«, ergänzte Laschek. »Ich kenne ihn, da bin ich mir ganz sicher. Mir fällt nur nicht ein, wo ich ihn schon mal gesehen habe. Kanntest du ihn nicht?«

Weber schüttelte den Kopf.

»Noch nie gesehen, den Typ.«

»Es wird mir schon wieder einfallen«, brummte Laschek und auf seiner Stirn bildete sich eine tiefe Falte. »Was ich von Renner halte? Der Kerl lügt. Ich glaube, dass er zumindest weiß, wer Lesniak war und welche Geschäfte Simon mit ihm gemacht hat. Dass er nicht weiß, wo sich Simon aufhält, nehme ich ihm nicht so ganz ab.«

Weber nickte. Er hatte den gleichen Eindruck gewonnen. Aber wie konnten sie an Renner herankommen?

»Ich denke, wir sollten als Nächstes mit den Kollegen von der organisierten Kriminalität sprechen«, meinte Weber und startete den Wagen.

***

Kurz nachdem Weber und Laschek Renners Büro verlassen hatten, betrat Fischer erneut den Raum. Der Boss stand mit einer Tasse Kaffee in der Hand am Fenster und blickte hinaus.

»Wie sieht dein weiterer Plan aus?«, wollte Renner wissen, ohne ihn anzusehen.

»Simon wird bald wieder auftauchen, und zwar so, dass die Bullen keine weiteren Ermittlungen in unserer Richtung anstellen werden.«

Renner trank einen Schluck von seinem Kaffee.

»Ich hoffe es.«

Dienstag, 25.08.2015
16:00 Uhr.

Weber und Laschek saßen zur Nachmittagsbesprechung der MK mit den anderen Kollegen im SOKO-Raum. Herbst berichtete über die Vernehmung von Isabell Zweig durch die Hamburger Kollegen. Ihnen war es anscheinend nicht gelungen weitere Informationen aus Zweig herauszuholen. Tatsächlich hatte sich Zweig sogar über die Kollegen aus Bielefeld beschwert, die sie angeblich mit ihrer Tochter unter Druck gesetzt hatten. Sie hatte keine offizielle Beschwerde einreichen wollen und auch nichts weiter gesagt, aber Herbst schaute Weber und Laschek missbilligend an, die Unschuldsmienen aufsetzten und mit den Schultern zuckten.

Danach waren sie an der Reihe und informierten die anderen zuerst über ihr Gespräch mit Renner. Sie bemühten sich, es aussagekräftig zusammenzufassen. Es stimmte, dass Renner ein paar Mal auf dem Radar der OK, also der Abteilung ›Organisierte Kriminalität‹ aufgetaucht war. Es ging dabei um den Verdacht von Menschenschmuggel und dem Verbreiten von Falschgeld. Außerdem sollte Renner an einigen Bordellen in OWL und im Ruhrgebiet beteiligt sein. Es konnte ihm leider nie etwas nachgewiesen werden und die armen Schweine, die erwischt worden waren, hatten den Kerl auch nie wirklich belasten können. Zwar hatte es von dem einen oder anderen den Hinweis gegeben, Renner wäre in die Machenschaften verwickelt, aber ein gerichtsverwertbarer Beweis konnte nie gefunden werden. Die Aussagen der Zeugen waren von Renners Anwälten in der Luft zerrissen worden.

Es gab nie eine Anklage Renners. Zudem war der Name Lesniak bei den Ermittlungen gegen Renner nie aufgetaucht. Es fehlten sämtliche Hinweise darauf, dass der Chef Simons in illegale Kfz-Geschäfte verwickelt gewesen wäre. Aktuell liefen gegen ihn keinerlei Ermittlungen.

Laschek hatte gefragt, welche Personen im Zusammenhang mit den Ermittlungen aus Renners Umfeld noch aufgetaucht waren. Die Kollegen hatten einige Namen aufgeführt, aber keinen konnte Webers Partner in Zusammenhang mit dem Mann bringen, der sie in Renners Büro gebeten hatte. Alles in allem ergaben sich durch das Gespräch mit der OK keine neuen Ermittlungsansätze. Die Beiträge der anderen Kollegen halfen ebenfalls nicht weiter.

Zum Abschluss erzählte Herbst noch, dass die Fahndung nach Simon bislang ins Leere gelaufen war. Simon blieb verschwunden.

Dienstag, 25.08.2015
17:20 Uhr

Nach der Besprechung brachte Weber seinen Partner nachhause. Laschek lud Weber noch auf eine *Currywurst-Spezial* am Imbisswagen ein.

»Wie geht es deinem Vater?«, wollte Laschek unvermittelt wissen, weshalb sich Weber fast an einem Stück Currywurst verschluckte.

»Wie kommst du jetzt darauf?« Er nahm einen Schluck von seinem Bier, das sie zur Wurst bestellt hatten.

»Fiel mir gerade so ein, da du mir letztens hier von ihm und dir erzählt hast.«

Weber aß ein Stück Currywurst, bevor er antwortete.

»Er hat sich nicht an seinen gut gemeinten Rat gehalten, hat gesoffen wie ein Loch und jetzt dafür die Quittung bekommen. Leberzirrhose. Seit über zwei Jahren wartet er jetzt auf eine neue Leber.« Weber wollte ein Schluck von seinem Bier nehmen, stellte die Flasche aber wieder zurück. Das Thema war definitiv das falsche dafür.

»Tut mir leid«, meinte sein Partner.

»Muss es nicht«, antwortete Weber. »Er ist ja selbst dran schuld. Bin gespannt, ob sie ihm bei seiner Vorgeschichte jemals eine Leber geben werden.«

Weber nahm die Flasche Bier erneut in die Hand.

»Jeder ist seines Glückes Schmied«, brummte er und trank die Flasche in einem Schluck leer.

»Fischer!«, rief Laschek plötzlich und wirkte total aufgeregt.

»Was?« Weber starrte ihn an.

»Der Typ bei Renner«, erklärte sein Partner geradezu euphorisch. »Sein Name ist mir wieder eingefallen. Urs Fischer.«

Mittwoch, 26.08.2015
05:05 Uhr

Carsten Kornelius und Peter Unruh sehnten den Feierabend herbei. Die beiden Polizeioberkommissare versahen den Dienst auf der Polizeiwache in Bielefeld-Brackwede und waren nach einem ereignislosen Nachtdienst auf ihrer letzten Runde. Sie wollten gerade den Rückweg antreten, als sich die Leitstelle meldete. Unruh stöhnte auf.

»Nicht jetzt«, ächzte er. »Die ganze Nacht war Ruhe und ausgerechnet kurz vor Feierabend müssen wir noch einen Einsatz bekommen.«

»Bestimmt nur eine Kleinigkeit«, beschwichtigte ihn Kornelius, der Beifahrer war und meldete sich über Funk bei der Leitstelle.

»Fahrt mal zur Endhaltestelle Senne. Dort auf dem Parkplatz soll ein verdächtiger Pkw stehen. Der Anrufer gibt an, der Motor des Pkw würde laufen und die Person auf dem Beifahrersitz wäre nicht ansprechbar. Sonderrechte frei. RTW läuft.«

Kornelius und Unruh sahen sich an und befürchteten. Sie konnten vermutlich nicht pünktlich Feierabend machen. Als sie sieben Minuten später auf den Parkplatz einbogen und vom Zeugen zum Pkw geführt wurden, bestätigte sich ihre Befürchtung aufs Schlimmste.

Kornelius war es, der die Blutlache entdeckte, die sich auf dem Rücksitz und im Fußraum ausgebreitet hatte. Der Kerl im Innenraum war tot und es sprach einiges dafür, dass er keines natürlichen Todes gestorben war.

Mittwoch, 26.08.2015
07:45 Uhr

Weber war etwas früher ins Büro gekommen, um mit Laschek direkt weitere Infos über Urs Fischer zu sammeln. Dazu sollte es jedoch erstmal nicht kommen, denn gerade als er das Büro betrat, klingelte sein Telefon auf dem Schreibtisch.

Es war Herbst.

»Morgen! Komm mal direkt in den SOKO-Raum. Wir müssen dringend etwas besprechen.«

Weber stellte nur den Rucksack ab, begrüßte auf dem Weg die Kollegen, die bereits in ihren Büros saßen und ging weiter zur A1. Im SOKO-Raum hatten sich einige Kollegen aus der MK versammelt. Laschek war ebenfalls schon dort. Weber setzte sich und Herbst fing direkt an.

»Simon ist gefunden worden.«

Alle Anwesenden im Raum horchten auf.

»Er wurde heute Morgen von einer Streife in seinem Wagen an der Endhaltestelle Senne aufgefunden. Ein Zeuge hatte die Leitstelle über einen reglosen Mann in einem Pkw mit laufendem Motor informiert, der nicht ansprechbar war. Als die Kollegen eintrafen, stellen sie fest, dass der Mann tot war.« Herbst machte eine kurze Pause. »Der herbeigerufene Notarzt stellte Stichverletzungen am Bauch und weitere schwere Verletzungen im Gesicht des Mannes fest. Simon wurde möglicherweise gefoltert und dann erstochen.«

Weber und Laschek erhielten den Auftrag, bei der Autopsie von Andreas Simon dabei zu sein. Beide machten entsetzte Gesichter, sagten aber nichts. Ein anderes Team sollte zum Tatort fahren und Kontakt mit den Kollegen der Spurensicherung aufnehmen, ob es bereits verwertbare Beweise gab. Ein drittes Team sollte den Zeugen vernehmen, der bereits im Präsidium wartete.

Die Autopsie sollte um 9 Uhr im Gilead I erfolgen. Die Pathologen aus Münster hatten versprochen, sich schnellstmöglich auf den Weg zu machen. Tatsächlich trafen sie 40 Minuten später ein.

Weber und Laschek hatten in der Kantine des Gilead gewartet und einen Kaffee getrunken. An Essen war nicht zu denken. Beide hassten Autopsien. Nur wenig später sahen sie den drei Mitarbeitern der Pathologie aus Münster bei der Arbeit zu.

Weber hatte bis jetzt erst bei zwei Autopsien beobachtet und diese überraschend gut überstanden. Das Schlimmste für ihn war allerdings nicht der Geruch, oder die Tatsache, dass dort ein Mensch aufgeschnitten wurde, sondern die Geräusche, die dabei entstanden. Die Tatsache, dass auf dem Metalltisch vor ihm ein Mensch lag, konnte er überspielen, solange es niemand war, den er kannte, oder es sich um ein Kind handelte. An den Geruch gewöhnt man sich, auch ohne Hilfsmittel, wie Mentholsalbe unter der Nase. Man durfte nur nicht den Fehler begehen, während der Autopsie den Raum zu verlassen und wieder hineinzugehen. Dann haute der Geruch einen um.

Die Geräusche ließen sich jedoch nicht so leicht ausblenden. Das Öffnen des Brustkorbes und vor allem das der Schädeldecke machten Weber zu schaffen. Hinzu kam, dass es Weber schwerfiel, einen Toten anzufassen. Das kam glücklicherweise bei einer Autopsie nicht vor.

Nach knapp zwei Stunden war alles vorbei, doch die Ergebnisse machten den ganzen Fall noch undurchsichtiger.

»Er ist tatsächlich gefoltert worden?«, erkundigte sich Herbst entgeistert, als Weber und Laschek ihn vom Ergebnis der Autopsie unterrichteten.

Sie saßen in dessen Büro mit einer Tasse Kaffee vor sich. Weber und Laschek waren immer noch ziemlich blass.

»Anders sind die zahlreichen Verletzungen nicht zu erklären«, antwortete Weber.

Der Pathologe hatte festgestellt, dass Simon drei Rippen gebrochen worden waren, hinzu kam ein Bruch des Jochbeins, der rechten Augenhöhle und des Unterkiefers sowie diverse Schnittverletzungen am Bauch und im Gesicht. Außerdem hatte man Simon in beide Kniescheiben geschossen. Zum Schluss war ihm ein Messer direkt ins Herz gestochen worden.

Zum Zeitpunkt des Auffindens war Simon etwa 2 - 3 Stunden tot.

»Wie passt das in unseren Fall?«, fragte Herbst.

Die Ermittlungen waren zunächst der MK Werkstatt übertragen worden, da ein Zusammenhang zwischen dem Tod von Lesniak und Simon zu vermuten war. Die Mordkommission sollte dazu um sechs weitere Beamte aufgestockt werden. Sollte sich jedoch im Laufe der Ermittlungen herausstellen, dass die Morde nichts miteinander zu tun hatten, würden die Ermittlungen getrennt werden.

»Da war auf jeden Fall jemand ziemlich wütend auf Simon«, stellte Laschek etwas ausweichend fest und seufzte. »Ob das allein damit zu erklären ist, dass jemand sauer auf Simon war, weil er in den Mord an Lesniak verwickelt war oder ...« Webers Kollege beendete den Satz nicht, zuckte stattdessen lediglich mit den Schultern.

»Ich denke«, meinte Weber, »dass hier noch eine persönliche Sache dazukommt. Ich bin überzeugt, dass die Morde zusammenhängen. Aber Simon muss jemanden in seinem Umfeld extrem wütend gemacht haben. Die Frage ist womit und wen?«

»Vielleicht hat er in die eigene Tasche gearbeitet«, antwortete Laschek. »Oder hat einem anderen in Renners Organisation eine Position weggeschnappt, die dieser gern haben wollte und war deshalb sauer auf ihn.«

Weber war noch nicht so richtig überzeugt.

»Aber dann solche Gewalt?«, seufzte Herbst ebenfalls nicht ganz überzeugt.

»Wie wäre es mit einer Frau?«, fragte Laschek. »Eifersucht ist immer ein sehr starkes Motiv.«

Mittwoch, 26.08.2015
13:00 Uhr

Da die Frühbesprechung ausgefallen war, wurde ein Meeting für mittags angesetzt. Abermals waren Weber und Laschek die Ersten, die vortragen mussten. Danach waren die Kollegen an der Reihe, die den Zeugen vernommen hatten, der die Leiche Simons gefunden hatte. Aus ihm war schon erwartungsgemäß nicht viel herauszuholen gewesen. Der Mann war auf dem Weg zur Stadtbahn gewesen, weshalb er seinen Pkw auf dem Parkplatz abgestellt hatte. Er wollte von dort mit der Linie 1 um 5 Uhr in die Innenstadt fahren. Als er den laufenden Motor von Simons Wagen bemerkte und auf dem Beifahrersitz eine Gestalt sah, ging er zum Fahrzeug und klopfte ans Fenster, um sich zu erkundigen, ob alles in Ordnung war. Als der Mann im Innenraum nicht reagierte, rief er die Polizei an. Der Rest war bekannt.

Daraufhin waren die Kollegen an der Reihe, die sich mit der Spurensicherung unterhalten hatten. Auch von dort war vorerst nicht viel zu erfahren gewesen. Man hatte versucht, Fingerspuren am Lenkrad und an den Türgriffen, sowie an den Hebeln zur Verstellung des Fahrersitzes zu sichern. Dabei war es gelungen, Fingerspuren am Lenkrad festzustellen, doch ob diese von Simon oder von einer anderen Person stammen, musste noch geklärt werden. Feststellen ließ sich auf jeden Fall, dass Simon nicht vom Fahrersitz auf den Beifahrersitz umgesetzt worden war. Auf dem linken Platz waren keinerlei Blutspuren entdeckt worden. Faserspuren hatte man gesichert, die aber noch ausgewertet werden mussten. Im Zündschloss des Pkw steckte der dazugehörige Schlüssel, an dem ebenfalls Fingerspuren gesichert werden konnten.

Außer seiner Brieftasche führte Simon keine anderen Gegenstände mit sich. Es fehlten der Haustürschlüssel und vor allem das Handy. Es war bereits versucht worden, es zu orten, was aber misslang. Die Kollegen hatten bereits einen Beschluss zur Beschaffung der Retrogarden-Daten von Simons Handy angeregt. Die Ergebnisse sollten spätestens am nächsten Tag vorliegen.

Im Anschluss an den Vortrag wurde die Frage zur Diskussion gestellt, ob und wie die beiden vorliegenden Morde zusammenhängen könnten. Im Endeffekt waren alle der Meinung, es gäbe einen Zusammenhang, nur das Wie konnte keiner so richtig erklären. Warum Simon gefoltert worden war, wurde zunächst ebenfalls nicht zufriedenstellend erklärt. Ein Mitarbeiter der MK warf dann jedoch die Frage auf, ob die Folter einen persönlichen Hintergrund haben könnte. Auf die Frage von Herbst, welchen, antwortete der Beamte direkt:

»Eine Frau.«

»Was wäre«, führte der Kollege aus der A1 aus, »wenn der Mord an Simon mit der Tötung Lesniaks in Verbindung steht? Die Ausführung der Tat wurde von jemanden erledigt, der noch eine persönliche Rechnung mit Simon offen hatte. Vielleicht hat Simon mal was mit dessen Frau gehabt und er wollte den Kerl zum Abschluss nochmal deutlich machen, was er davon hielt.«

»Daran haben wir auch schon gedacht«, antwortete Herbst. »Wir sollten der Sache nachgehen. Bei den nächsten Vernehmungen sollten wir deshalb danach fragen, ob Simon eine Freundin hatte.«

»Vielleicht ist es ja auch diese Freundin, mit der er sich absetzen wollte«, fügte der Kollege noch hinzu.

Herbst nickte.

»Sehr gute Idee«, meinte er.

Weber fragte sich, warum er nicht selbst darauf gekommen war. Das war auch Lascheks Gedankengang gewesen.

»Also suchen wir jemanden in Simons Umfeld«, fasste Herbst zusammen, »der sowohl in die illegalen Geschäfte verwickelt ist und dessen Frau oder Freundin ein Verhältnis mit Simon hatte. Also, an die Arbeit.«

Mittwoch, 26.08.2015
13:30 Uhr

Zu der Zeit, als die Besprechung der MK Werkstatt in vollem Gang war, saß Fischer Renner in dessen Büro gegenüber.

»Verdammt nochmal, Urs«, schimpfte Renner. »Warum musstest du dich da einmischen? Stone hatte alles im Griff. Warum die Folter? Das wird bei den Bullen nur unnötige Fragen aufwerfen.«

Renner hatte Mühe, seine Stimme unter Kontrolle zu halten, denn Stone hatte ihm von Fischers Einmischung berichtet.

»Er verdiente es,« antwortete Fischer. »Er hat uns beschissen und auch noch erpresst. Ich wollte ein Zeichen setzen.«

»Und wie werden die Bullen das Zeichen deuten?«

»Sie werden denken, es stecke ein persönliches Motiv hinter dem Mord. Jemand, der auf Simon stinksauer war. Eine alte Fehde, die geklärt wurde.«

»Gibt es da bei dir ein persönliches Motiv?«, knurrte Renner und betrachtete Fischer kritisch.

»Nein«, sagte dieser.

Renner sah in lange an.

»Ich bin zwar nicht überzeugt, aber okay. Aber noch so ein Alleingang und du bist raus!«

Nachdem Fischer das Büro verlassen hatte, saß Renner nachdenklich am Schreibtisch. Die derzeitige Entwicklung gefiel ihm überhaupt nicht. Zuerst Simon und jetzt auch noch Fischer mit seinem Alleingang. Renner konnte keine Aufmerksamkeit gebrauchen, vor allem jetzt nicht, wo sein neuer Geschäftszweig so richtig gut in Fahrt kam. Er hatte überlegt, Fischer mit der Aufgabe zu betreuen Freddy zu unterstützen, doch nach dessen Aktion sah er sich gezwungen, jemand anderen daran zu setzen, falls sich Urs ebenfalls als Gefahr herausstellen sollte. Da ihm sonst niemand einfiel, der vertrauenswürdig genug war, würde er diese Aufgabe persönlich übernehmen.

Er griff zu einem seiner Handys und rief Freddy an, um ihm diese Entscheidung mitzuteilen. Krüger nahm es, ohne Fragen zu stellen, zur Kenntnis.

»Gut«, meinte dieser nur. »Es stehen einige wichtige Entscheidungen an. Wir müssen Treffen mit potenziellen Kunden vereinbaren. Derzeit habe ich zehn Anfragen vorliegen, die an unserer Ware interessiert sind. Außerdem gilt es zu überlegen, ob wir noch zumindest ein weiteres Haus kaufen, um weitere Ware vorrätig zu haben.«

»Du kümmerst dich um die Termine«, sagte Renner nach kurzer Zeit des Überlegens, »ich kümmere mich um eine neue Unterkunft. Wenn du die Termine hast, sag mir Bescheid, ich werde es mir passend einrichten. Wo sollen die Treffen stattfinden?«

»Ich dachte an unsere neue Unterkunft. So können sich die Kunden ihre Ware direkt in natura ansehen.«

»Zu riskant. Ich möchte nicht, dass die Kunden wissen, wo sich die Ware befindet. Nicht, wenn ich die Kunden nicht hundertprozentig kenne und absolut vertrauen kann.« Renner überlegte einen Moment. »Sie sollen sich im Stadt Hotel in Rietberg einmieten. Dort treffen wird uns dann.«

Freddy war damit einverstanden und sie beendeten das Gespräch.

Mittwoch, 26.08.2015
15:00 Uhr

Laschek hatte die Zeit nach der Besprechung damit verbracht, Infos über Urs Fischer einzuholen. Dabei hatte sich herausgestellt, dass es über ihn eine feste Akte bei der Polizei Bielefeld gab. Diese hatte er sich besorgt und durchgelesen. Darin befanden sich zunächst Bilder von Fischer, die zwar aus dem Jahr 1997 stammten, auf denen aber trotzdem eindeutig der Mann zu erkennen war, den sie in Renners Büro angetroffen hatte. Urs Fischer war 42 Jahre alt und in Herford geboren worden. Das erste Mal aktenkundig wurde er im Jahr 1991, als er bei einem Einbruch in ein Einfamilienhaus erwischt wurde. Die Bewohner waren nachhause gekommen, als er sich noch darin befand. Fischer konnte zwar zunächst flüchten, wurde aber im Rahmen einer Fahndung festgenommen. Zu diesem Zeitpunkt hatte er das Diebesgut bei sich.

In den folgenden Jahren war Fischer weiterhin im Zusammenhang mit Einbrüchen aufgefallen, wurde aber bis dahin nur zu einer Bewährungsstrafe verurteilt. Dies änderte sich, als er 1997 wegen schwerer Körperverletzung zu einer Freiheitsstrafe von 2 Jahren und 3 Monaten verurteilt wurde. Nach seiner Entlassung im Mai 1999, war er allerdings nicht mehr polizeilich in Erscheinung getreten.

Laschek rief nochmal bei den Kollegen der OK an, um sich dort nach Fischer zu erkundigen.

»Ja, der Name ist hier bekannt«, erfuhr er dort. »Urs Fischer leitet einige Bordelle in NRW, darunter auch vier in OWL.«

Vermutlich wurde er von Georg Renner mit der Leitung der Bordelle beauftragt. Aber auch gegen ihn war derzeit kein Strafverfahren anhängig.

Nachdem Laschek das Telefonat beendet hatte, rief er alle Vorgänge auf, in denen Fischer in ganz NRW, egal, ob als Zeuge oder Beschuldigter, erfasst worden war. Es gab genau zwei Strafanzeigen. Die, in denen er als Beschuldigter in den Jahren 1991 bis 1997 aufgeführt war, hatte man bereits aus datenschutzrechtlichen Gründen gelöscht. Bei einer der beiden Anzeigen handelte es sich um eine Strafanzeige ›Verkehr‹.

Im Jahr 2012 war Fischer in einen Verkehrsunfall verwickelt worden, bei dem er sich eine Kopfverletzung zugezogen hatte. Hier konnte Laschek keine Infos abgreifen, die für ihn interessant waren.

Bei der anderen Strafanzeige handelte es sich um eine Anzeige wegen Diebstahl. Fischer war darin als Zeuge aufgeführt. Geschädigt war hier eine Marina Olschewski, der bei einem Einkauf im Aldi an der Jöllenbecker Straße die Geldbörse aus der Handtasche geklaut worden war.

›Auch nicht besonders ergiebig‹, dachte Laschek, rief dennoch die komplette Anzeige auf, um den Text zu lesen.

Nachdem er den Text gelesen hatte, änderte sich seine Meinung schlagartig.

***

Weber hatte sich auf der Toilette eingeschlossen und starrte auf die Postkarte in seiner Hand.

›Schon wieder so eine verdammte Karte‹, dachte er.

Die Postkarte hatte wieder in seinem Fach in der A3 gelegen. Adressiert an *KHK Weber, Polizeipräsidium Bielefeld, A3, Kurt-Schumacher-Str. 44*. Sie war vor fünf Tagen in Wien abgestempelt worden. Als Motiv hatte die Karte das Hotel Sacher in Wien. Auf dem Textfeld der Postkarte standen nur drei Wörter mit der Hand geschrieben:

›Ich weiß Bescheid!‹

Als Weber in sein Büro zurückkehrte, erwartete ihn Laschek schon. Er wirkte extrem aufgeregt.

»Ich habe was gefunden«, verkündete er, sobald dieser die Türschwelle übertreten hatte.

Er wollte Weber drei Zettel über den Schreibtisch reichen, doch als er dessen Gesichtsausdruck sah, hielt er inne.

»Alles klar bei dir?«

Weber sah zu ihm hinüber.

»Ja«, antwortete er. »Warum?«

»Du hattest so einen komischen Gesichtsausdruck, als du reingekommen bist«, erklärte sein Kollege.

»Das mag daran liegen«, antwortete Weber, »dass ich so ein komisches Gesicht habe.«

Er grinste und setzte sich in seinen Bürostuhl. Laschek hielt ihm die Zettel erneut hin.

»Lies das mal. Das habe ich den Recherchen über Fischer gefunden.«

Weber nahm die Blätter entgegen und überflog sie. Erst beim zweiten Lesen fiel ihm jedoch die interessante Stelle ins Auge. Er setzte sich auf. Es handelte sich um den Ausdruck einer Strafanzeige.

Einer Marina Olschewski war die Geldbörse aus der Handtasche gestohlen worden. Im Text stand, dass sie zusammen mit ihrem Ehemann, dem Zeugen, einkaufen gewesen war, als der Diebstahl stattfand. Bei dem Zeugen handelte es sich um Urs Fischer.

»Fischer ist also verheiratet«, sagte Weber.

»Genau«, sagte Laschek. »Und schau mal auf Blatt 2, wo seine Frau geboren wurde.«

Weber sah sich den entsprechenden Eintrag an:

Es war Kiew, Ukraine.

Mittwoch, 26.08.2015
17:50 Uhr

Weber saß allein in seinem Büro in der A3. Laschek war bereits vor einer halben Stunde nachhause gegangen. Vor ihm auf dem Tisch lag mit dem Textfeld nach oben die Postkarte aus Wien.

›Ich weiß Bescheid!‹

Weber starte die drei Wörter an.

›Worüber weißt du Bescheid?‹, überlegte Weber. ›Wer bist du?‹

Seit er Yuna in Wien kennengelernt hatte, war er nicht mehr dort gewesen. Sie hatten ab und an vorgehabt dorthin zu fahren, wo sie sich kennengelernt hatten, aber daraus war nichts geworden. Hatte die Mitteilung überhaupt etwas mit seinem damaligen Aufenthalt in Wien zu tun? Oder ging es um eine ganz andere Sache? Aber alle Postkarten, die Weber bis jetzt erhalten hatte, trugen das Motiv der österreichischen Landeshauptstadt. Hinzu kam jetzt noch, dass die letzte Karte in Wien aufgegeben wurde. Also musste es etwas mit der Stadt zu tun haben und mit seinem damaligen Aufenthalt. Wenn dem so war, gab es nur eine Sache, die, wenn sie bekannt werden würde, Webers Leben total auf den Kopf stellte. Sowohl privat, als auch beruflich.

Aber konnte der Kartenschreiber tatsächlich darüber Bescheid wissen? Oder ging es doch um etwas anderes? Weber hoffte es sehr.

Er nahm die Karte in die Hand und legte sie zu den anderen in den Schreibtisch. Dann wandte er sich erneut dem Fall zu.

Webers Kollege und er hatten Herbst über Lascheks Entdeckung im Zusammenhang mit Fischers Frau unterrichtet.

»Ihr meint, dass Simon mit Fischers Frau durchbrennen wollte? Dass die beiden eine Affäre hatten, Fischer davon erfuhr und deshalb Simon gefoltert und getötet hat?« Herbst war zunächst skeptisch.

»Ja«, hatte Laschek geantwortet. »Es passt alles wunderbar zusammen. Außerdem haben wir herausgefunden, dass Marina Olschewski Zwillinge hat, zwei Jungen im Alter von zwei Jahren.«

Herbst hatte aufgehorcht.

»Es passt alles zusammen«, hatte Laschek weiter erklärt. »Die Flugtickets für zwei Erwachsene und zwei Kinder, der Abflug aus Kiew und die Folter von Simon.«

Der Leiter der MK hatte einen Moment überlegt, dann aber doch genickt.

»Aber warum hat er Simon gefoltert und getötet? Ich finde, das passt nicht zu 100%. Klar, wenn Simon was mit seiner Frau hatte, ist dass sicherlich ein möglicher Grund. Aber warum gleich so heftig foltern und töten? Warum nicht zuerst eine kleine Abreibung? Warum ihn nicht erst zusammenschlagen, oder etwas ähnliches? Durch die Folter und den Mord wird nur unnütze Aufmerksamkeit auf Renner gelenkt. Denke nicht, dass der damit einverstanden wäre.«

»Vielleicht wusste er ja nichts davon und Fischer sind die Nerven durchgegangen. Eventuell hat er die beiden erwischt, als sie es miteinander trieb«, schlug Laschek vor.

Herbst war weiterhin nicht überzeugt.

»Vielleicht steckt ja noch mehr dahinter.«

»Aber was?«, hatte Weber gefragt.

Darauf hatte keiner eine Antwort gehabt. Fischer und seine Frau sollten am nächsten Tag als Erste vernommen werden, und zwar auf dem Präsidium. Weber und Laschek sollten sich um Fischer kümmern, ein anderes Team um dessen Frau.

Weber dachte darüber nach, was Fischer dazu bewogen haben könnte, Simon derart zu foltern und zu ermorden. Hatte Fischer überhaupt etwas damit zu tun? Waren sie vielleicht auf der völlig falschen Fährte? Das glaubte er allerdings keinen Moment. Ihm fiel aber nichts ein, was Fischer zu der Tat veranlasst haben könnte. Wegen einer Frau tickte man doch nicht dermaßen aus, oder?

Um 18:10 Uhr schloss er das Büro ab und fuhr nachhause. Als er 30 Minuten später dort eintraf, herrschte völliges Chaos. Die beiden Großen hatten am Nachmittag Besuch gehabt und das Spielzeug lag im ganzen Erdgeschoss verteilt.

Yuna versuchte verzweifelt, Leon zu baden. Der Kleine hatte im Garten gespielt und sich dabei komplett mit Erde und Matsch eingeschmiert. Er hatte in der letzten Zeit eine Abneigung gegen das Baden und Duschen entwickelt, sodass es ein richtiger Kampf war, ihn in die Wanne zu bekommen. Ohne Geschrei und, dass er sich wehrte, ging es gar nicht. Das Schlimmste war für ihn jedoch das Haarewaschen. Das funktionierte nur zu zweit.

Nachdem Weber seinen beiden Großen beim Aufräumen etwas Dampf gemacht hatte, ging er nach oben ins Badezimmer. Sobald ihn der Kleine sah, streckte er die Arme nach ihm aus und rief »Papa, Papa.« Weber musste unwillkürlich lachen, als er seine Frau beäugte, die von oben bis unten nass war. Auch das halbe Bad stand unter Wasser, während Yuna verzweifelt versuchte, zu verhindern, dass Leon aus der Wanne sprang.

»Ah, *Miss Wet T-Shirt*,« scherzte Weber mit einem breiten Grinsen auf Yuna.

Ihr T-Shirt war so nass geworden, dass man ihre Brüste sehen konnte.

»Anstatt blöde Sprüche zu machen, könntest du mir mal lieber helfen.«

Zu zweit gelang es ihnen irgendwie, Leon doch die Haare zu waschen. Anschließend war der Kleine so müde, dass er fast augenblicklich einschlief, nachdem Yuna sich mit ihm hingelegt hatte. Er wurde auch nicht wach, als sie ihn ins eigene Bett legte, welches im Schlafzimmer stand.

Da auch die beiden Großen bereits schliefen, hatten Weber und Yuna einen ruhigen Abend, den sie zuerst auf dem Sofa und später im Bett genossen.

Donnerstag, 27.08.2015
09:00 Uhr

Sie standen mit vier Beamten vor Fischers Haustür. Weber zusammen mit Laschek, sowie den Kollegen Jana Bültmann und Hugo Hansen. Die anderen beiden sollten sich Fischers Ehefrau vornehmen, während sich Weber und Laschek um Fischer selbst kümmern wollten. Sie hatten sich darauf geeinigt, das Ehepaar direkt zu Hause abzuholen, was nicht üblich war. Normalerweise wurde die Befragung entweder bei den zu Vernehmenden zu Hause durchgeführt, oder sie wurden nach Absprache mit den Betroffenen im Präsidium durchgeführt. Man hatte sich jedoch zu dieser Vorgehensweise entschieden, um ihnen etwas Druck zu machen. Von der Polizei zu Hause abgeholt zu werden, war immer noch eine andere Sache, als telefonisch vorgeladen zu werden.

Fischer öffnete nach dem dritten Klingeln. Er stand mit einer Tasse Kaffee in der Hand vor ihnen und fragte mürrisch:

»Was wollen Sie?«

»Mein Name ist Weber von der Kripo Bielefeld, das sind meine Kollegen Herr Laschek, Frau Bültmann und Herr Hansen. Wir würden gern mit Ihnen und Ihrer Frau sprechen.«

Weber meinte, für den Bruchteil einer Sekunde etwas wie Überraschung auf Fischers Gesicht zu erkennen. Der Ausdruck war allerdings rasch verschwunden.

»Worum geht es?«

»Es geht um die Morde an Anton Lesniak und Andreas Simon.«

»Ich kenne keinen Lesniak und mit dem Mord an Simon habe ich nichts zu tun«, knurrte Urs Fischer.

»Wir möchten Sie trotzdem bitten, uns zu begleiten und Ihre Frau ebenfalls. Ist sie zu Hause?«, wollte Weber wissen.

»Sie ist nicht da.« Fischer hielt sich kurz.

»Und wann kommt sie zurück, oder können Sie sie telefonisch erreichen?«, erkundigte sich Jana.

Fischer sah sie an, wandte sich mit der Antwort aber an Weber.

»Meine Frau hat nichts mit der Sache zu tun. Ich sehe nicht, warum sie vernommen werden sollte.«

»Das lassen Sie mal unsere Sorge sein«, antwortete Jana demonstrativ. »Also, ist sie da?«

»Nein«, knurrte Fischer.

Jana sah ihn eindringlich an. Nach einer kurzen Pause fügte Fischer hinzu:

»Sie ist mit den Kindern zu ihren Eltern in die Ukraine gefahren.«

Weber und Laschek sahen sich an.

»Wann?«, hakte Jana nach.

»Vor ein paar Tagen. Und bevor Sie fragen: Sie wird auch noch einige Zeit dortbleiben. Ihr Vater ist schwer krank.«

So fuhren Weber und Laschek allein mit Fischer zurück zum Präsidium. Bevor sie wegfuhren, nahm Weber Jana zur Seite und sagte zu ihr:

»Wenn ihr wieder im PP seid, versucht herauszufinden, wann sie gefahren ist und wo ihre Eltern in der Ukraine leben.«

Jana hatte genickt.

Nun saßen sie mit Urs Fischer in einem Büro in der A1.

»Wir hätten gern von Ihnen die Handynummer Ihrer Frau.«, meinte Laschek zu ihm.

»Warum wollen Sie so dringend mit meiner Frau reden? Sie wird Ihnen nichts sagen können.«

»Oh, ich denke, Ihre Frau wird uns einiges sagen können«, antwortete Webers Partner.

»Aber nichts, was mit Ihrem Fall zu tun hat«, erwiderte Fischer.

»Das werden wir erst erfahren, wenn wir mit ihr sprechen können. Also, die Nummer?«

»Ihre Eltern wohnen in einem Dorf am Arsch der Welt. Dort gibt es kaum Handyempfang«, versuchte es Fischer erneut, sich aus der Affäre zu ziehen.

»Festnetz der Eltern?«, konterte Laschek.

»Haben keins. Sind ziemlich arme Bauern.«

Weber platzte der Kragen. Er hatte sich schon seit einigen Minuten zusammenreißen müssen, um Fischer nicht anzuschreien. Nun schlug er mit der Faust auf den Tisch, sodass sowohl Fischer, als auch Laschek erschrocken zusammenzuckten.

»Jetzt reicht es mir!«, brüllte er. »Entweder, Sie geben uns jetzt endlich die verdammte Handynummer, oder ich sperre Sie ein, weil Sie die Ermittlungen in einem Mordfall behindern. Ich habe die Schnauze voll von Ihrem blöden Hin und Her. Haben Sie Angst, Ihre Frau könnte etwas erzählen, das Sie blöd dastehen lässt?«

Weber musste sich zurücknehmen, um nicht zu viel von dem zu erzählen, was sie im Zusammenhang mit Fischers Frau und Simon vermuteten.

Fischer sah Weber durchdringend an. In seinem Blick zeigten sich Anzeichen von Wut und Hass.

»Ich warte noch genau eine Minute«, knurrte Weber mit zusammengebissenen Zähnen.

Fischer schöpfte die Minute fast ganz aus, bevor er die Nummer herausgab.

»Die Festnetznummer Ihrer Schwiegereltern?«

»Die haben kein Festnetz.«

Weber hatte sich die Nummer auf einem Zettel notiert. Jetzt stand er auf und verließ das Büro, um den Zettel Jana zu geben. Im Hinausgehen gab er seinem Partner ein Zeichen, dass er mit der Vernehmung fortfahren konnte. Jetzt brauchte er erstmal einen Kaffee.

Nach seinem Ausbruch brauchte er ein paar Minuten, um sich zu beruhigen. Mit dem Kaffeebecher in der Hand ging er zum Büro des Leiters der MK.

»Wir sollten einen Durchsuchungsbeschluss für Fischers Wohnung beantragen«, meinte er zu ihm, nachdem er ihn auf den aktuellen Stand gebracht hatte.

»Ich denke, dafür haben wir noch zu wenig. Lass uns die Vernehmung von Fischer abwarten und das, was Jana und Hugo aus seiner Frau herausbekommen können.«

Weber stimmte zu und ging wieder ins Büro. Laschek hatte in der Zwischenzeit Fischers Personalien aufgenommen und ihn über seine Rechte belehrt. Die Vernehmung sprach er auf ein Diktiergerät. Weber setzte sich auf seinen Bürostuhl.

»Ich fasse nochmal kurz für meinen Kollegen zusammen«, sagte Laschek zu Fischer, nachdem er das Tonband ausgeschaltet hatte.

Fischer sah Weber nicht an, sondern hielt den Blick auf dessen Partner gerichtet.

»Herr Fischer hat bis jetzt ausgesagt«, begann Laschek, »dass er Herrn Simon nur flüchtig kennt. Sie würden beide für Herrn Renner arbeiten und man habe sich ab und zu auf Besprechungen getroffen. Ansonsten habe es keine Berührungspunkte gegeben, weder geschäftlich, noch privat. Deshalb könne er auch nichts zu dessen Tötung aussagen. Zuletzt habe er Herrn Simon auf einer Besprechung am letzten Donnerstag gesehen.«

Laschek machte eine Pause.

»In Ordnung«, brummte Weber. »Mach weiter«, fügte er an seinen Kollegen gewandt hinzu.

Fischer hatte ihn immer noch nicht angesehen.

»Was genau arbeiten Sie für Herrn Renner?«, wollte Laschek wissen.

»Ich bin Geschäftsführer mehrerer Bordelle und Clubs, die Herrn Renner gehören.«

»Wie lange arbeiten Sie schon für ihn?«

»Etwa 10 Jahre.«

»Was waren das für Besprechungen, bei denen Sie Herrn Simon getroffen haben?«, hakte Laschek nach.

»Herr Renner bespricht sich einmal in der Woche mit all seinen Geschäftsführern. Es geht dabei um allgemeine geschäftliche Sachen.«

»Welche genau?«

»Ich weiß nicht, was das mit Simons Tod zu tun haben soll.«

»Beantworten Sie einfach die Frage«, knurrte Weber.

»Es geht um die aktuellen Umsätze, die Ausrichtung der Firmen und Ähnliches.«

»Wo finden diese Besprechungen statt?« Weber machte weiterhin Druck.

»Im Büro von Herrn Renner.«

»Wer ist alles dabei anwesend?«

»Warum sollte das wichtig sein?«

»Weil die Leute, die bei den Besprechungen anwesend waren, Herrn Simon auch kennen«, antwortete Weber.

»Fragen Sie Herrn Renner nach den Namen. Ich weiß nicht, ob es ihm gefällt, wenn ich Ihnen die Namen einfach so sage.«

»Kennt Ihre Frau Herrn Simon?«, hakte Weber nach und schien Fischer mit dem Themenwechsel zu überraschen, denn er drehte sich zu ihm um.

»Nein, das habe ich Ihnen doch schon gesagt.«

»Sind Sie sich sicher?«

»Ja«, antwortete Fischer sichtlich genervt.

Weber hatte mittlerweile das Tonband von Laschek übernommen.

»Waren Sie jemals bei Herrn Simon zu Hause?«

»Nein, ich habe schon gesagt, dass wir privat keinen Kontakt hatten.«

»Das eine schließt das andere nicht aus«, meinte Weber, worauf Fischer nicht antwortete.

»Seit wann ist Ihre Frau in der Ukraine?«

»Ich werde auf Fragen im Zusammenhang mit meiner Frau nicht antworten«, sagte Fischer. »Das sind ausschließlich private Dinge, die nichts mit Simon zu tun haben. Wenn Sie keine weiteren Fragen zu Simon haben, möchte ich sofort gehen. Ansonsten rufe ich meinen Anwalt an.«

»Wer vertritt Sie?«, wollte der Ermittler wissen.

»Kanzlei Rommel«, erwiderte Fischer.

Weber zog eine Augenbraue hoch. Die Anwälte der Kanzlei Rommel galten als die besten Konfliktverteidiger in ganz OWL, wenn nicht sogar in ganz NRW. Bei allen großen Prozessen war in den letzten Jahren ein Anwalt der Kanzlei beteiligt gewesen.

Weber sah zu Laschek hinüber. Der zuckte mit den Schultern als Zeichen dafür, dass er keine Fragen mehr an Fischer hatte.

»Okay«, erklärte Weber. »Sie können erstmal gehen. Aber wir werden mit Sicherheit nochmal mit Ihnen reden müssen.«

»Dann wenden Sie sich direkt an meinen Anwalt«, sagte Fischer, stand auf und verließ ohne ein weiteres Wort das Büro.

Donnerstag,
27.08.2015 12:05 Uhr

Renner war wütend.

»Verdammt, Urs! Warum kommen die Bullen zu dir nachhause, um dich abzuholen? Und was wollen sie, zum Teufel nochmal, von deiner Frau?«

Renner hatte über einen Informanten davon erfahren. Unmittelbar nachdem Fischer das Polizeipräsidium verlassen hatte, klingelte sein Handy und Renner zitierte ihn ohne Vorrede ins Büro.

Jetzt saß er Renner gegenüber. Fischer hatte den Boss in all den Jahren ihrer Zusammenarbeit selten richtig wütend erlebt, aber heute war es soweit.

»Ich kann dich beruhigen«, antwortete Fischer. »Sie haben nichts gegen mich in der Hand. Die stochern nur im Dunkeln. Sie haben mich nur abgeholt, um Druck zu machen. Ich denke, sie haben Nachforschungen über mich angestellt, nachdem sie mich hier gesehen haben. Danach sind sie auf meine Akte gestoßen und haben geglaubt, den Richtigen zu haben. Es gibt jedoch keinerlei Beweise, dass ich mehr als geschäftlich mit Simon zu tun hatte.«

»Und was wollen sie von deiner Frau?«, hakte Renner nach.

Fischer zuckte mit den Schultern.

»Sie glauben, da ich Simon kannte, kannte meine Frau ihn auch. Aber das stimmt nicht.«

Renner sah Fischer durchdringend an.

»Gerade jetzt, wo unser neuer Geschäftszweig anfängt, richtig gut zu laufen, können wir keinen zusätzlichen Ärger gebrauchen. Ich verlasse mich darauf, dass es so bleibt. Die Sache mit Simon war schlimm genug.«

Renner nickte Fischer zu, was für ihn das Zeichen war, dass er gehen konnte.

Nachdem Fischer das Büro verlassen hatte, griff Renner zum Handy und rief Stone an.

Donnerstag, 27.08.2015
13:00 Uhr

Zum Zeitpunkt, als Renner mit Stone telefonierte, saßen Weber, Laschek, Jana, Hansen und Herbst zusammen im Besprechungsraum der MK.

»Ich habe mehrfach versucht, Marina Olschewski auf dem Handy zu erreichen, was allerdings nicht geklappt hat. Es sprang immer sofort die Mailbox an. Was ihre Eltern betrifft, haben wir über Olaf Kontakt mit Interpol aufgenommen. Dort will man über den Kontaktmann in Kiew, der auch schon bei der Überwachung der Flughäfen unterstützt hat, Weiteres erfahren.«

»Zum Glück hatten wir diesen Kontakt schon«, fügte Herbst hinzu. »Der Kollege vor Ort ist sehr hilfsbereit und besteht zunächst nicht auf einer offiziellen Anfrage. Das Ganze läuft also aktuell auf ›dem kleinen Dienstweg‹.«

»Was können wir sonst noch machen?«, erkundigte sich Weber.

Hansen meldete sich zu Wort.

»Wir können von Marinas Handy die Retrograden-Daten anfordern und diese mit denen von Simons Handy vergleichen.«

»Sehr gute Idee«, meinte Weber anerkennend. »Kümmert ihr euch um den Antrag?«

»Schon fertig«, sagte Hansen mit einem Grinsen und zwinkerte ihm zu. »Wir haben das schon mit Olaf besprochen, als ihr in der Vernehmung ward. Der Antrag ist schon rausgeschickt. Der Staatsanwalt stimmt dem zu.«

»Super!«, freute sich Weber.

Die Tür des Besprechungsraums öffnete sich schwungvoll und Helene Sykowski, die IT-Expertin der MK, betrat den Raum.

»Wir haben die Retro-Daten von Simons Handy. Ich denke, das solltest du dir ansehen, Chef«, hatte sie sich direkt an Herbst gewandt.

Weber begleitete Herbst in Helenes Büro. Dort setzte sie sich auf ihren Bürostuhl, während Herbst und Weber sich hinter sie stellten. Vor ihr auf dem Schreibtisch standen drei große Monitore. Auf dem mittleren war eine Excel Tabelle zu sehen, auf die Helene die Aufmerksamkeit von Herbst und Weber lenkte.

»Ihr kennt euch ja einigermaßen mit diesen Tabellen aus, die wir von den Providern bekommen«, begann sie. Ohne eine Antwort der beiden abzuwarten fuhr sie fort. »Ich habe zunächst die Rufnummern rausgesucht, die Simon in den letzten drei Monaten am häufigsten angerufen hat. Dazu habe ich dann Anschlussinhaberfeststellungen vorgenommen. Die Ergebnisse müssten bald vorliegen. Dann habe ich anhand der GEO-Daten ein Bewegungsprotokoll von Simon erstellt.«

Helene deutete auf den rechten Bildschirm, auf dem eine Landkarte mit vielen Punkten und Linien zu erkennen war.

»Simon war relativ wenig unterwegs, zumindest was Fahrten nach außerhalb von Bielefeld betrifft. Deshalb habe ich mich auf seine Bewegungen innerhalb konzentriert.« Helene rief eine neue Karte auf, auf der Weber das Stadtgebiet von Bielefeld erkannte.

In der Gesamtübersicht war auch diese ziemlich unübersichtlich.

»Wie ihr seht, erkennt man in dieser Einstellung nichts Konkretes. Deshalb habe ich die Suche auf Orte beschränkt, die mit den Morden in Zusammenhang stehen.« Erneut klickte Helene und eine neue Karte öffnete sich. »Der Ausschnitt zeigt die Hillegosser Straße.«

Helene markierte eine andere Straße, die an der Stelle des vergrößerten Kartenausschnitts auf die Hillegosser Straße mündete.

»Das ist die Theodor-Heuss-Straße«, sagte sie.

Weber schaltete als erster.

»Das ist Lesniaks Werkstatt«, rief er begeistert und Helene nickte lächelnd.

»Genau. Simon war in den letzten drei Monaten zweimal dort. Zuletzt etwa eine Woche vor dem Mord.«

Donnerstag, 27.08.2015
16:00 Uhr

In der Nachmittagsbesprechung wurden die Neuigkeiten bekannt gegeben. Nach Überzeugung aller Anwesenden war damit die direkte Verbindung zwischen den beiden Toten nachgewiesen. Keiner glaubte an zufällige Besuche, oder gar, dass Andreas Simon seinen Pkw hatte bei Lesniak reparieren lassen. Die Frage war jetzt nur, was Simon mit dem Mord an Lesniak zu tun hatte? Und wie sah allgemein deren Beziehung aus? War diese rein privat oder geschäftlich? Und warum war Simon ebenfalls ermordet worden?

Anscheinend tauchten mehr Fragen auf, als durch den Nachweis der Verbindung zwischen Lesniak und Simon geklärt werden konnten. Man einigte sich darauf, dass am nächsten Tag die Mitarbeiter von Lesniaks Werkstatt nochmals befragt werden sollten, ebenso seine Freundin. Insbesondere sollte sie nach Andreas Simon befragt werden. Wenn er in der Werkstatt gewesen war, mussten ihn die Mitarbeiter dort gesehen haben. Und wenn es eine private Verbindung zwischen den beiden gab, musste Lesniaks Freundin davon wissen. Allen sollten Bilder von Simon vorgelegt werden, zusätzlich regte Hansen an, auch Bilder von Fischer vorzulegen. Man konnte ja nie wissen ...

***

Fischer verließ seine Wohnung, um zu einem von Renners Bordellen in Gütersloh zu fahren. Er hatte nach dem Gespräch mit Renner ein ungutes Gefühl. Stand er jetzt ebenso auf der Abschussliste, wie Simon es getan hatte?

Eigentlich glaubte er es nicht, da Simon mit der Erpressung viel zu weit gegangen war. Fischer hatte nicht vor, einen ähnlichen Fehler zu begehen. Außerdem kannte er Renner schon wesentlich länger, als Simon es getan hatte, und der Boss wusste, dass er sich auf ihn verlassen konnte. Auch wenn gerade einiges nicht ganz so lief, wie es sollte.

Als er den Wagen startete, klingelte sein Handy. Allerdings nicht sein ›normales‹, sondern das Prepaidhandy, das er unter falschem Namen angemeldet hatte. Er nahm das Gespräch über die Freisprecheinrichtung an.

»Ja«, sagte er nur, da er die Rufnummer kannte.

»Was sollen wir jetzt mit ihr machen?«, fragte der Mann.

Fischer überlegte einen Moment.

»Lasst es wie einen Unfall aussehen.«

Dann legte er auf und fuhr los. Er bemerkte den Pkw nicht, in dem ein Mann im schwarzen Anzug mit orangefarbener Krawatte saß, der sich ebenfalls in den Verkehr einreihte.

Freitag, 28.08.2015
07:30 Uhr

Weber war extra früh ins Büro gekommen, da heute viel Arbeit auf ihn und die MK wartete. Er hoffte, alles erledigen zu können, da er das Wochenende frei haben wollte. Nachdem er am Tag zuvor nachhause gekommen war, hatte er noch zwei deprimierende Stunden beim Basketball-Training mit seinem Sohn verbracht. Zwar war es einigen Spielern gelungen, gleich mehrere Würfe im Korb zu versenken, darunter drei Körbe von Yannik, aber insgesamt machte die Mannschaft nach wie vor einen ziemlich hilflosen Eindruck. Dennoch hatte sich der Trainer dazu entschlossen, die Mannschaft für ein Turnier am Samstag in Osnabrück anzumelden. Die Kinder waren begeistert.

Weber hatte ihn nach dem Training zur Seite genommen und gefragt, ob das Turnier nicht etwas zu früh käme und, ob der Trainer keine Angst hätte, dass bei deutlicher Niederlage seiner Mannschaft kaum noch Kinder zum nächsten Training kämen. Er hatte dies verneint und erklärt, er hätte dies schon öfter mit anderen Mannschaften gemacht und alle hätten ihren Spaß dabei gehabt. Darauf käme es schließlich an.

Unerwähnt blieb dabei jedoch, wie gut diese anderen Mannschaften gewesen waren. Weber machte sich auf jeden Fall darauf gefasst, seinen Sohn nach dem Spiel ausführlich trösten zu müssen.

Er hatte sich gerade einen Kaffee geholt, als Laschek erschien.

»Fit für den Tag?«, fragte er ihn.

Sein Partner antwortete ihm mit einem Strahlen im Gesicht.

»Du solltest auch in einem Bordell wohnen. Da wacht man jeden Morgen mit einem Grinsen im Gesicht auf und ist mehr als fit für den Tag.«

Er ging los, um sich ebenfalls einen Kaffee zu holen.

»Sag mal«, begann Weber, als Laschek zurückgekehrt war. »Wem gehört eigentlich das Bordell, in dem du wohnst?«

›Der Zuhälter‹ setzte sich an seinen Schreibtisch.

»Keine Angst«, meinte er. »Renner oder Fischer haben nichts damit zu tun.«

Er nahm einen Schluck von seinem Kaffee.

»Tatsächlich gehört das Bordell den Frauen, die dort arbeiten.«

Weber starrte ihn ungläubig an.

»Wie das?«, wollte er wissen, nachdem er sich von seiner Überraschung erholt hatte.

»Ich nehme an, du kennst die Geschichte wie ich an meine ›Wohnung‹ gekommen bin?« Bei dem Wort ›Wohnung‹ malte er mit der rechten Hand Anführungszeichen in die Luft.

Weber nickte.

»Ob die Geschichte nun hundertprozentig stimmt oder nicht, spielt jetzt keine Rolle. Nachdem die Sache damals erledigt war, hat sich der damalige Inhaber ins Ausland abgesetzt. Von jetzt auf gleich war er verschwunden. Die Mädels wussten zuerst nicht genau, wie es weitergehen sollte. Es gab keinen Stellvertreter, der die Geschäfte hätte übernehmen können und auch sonst bot sich niemand an. Meine Bekannte hat mir davon erzählt und ich habe den Vorschlag gemacht, die Mädels sollten selbst das Bordell weiterführen. Sie hat es ihnen also vorgeschlagen und die meisten waren begeistert. Einige sind trotzdem gegangen, aber die weitaus größere Anzahl blieb dort. Und nach einigen anfänglichen Schwierigkeiten, bis man sich einig wurde, wer für was verantwortlich ist, liefen die Geschäfte sehr gut.«

Das wunderte Weber. Normalerweise gab es einige, die sich darauf stürzten, wenn sich eine Chance ergab.

»Und keine Versuche von anderer Seite, das Bordell zu übernehmen?«, hakte er nach und sein Partner lächelte. Es wirkte beinahe liebevoll.

»Natürlich gab es die«, antwortete Laschek. »Die Mädels konnten sich jedoch immer erfolgreich dagegen wehren.«

So, wie er das sagte und über die ›Mädels‹ sprach, hatte Weber die Vermutung, der Ermittler hatte dazu seinen Anteil beigetragen. Doch ehe er Laschek danach fragen konnte, kam Herbst in ihr Büro.

»Morgen. Gut das ihr schon da seid. Wir haben Nachrichten aus Kiew bekommen. Treffen wir uns im SOKO-Raum.«

Fünf Minuten später saß fast die ganze MK zusammen.

»Ich habe vorhin einen Anruf vom Kollegen aus Kiew bekommen. Es ist ihm gelungen, die Eltern von Marina Olschewski ausfindig zu machen. Sie wohnen in einem kleinen Dorf etwa 90 Kilometer östlich von Kiew. Das Dorf heißt Pisky hat etwa 700 Einwohner. Es liegt mitten im Nichts und dort dürfte es dementsprechend auch schwierig sein, Handyempfang zu haben. Der Vater heißt Sergej, die Mutter Olga Olschewski. Es gibt wohl noch vier Geschwister, eine Schwester und drei Brüder. Ob die noch in Pisky wohnen, ist nicht bekannt. In der Ukraine gibt es kein Melderegister, was mit unserem zu vergleichen ist.« Herbst machte eine Pause. »Der Kollege fragte, was er jetzt machen soll. Ich habe ihn gebeten, herauszufinden, ob die Eltern einen Telefonanschluss haben und dort anzurufen, um zu fragen, ob sie wissen, wo ihre Tochter ist. Er wird sich wohl im Laufe des Tages melden.«

Dann erzählte Helene von der Auswertung der Daten von Simons Handy. Von einigen Mitgliedern der MK waren Kommentare in der Richtung zu hören, dass man damit wohl auf der richtigen Spur wäre. Helene konnte noch hinzufügen, dass am Morgen der Beschluss für die Anforderung der Retrograden-Daten für Marina Olschewski Handy per Fax eingetroffen war. Sie hatte den Beschluss bereits an den Provider weitergeleitet und die Angelegenheit als sehr dringend eingestuft. Sie hoffte, die Antworten mit ein bisschen Glück noch heute zu erhalten. Nach Helenes Ausführungen meldete sich ein anderer Mitarbeiter der MK zu Wort. Es war Ewald Ginster, der sich zusammen mit Hans-Günter Molitor um die Ermittlungen im Zusammenhang mit der Fa. HLM aus Lichtenstein kümmern sollte, welche die Lagerhalle auf dem Gelände von Lesniaks Werkstatt gemietet hatte.

»Wir haben versucht, über Kollegen beim BKA eine Verbindung zu den Behörden in Lichtenstein aufzunehmen, wo die Firma HLM ihren Firmensitz hat. Es gab jedoch lediglich die Antwort, die HLM beäße tatsächlich an der Anschrift Industriering 14 in Ruggell ein Büro. Inhaber der Firma ist ein Karl-Heinz Meyer, der ebenfalls in Ruggell wohnt. Leider sahen sich die Kollegen vor Ort nicht in der Lage, Kontakt mit Herrn Meyer aufzunehmen. Dazu bräuchte es ein offizielles Ermittlungsersuchen der deutschen Behörden. Auch ein rein informelles Gespräch war wohl nicht möglich.«

»Lang lebe Europa«, brummte einer der Kollegen.

»Die Kollegen vom BKA haben dann in ihren eigenen Systemen recherchiert und sind dabei auf zwei Vorgänge gestoßen, in denen HLM in Ruggell ebenfalls auftauchte. Es ging dabei um den europaweiten Schmuggel von Pkw.« Ginster machte erneut eine Pause und die Aufmerksamkeit der Kollegen wuchs.

»Warum habt ihr mir nicht schon früher davon erzählt?«, wollte Herbst plötzlich missmutig wissen.

»Weil wir die Infos erst heute Morgen per Mail erhalten haben«, antwortete dieses Mal Molitor. »Wir sind erst mit dem Lesen fertig geworden, als Helene ihren Vortrag beendet hat.«

Das schien Herbst etwas milde zu stimmen und er nickte.

»Okay, weiter.«

»Dabei soll es sich um hochwertige Pkw gehandelt haben, die in Deutschland, der Schweiz oder Österreich gestohlen und in den Lagerhallen der HLM frisiert wurden. Das heißt, sie wurden dort umlackiert, haben eine neue FIN, neue Fahrzeugbriefe und -scheine erhalten. Anschließend hat man sie nach Osteuropa geschafft. Einige Fahrzeuge sollen aber auch nach Deutschland weiterverkauft worden sein. Angeblich gingen sie an große Autohäuser, was aber nicht eindeutig nachgewiesen werden konnte.« Ginster blätterte in den vor ihm auf dem Tisch liegenden Blättern. »Daraufhin wurden vom BKA Ermittlungen in Lichtenstein angeleiert. Ganz offiziell und nach Vorschrift, da sie anders nicht weitergekommen wären. Es dauerte dementsprechend, bis Ergebnisse vorlagen. Beim Büro der HLM in Ruggell handelt es sich lediglich um einen Raum, in dem sich ein Fax und ein Telefon befinden. Zweimal in der Woche kommt eine Frau vorbei, die die Post abholt und den Anrufbeantworter abhört. Sie wurde vernommen und gab an, die Briefe an eine Anschrift in der Schweiz weiterzuschicken. Die Nachrichten auf dem Anrufbeantworter wurden von ihr abgetippt und ebenfalls per Brief auf den Weg gebracht. Empfänger war jedes Mal ein Karl-Heinz Meyer in Bern. Die offizielle Anfrage an die Schweizer Behörden wurde noch nicht beantwortet. Ist auch erst vier Monate her.«

Unter den Kollegen war ein leises Stöhnen zu hören.

»Im Büro waren keine Akten oder Ähnliches vorhanden, sodass nichts gefunden werden konnten. Karl-Heinz Meyer in Ruggell ist nicht existent. Die Kollegen vor Ort konnten ihn nicht ermitteln. Ende der Spur.«

Freitag, 28.08.2015
10:00 Uhr

Renner beendete die Telefonkonferenz mit Krüger. Er hatte mit ihm Termine für Treffen mit potenziellen Kunden abgesprochen. Insgesamt waren es fünf, die starkes Interesse an ihrer Ware und ebenfalls das nötige Kleingeld hatten, um sich diese leisten zu können. Dabei handelte es sich um Kunden aus dem In- und Ausland. Renner hatte den kommenden Montag vorgeschlagen, um sich mit den Leuten zu treffen. So gab er auch den Kunden, die eine weitere Anreise hatten, die Option, sich ohne Stress auf den Weg machen. Schließlich wollte man entspannte Kunden haben, um mit ihnen erfolgreiche Geschäfte abzuschließen. Die Treffen sollten alle, wie besprochen, im Stadt Hotel in Rietberg stattfinden. Die Kunden mit einer weiteren Anreise hatten so die Gelegenheit, schon einen Tag früher anzureisen und dort zu übernachten. Sollte es zu einem Geschäftsabschluss kommen, konnten sie im Hotel bleiben, bis es über die Bühne gebracht war.

Renner hatte mit Krüger vereinbart, zwischen den Terminen immer mindestens zwei Stunden Puffer einzuplanen. So blieb genug Zeit für ausführliche Gespräche.

Renner und Krüger würden an dem Montag mit sechs Kunden reden. Sollte es in allen Fällen zu einem erfolgreichen Abschluss kommen, wäre das viel Geld. Der Haken an der Sache war allerdings, dass Freddy ebenfalls einen großen Teil des Gewinns bekommen würde. Renner nahm sich vor, dafür zeitnah eine andere Lösung zu finden.

Eins seiner Prepaidhandys klingelte. Es war Stone.

»Nichts Auffälliges«, sagte dieser nur und das Gespräch wurde beendet.

Renner hoffte, dass es dabei blieb und er nicht noch einen seiner engsten Vertrauten entlassen musste. Er hatte sich bemüht, über den Informanten bei der Polizei zu erfahren, was die Kripo genau von Fischer und dessen Frau wollte. Bis jetzt hatte er allerdings noch keine Rückmeldung erhalten. Er hoffte, diese im Laufe des Tages zu bekommen. Dann musste er gegebenenfalls eine Personalentscheidung treffen.

Freitag, 28.08.2015
14:25 Uhr

Weber und Laschek saßen in ihrem Büro und tippten fleißig an Berichten, in denen sie die Ergebnisse der Ermittlungen des letzten Tages zusammenfassten. Vor beiden stand jeweils eine Tasse Kaffee, deren Inhalte mittlerweile kalt geworden waren. Sie hassten diesen Teil der Arbeit und schoben deshalb das Anfertigen von Berichten teilweise so lange hinaus wie möglich. Jetzt war es jedoch nicht mehr zu verantworten gewesen und deshalb tippten sie nun um die Wette. Dazu kam, dass sie im Moment nicht viel tun konnten. Die Kollegen hier waren unterwegs, um die Vernehmungen zu vollenden, der Kollege aus Kiew hatte sich noch nicht gemeldet und die Retro-Daten von Marinas Handy lagen auch noch nicht vor.

Weber tippte gerade das letzte Wort seines Berichtes, als zwei Sachen gleichzeitig passierten. Zum einen klingelte das Telefon. Es war Helene.

»Hallo«, sagte sie »Ich kann Olaf nicht erreichen, deshalb rufe ich dich an. Die Retro-Daten von Marina Olschewskis Handy sind da. Ihr solltet dringend rüberkommen.«

»In Ordnung«, meinte Weber. »Ich suche Olaf und dann kommen wir vorbei.«

Gerade als Weber den Hörer auflegte, stand Herbst plötzlich in der Bürotür.

»Ich habe gerade Rückmeldung aus Kiew erhalten«, brummte er.

»Bevor ich es vergesse: Helene hat angerufen«, unterbrach ihn Weber, bevor der Leiter der MK weiterreden konnte. »Sie hat die Retro-Daten von Marina Olschewskis Handy vorliegen. Wir sollen rüberkommen.«

Herbst nickte.

»Okay.«

»Aber zuerst erzähl mal, was der Kollege aus Kiew zu berichten hatte« Laschek beäugte Herbst interessiert.

»Er konnte die Telefonnummer der Eltern herausfinden und versuchte, im Laufe des Tages mehrfach jemanden zu erreichen. Hat bis jetzt nicht geklappt. Er bleibt dran. Im Dorf selbst gibt es keinen Polizeiposten, den er um Hilfe bitten könnte, zumal ja alles inoffiziell läuft. Falls er bis heute Abend niemanden erreicht, will er morgen hinfahren und schauen, ob er die Eltern so erreichen kann.«

»Der Kollege zeigt aber sehr viel Einsatz«, wunderte sich Laschek.

»Das habe ich mir auch gedacht und ihn danach gefragt. Und jetzt haltet euch fest.« Herbst machte eine kurze Pause und verzog die Miene zu einem Grinsen. »Er hat mit erzählt, dass er aus dem Dorf stammt und die Familie von früher kennt.«

»Was?«, fragten Laschek und Weber fast gleichzeitig.

»Ja, Zufälle gibt es. Deshalb auch der Einsatz in seiner Freizeit.«

»Manchmal muss man auch mal Glück haben.« Laschek schüttelte lächelnd den Kopf.

Fünf Minuten später betraten Herbst und Weber Helenes Büro.

»Ah, das seid ihr ja«, begrüßte sie die beiden und klickte sofort mit der Maus auf einen ihrer Bildschirme. »Wie versprochen ging es mit den Daten etwas schneller. Ich habe zunächst den Abgleich gestartet, ob Marina Olschewski mit Andreas Simon telefoniert hat.«

Sie klickte erneut auf eine Tabelle und eine Statistik erschien.

»Sie hat in den letzten drei Monaten fast täglich mit ihm telefoniert. Hinzu kommen zahlreiche SMS.« Helene deutete auf die Statistik, aus der zu erkennen war, dass Marina Olschewski insgesamt 85 Male mit dem nun Toten telefoniert hatte.

Dabei reichte die Dauer der Anrufe von 10 Sekunden, bis 25 Minuten.

»Der letzte Kontakt war am 25.08. um 17:56 Uhr. Es war eine SMS von Simon. Sie hatte ihm eine Minute zuvor eine SMS geschickt. Der letzte Anruf war am 24.08. von ihrem Handy an Simon. Seitdem ist es nicht mehr aktiv gewesen. Zuletzt war es in der Ukraine, in der Nähe von Kiew eingeloggt.«

Herbst und Weber sahen sich an. Beide hatten den gleichen Gedanken, nämlich, dass Fischers Frau ebenfalls nicht mehr am Leben war.

»Dann habe ich die Standortdaten von ihrem Handy ausgelesen«, fuhr Helene fort.

Sie klickte auf eine andere Tabelle und auf dem zweiten Bildschirm öffnete sich eine Karte der Stadt Bielefeld. Nach einem erneuten Klick waren einige Orte auf der Karte mit einem Pfeil markiert. Dabei gab es schwarze und rote Pfeile.

»Die Schwarzen zeigen an, wo sich Marina häufig allein aufgehalten hat.« Die IT-Spezialistin tippte auf einen Punkt auf der Karte, auf dem ein großer schwarzer Fleck zu erkennen war. »Dort wohnt sie.«

Ein weiterer Punkt, auf dem zahlreiche Pfeile zu sehen waren, erklärte sie mit:

»Hier ist eine Kita. Da dürfte sie ihre Kinder hingebracht haben. Kommen wir jetzt zu den roten Pfeilen«, sagte sie dann und erweiterte den Radius der Karte auf 30 Kilometern um Bielefeld.

»Die roten Pfeile zeigen die Orte an, an denen ihr Handy zur gleichen Zeit eingeloggt war, wie das von Simon.«

Die Karte zeigte insgesamt fünf Orte rund um Bielefeld, an denen beide zur gleichen Zeit waren.

»Soweit ich das sehen konnte, haben sie sich regelmäßig mindestens einmal die Woche getroffen.«

»Damit dürfte unsere Vermutung wohl bestätigt sein, dass Simon etwas mit Fischers Frau hatte«, brummte Herbst und Weber nickte nachdenklich.

»Ich denke, wir sollten Fischer nochmal auf den Stuhl setzen.«

Bei der Nachmittagsbesprechung einigte man sich darauf, Fischer noch am gleichen Tag zu vernehmen. Weber musste deshalb die Bandprobe für den Abend absagen. Seine Frau Yuna nahm die Nachricht, dass es mal wieder später bei ihm werden würde, interessanterweise relativ gelassen auf. Ihre Erklärung: Schließlich wäre er ja abends eh nicht da gewesen.

Freitag, 28.08.2015
17:25 Uhr

Weber und Laschek standen mal wieder vor einem Haus, ohne dass ihnen geöffnet wurde. Sie hatten mehrfach geklingelt und geklopft, aber Fischer schien nicht zu Hause zu sein.

»Wahrscheinlich ist er in einem seiner Puffs und sieht nach dem rechten. Immerhin ist heute Freitag, einer der beliebtesten Tage für Puffbesuche, habe ich mir sagen lassen«, erklärte Laschek mit einem Grinsen.

»Ich rufe ihn mal an«, sagte Weber und zückte sein Diensthandy.

Er ließ es bis zum Ende durchklingeln, aber am anderen Ende wurde nicht abgehoben.

»Und nun?«, fragte sein Kollege. »Sollen wir alle Bordelle abklappern, die Renner gehören? Könnte Spaß machen ...«

Weber grinste ihn an.

»Hast du eine Liste?«, wollte er wissen, aber ›der Zuhälter‹ schüttelte den Kopf.

»Da müssten wir schon alle, die es gibt, aufsuchen.« Laschek grinste noch mehr.

»Dafür fehlt mir heute die Kraft«, feixte Weber. »Machen wir Schluss für heute. Versuchen wir es morgen früh um neun nochmal.«

Sein Partner nickte zustimmend, dann stiegen sie in den Dienstwagen und fuhren zurück zum Präsidium. Dabei bemerkten sie weder die Gestalt, die im Obergeschoß am Fenster stand, noch die Person im schwarzen Anzug und oran-gefarbener Krawatte, die in einem dunklen Pkw in der Nähe des Hauses wartete. Diese griff zum Handy und wählte eine bestimmte Nummer, sobald Weber und Laschek außer Sichtweite waren.

Freitag, 28.08.2015
22:45 Uhr

Weber war so früh nachhause gekommen, dass er doch noch hätte zur Probe fahren können. Er hatte jedoch darauf verzichtet, um etwas mehr Zeit für seine Familie zu haben und auch um Yuna schonend beizubringen, dass er am nächsten Morgen kurz wegmusste. Yuna hatte ihn nur angesehen und ihn an das Basketball-Turnier erinnert, woraufhin er versprach, auf jeden Fall pünktlich dort zu sein.

Nun war Yuna schon im Bett, da sie leichte Kopfschmerzen hatte und Weber lag auf dem Sofa und las ein Buch, als sein Privathandy klingelte. Es war Herbst.

»Hallo Olaf«, raunte Weber.

»Tut mir leid, dass ich so spät noch störe, aber der Kollege aus der Ukraine hat sich gerade bei mir gemeldet.«

Weber richtete sich sogleich auf dem Sofa auf.

»Und?«, fragte er.

»Er ist tatsächlich nach Pisky gefahren und hat Marinas Eltern aufgesucht. Leider war keiner zu Hause. Er hat mit den Nachbarn gesprochen und erfahren, dass sie am Morgen mit den Enkeln weggefahren sind. Sie wollten erst in ein paar Tagen wiederkommen. Wohin, konnte keiner sagen.«

Herbst schwieg einen Moment. Weber ahnte, dass noch etwas kommen würde, und wartete geduldig ab.

»Die Nachbarn haben ebenfalls erzählt, dass Marina Olschewski vor ein paar Tagen von zwei Männern abgeholt wurde und seitdem nicht mehr zurückgekommen ist. Das war am Fünfundzwanzigsten.«

Weber wusste nun, dass sich ihre schlimmsten Befürchtungen bewahrheiten würden.

Samstag, 29.08.2015
13:25 Uhr

Weber stand an der Außenlinie und schlug die Hände über dem Kopf zusammen. Gerade war es mal wieder einem Spieler der Basketball-Mannschaft seines Sohnes nicht gelungen, einen Ball zu fangen. Bis jetzt hatten sie es erst geschafft, vier Punkte zu erzielen, und das Spiel war fast zu Ende. Die gegnerische Mannschaft hatte bereits 16 Punkte auf ihrem Konto.

Es war das erste Spiel des Turniers gegen die angeblich schlechteste Mannschaft, gegen die sie spielen sollten. Weber wollte sich gar nicht vorstellen, wie es gegen die vermeintlich besseren Mannschaften laufen würde. Das Turnier hatte um 14 Uhr begonnen und würde noch bis mindestens 18 Uhr andauern. Weber hatte es zumindest ohne Probleme pünktlich zum Beginn geschafft.

Er war zusammen mit Laschek abermals um 12 an Fischers Haus gewesen, ohne diesen anzutreffen. Sie hatten noch mit seinen Nachbarn gesprochen, aber auch die konnten ihnen nicht weiterhelfen. Es gab so gut wie keinen Kontakt zwischen Fischer und den Nachbarn, außer man lief sich zufälligerweise über den Weg.

So waren sie unverrichteter Dinge gefahren, lediglich mit der Beschwerde eines Nachbarn, der sich über einen dunklen Pkw aufregte, der in der letzten Zeit des Öfteren direkt vor dem Haus geparkt hatte. Er hatte ihnen einen Zettel mit dem Kennzeichen des Pkw überreicht. Da aber weder Weber noch Laschek feststellen konnten, dass der Fahrer des Wagens in irgendeiner Art und Weise verbotswidrig gehandelt hatte, verfolgten sie die Sache nicht weiter. Zudem einigten sie sich darauf, am Montag einen neuen Versuch zu unternehmen, Fischer aufzusuchen.

Die Schlusssirene des Spiels riss Weber aus seinen Gedanken. Die Mannschaft seines Sohnes hatte ihr erstes Spiel mit 18:42 verloren. Im zweiten Spiel lief es, wie zu erwarten, noch schlechter. Das Endergebnis lautete 8:60. Einigen Kindern war anzumerken, dass sie etwas frustriert waren, da sie so gut wie gar nicht an den Ball kamen. Das dritte Spiel war dann die absolute Katastrophe. Die Spieler der gegnerischen Mannschaft waren einen Kopf größer als Yannik und seine Mitspieler und sie griffen so früh an, dass noch nicht einmal der Einwurf von der eigenen Auslinie zum Mitspieler kam. Nach dem ersten Viertel einigten sich die Trainer darauf, dass der Gegner erst am eigenen Kreis anfing zu verteidigen. Nach diesem Spiel standen bei den Gegnern 8 und bei der Mannschaft von Webers Sohn 12 Punkte auf der Anzeigetafel. Was dabei allerdings nicht deutlich wurde, war die Tatsache, dass diese bei der gegnerischen Mannschaft bereits umgesprungen war, da sie keine dreistellige Anzeige hatte. Somit lautete das Endergebnis: 108:12.

Nach diesem Spiel war auch Webers Sohn den Tränen nahe. Der war gerade dabei seinen Ältesten zu trösten, als das Handy klingelte. Er fischte es aus der Jackentasche, während er seinen Sohn weiter im Arm hielt.

»Weber«, meldete er sich, ohne auf das Display zu schauen.

»Hallo Marc«, sagte eine männliche Stimme. »Bastian Mayer von der K-Wache.«

Webers Körper spannte sich an.

»Sorry, dass ich dich an deinem freien Wochenende stören muss, aber hier ist ein Anruf von einem Kollegen eingegangen, der einen Mitarbeiter der MK Werkstatt sprechen wollte. Da ich Herbst nicht erreichen konnte, habe ich es bei dir versucht. Der Kollege sagte, es wäre dringend.«

»Ist schon gut«, brummte Weber. »Welcher Kollege war es und hat er gesagt, um was es geht?«

»Es geht wohl um eine Familie in irgendeinem Dorf. Ich konnte ihn schlecht verstehen, da er nur englisch sprach. Er rief aus der Ukraine an.«

Samstag, 29.08.2015
16:20 Uhr

Nach dieser interessanten Neuigkeit hatte Weber Yuna erklärt, er müsste noch einmal kurz ins Büro, um einen wichtigen Anruf zu tätigen. Seine Frau fragte ihn daraufhin, ob er noch alle Tassen im Schrank hätte und sein Sohn war ebenfalls nicht begeistert, dass er wegmusste. Er versprach, noch vor Ende des Turniers wieder zurück zu sein. Ein Versprechen, von dem er wusste, dass er es eventuell nicht würde einhalten können.

Als er im Präsidium ankam, marschierte er direkt zur K-Wache und ließ sich die Rückrufnummer des Kollegen aus der Ukraine geben. Danach tätigte Weber etwa eine viertel Stunde ein Auslandsgespräch und musste einsehen, dass er auf keinen Fall zum Turnier zurückkehren würde. Der Kollege aus der Ukraine, Vitali Semjok, erzählte ihm, dass er sich bei den Eltern von Marina Olschewski aufhielt. Er war am Morgen erneut direkt nach Pisky gefahren und hatte die Eltern dort angetroffen. Es dauerte eine ganze Weile, bis sie ihm einigermaßen vertraut hatten und das, obwohl sie ihn und seine mittlerweile verstorbenen Eltern kannten. Er erläuterte ihnen, er wäre wegen ihrer Tochter und den Enkelkindern gekommen und, dass er Kontakt mit der Polizei in Bielefeld hatte.

Die Mutter hatte nach den Namen der Polizisten in Bielefeld gefragt und Semjok nannte zuerst den Namen von Herbst, dann von Weber. Bei der Erwähnung von Webers Namen waren die Eltern aufgetaut und hatten Semjok erzählt, dass sie kurz davor gestanden hatten, selbst mit ihm Kontakt aufzunehmen. Sie waren sogar im Besitz von Webers Büronummer, die auf einem Zettel notiert war. Den Zettel hätten sie von ihrer Tochter Marina erhalten. Dann hatte Marinas Mutter Kaffee gekocht und angefangen zu erzählen. Sie waren am Vortag nicht da gewesen, da sie ihre Enkelkinder zu Verwandten in einen anderen Teil der Ukraine gebracht hatten. Wohin genau, wollten sie nicht verraten, so weit ging das Vertrauen verständlicherweise dann doch nicht.

Ihre Tochter Marina wäre vor wenigen Tagen von zwei Männern in einem schwarzen Auto abgeholt worden, fuhr die Mutter fort. Sie musste etwas in dieser Art befürchtet haben, denn kurz bevor die Männer aufgetaucht waren, hatte sie ihrer Mutter den Zettel mit Webers Telefonnummer gegeben und sie gebeten, diese anzurufen, falls ihr etwas zustoßen sollte. Die Eltern nahmen an, Marina musste etwas Schlimmes passiert sein. Wahrscheinlich würden sie sie nicht wiedersehen. Aus diesem Grund hatten sie die Enkelkinder in Sicherheit gebracht und wollten danach Weber anrufen. Semjok hatte gefragt, ob sie dem

Ermittler etwas von ihrer Tochter ausrichten, oder warum sie ihn anrufen sollten. Daraufhin hatten sich die Eltern lange angesehen, bis Marinas Vater nickte. Ihre Mutter hatte einen USB-Stick erwähnt, den sie allerdings nur an Weber übergeben würde. Er wäre gut versteckt, sodass ihn niemand finden könnte. Dann hatte sie hinzugefügt, er sollte gar nicht erst auf die Idee kommen, zu fragen, wo das Versteck wäre und, ob er den Stick Weber geben sollte. Wollte Weber den Stick haben, musste er schon selbst vorbeikommen. So hatte Semjok Weber, Herbst und Laschek angerufen und nun saßen sie zusammen in Herbst Büro.

»Und du willst tatsächlich in die Ukraine fahren?«, fragte Herbst.

»Ja, am liebsten sofort. Ich nehme Laschek mit, so können wir uns beim Fahren abwechseln.«

Sein Partner nickte. Weber hatte schon während des Telefonats mit ihm darüber gesprochen und Laschek hatte zugestimmt. Herbst überlegte.

»Und du gehst davon aus, dass sich der Aufwand lohnt? Nicht, dass das Ganze nur der Versuch einer verzweifelten Mutter ist, einen deutschen Polizisten in ihr Dorf zu locken?«

Weber sah ihn verblüfft an.

»Wie kommst du denn auf die Idee?«

Herbst zuckte mit den Schultern.

»Woher sollte Fischers Frau deinen Namen, die Rufnummer und diesen USB-Stick haben? Und was kann da drauf sein, dass es sich lohnt Hals über Kopf in die Ukraine zu fahren? Es gibt keinen Hinweis darauf, dass dieses Ding überhaupt existiert.«

»Aber den Zettel gibt es. Ich denke, Marina Olschewski hat ihn von Simon bekommen, bevor sie in gefahren ist. Vielleicht wusste er zu dem Zeitpunkt schon, dass er in Schwierigkeiten steckt und der Stick sollte eine Art Lebensversicherung sein.«

»Aber warum gerade deinen Namen?«, hakte Herbst beinahe mürrisch nach. Er war immer noch nicht überzeugt.

»Ich habe ihn zusammen mit Laschek vernommen. Und ich denke, wir haben ihn fair behandelt. Wahrscheinlich deswegen.«

»Die andere Frage ist: Können wir es uns leisten, der Sache nicht nachzugehen?«, fügte Laschek hinzu und für einen langen Moment blieb es still, ehe Herbst zustimmte.

»Also gut«, sagte er. »Ich spreche aber vorher noch mit dem KI-Leiter und dem Leiter der Kripo. Keine Angst«, fügte er hinzu, als er bemerkte, dass Weber einen Einwand vorbringen wollte und sein Partner die Augen verdrehte. »Ich werde den beiden schon klarmachen, dass die Fahrt absolut notwendig ist. Ihr beiden fahrt in der Zwischenzeit nachhause und packt eure Zahnbürsten ein. Besorgt euch zuvor einen Dienstwagen und sobald ich das Okay habe, rufe ich euch an.«

Weber und Laschek verließen also das Büro.

»Fahr du schon mal nachhause«, meinte Laschek zu Weber. »Du hast den längeren Weg. Ich kümmere mich um den Wagen. Übrigens: Sprichst du ukrainisch oder russisch?«

Weber blieb abrupt stehen und drehte sich zu ihm um.

»Mist, daran habe ich gar nicht gedacht!«

»Da ich es auch nicht kann, besorge ich einen Dolmetscher.« Sein Kollege grinste.

»Meinst du, du bekommst so kurzfristig einen?«, wollte Weber zweifelnd wissen, aber das Grinsen Lascheks wurde breiter.

»Lass das mal meine Sorge sein.«

Samstag, 29.08.2015
18:05 Uhr

Als Weber nachhause kam, waren Yuna und die Kinder ebenfalls dort. Die Mannschaft von Yannik hatte das letzte Spiel gleichfalls deutlich verloren und danach absolut keine Lust mehr gehabt, weiter in der Halle zu bleiben.

Nachdem Weber das Haus betreten hatte, klingelte sein Handy. Es war Herbst, der ihm mitteilte, er hätte die Genehmigung erhalten. Weber rief daraufhin noch Laschek an, um ihn zu informieren, dann ging er zu seiner Frau und den Kindern in den Garten.

Als seine Frau ihn ansah, fauchte sie direkt:

»Okay, was kommt jetzt?«

Leon hatte ihn mittlerweile ebenfalls entdeckt und krabbelte mit einem breiten Grinsen im Gesicht auf ihn zu.

»Papa«, rief er und breitete die Arme aus.

Weber nahm ihn hoch und Leon kuschelte sich an ihn.

»Hallo, mein Großer«, raunte Weber.

»Also?« Yuna sah Weber missmutig an.

»Ich muss dienstlich in die Ukraine«, sagte er und wartete auf das Donnerwetter.

»Ich nehme an sofort?«, fragte seine Frau und er nickte nur.

Yuna stand auf und nahm ihm Leon ab.

»Dann solltest du packen gehen«, seufzte sie und gab ihm einen Kuss auf die Wange.

Weber marschierte nach oben und packte ein paar Sachen in eine Sporttasche. Dann ging er wieder nach unten und verabschiedete sich von seinen beiden großen Söhnen, die im Wohnzimmer vor der PlayStation saßen und Basketball spielten. Anscheinend lief das Spiel hier besser, als im wirklichen Leben. Zuletzt war Yuna an der Reihe, die gerade Leon in seinem Zimmer wickelte. Weber nahm sie von hinten in die Arme.

»Es tut mir leid«, raunte er und küsste sie in den Nacken.

»Es ist dein Job«, antwortete sie und zog Leon die Hose hoch.

Dann setzte sie Webers Jüngsten auf dem Spielteppich ab, der direkt zu seinen Autos krabbelte.

»Papa Boden«, forderte er und schlug mit der flachen Hand auf den Teppich.

»Papa muss leider wieder zur Arbeit«, sagte Weber und sah ihn bedauernd an.

»Papa Boden«, ließ Leon allerdings nicht locker.

Weber beugte sich zu seinem Sohn hinunter und gab ihm einen Kuss auf die Stirn.

»Wenn ich zurück bin, spielen wir ganz lange zusammen«, versprach er. »Okay?«

»Ja«, antworte Leon und nickte heftig mit dem Kopf.

»Wann wird das sein?«, erkundigte sich Yuna, woraufhin sich Weber zu ihr umdrehte.

»Spätestens Montag Abend.«

Seine Frau nahm ihn in den Arm und küsste ihn außergewöhnlich intensiv.

»Pass auf dich auf und komm gesund wieder.«

»Ich liebe dich gaaaaaanz doll«, meinte Weber lächelnd und küsste sie ein weiteres Mal.

»Ich dich auch«, antwortete Yuna. Er hatte es geschafft, dass sie schmunzelte.

Etwa 20 Minuten später betrat er sein Büro im Präsidium. Laschek saß bereits am Platz und tippte etwas. Auf dem Besucherstuhl saß eine junge Frau und las in einem Buch.

»Hallo«, sagte Weber und sein Partner sah auf.

»Ah, da bist du ja.« Er wandte sich an die Frau. »Das ist mein Kollege, der mit uns fährt.«

Sie sah Weber an und schlug ihr Buch zu, während Laschek sie vorstellte:

»Das ist Joy. Sie wird für uns übersetzen.«

Weber schaute ihn verdutzt an.

»Joy?«, fragte er. »Das ist nicht dein Ernst, oder?«

»Haben Sie ein Problem mit meinem Namen?«, wollte Joy wissen und beäugte Weber kritisch.

»Ich habe kein Problem mit Ihrem Namen, sondern mit Ihrem vermutlichen Beruf«, antwortete Weber.

»Was vermuten Sie denn?«, hakte sie plötzlich mit einem Grinsen nach.

»Ich nehme nicht an, dass Sie als Dolmetscherin arbeiten«, entgegnete Weber.

»Da nehmen Sie richtig an«, sagte Joy. »Aber welchen Beruf vermuten Sie denn nun?«

Weber zögerte. Sollte er es wirklich aussprechen? Er gab sich einen Ruck.

»Ich vermute, dass Sie als Prostituierte arbeiten.«

Joy schaute ihn entsetzt an.

»Als Prostituierte?« Sie wirkte entsetzt. Weber wollte schon zu einer Entschuldigung ansetzen, als Joy hinzufügte: »Ich arbeite als Nutte.«

Sie feixte. Weber schaute zu Laschek hinüber, der sich jetzt nicht mehr zurückhalten konnte und ein lautes Lachen von sich gab.

»Wie sollen wir *das* Herbst erklären?« Weber rang mit seiner Fassung.

»Gar nicht«, antwortete Laschek. Weber wollte einen Einwand anbringen, doch sein Partner hob eine Hand. »Ich werde ihm sagen, dass eine Bekannte von mir zufällig bei mir zu Besuch war und gut ukrainisch spricht. Ich habe sie gefragt, ob sie uns helfen würde und sie hat zugestimmt. Außerdem hat sie angeboten, das Ganze umsonst zu machen, da sie eh nach Kiew reisen wollte und wir sie so mitnehmen konnten.«

»Mein Name ist übrigens Nastasia«, stellte sich die Frau nun richtig vor, stand auf, ging auf Weber zu und schüttelte ihm die Hand. Dann drückte sie Weber zu dessen großer Überraschung einen Kuss auf beide Wangen.

»Sie mag dich«, stellte sein Partner fest und grinste wieder breit, als er Webers entsetzten Gesichtsausdruck bemerkte.

»Falls Sie mal einsam sein sollten ...«, säuselte Nastasia und Laschek ließ wieder ein lautes Lachen hören.

»Aber jetzt mal im Ernst«," wechselte Laschek das Thema, nachdem er sich beruhigt hatte. »In der Kürze der Zeit werden wir keinen passenden Dolmetscher finden. Und ohne würde ich nicht fahren. Zwar scheint der Kollege aus Kiew auf unserer Seite zu sein, aber er spricht auch nur englisch und die ganze Angelegenheit ist zu wichtig, als dass etwas aufgrund einer falschen Übersetzung schief geht.« Laschek machte eine kurze Pause. »Nasti ist zwar eine Prostituierte, aber ich kenne sie schon lange und vertraue ihr voll und ganz. Erst recht im Vergleich zu einem unbekannten Polizisten aus der Ukraine.«

Weber setzte sich zuerst unschlüssig an seinen Schreibtisch, dann stand er wieder auf.

»Also gut Nasti«, brummte er. »Willkommen im Team.«

Samstag, 29.08.2015
19:55 Uhr

Laut Navi hatten sie eine Strecke von knapp 1800 Kilometern zurückzulegen. Als Fahrtzeit wurden vom Navi 20 Stunden veranschlagt. Die beiden Ermittler wollten die Strecke ohne große Pausen fahren - Weber die erste Hälfte, Laschek den Rest. Nasti wurde nicht eingeteilt, da sie mit einem Dienstwagen unterwegs waren und im Falle eines Unfalls nicht unnötigen Ärger bekommen wollten. Letztendlich fuhr Weber bis kurz hinter Warschau, wo sie eine längere Pause einlegten. Nach gut 13 Stunden Fahrtzeit waren sie dort kurz vor 9 Uhr angekommen. Müde steuerte Weber den nächsten Rastplatz an und weckte Laschek, der auf dem Rücksitz geschlafen hatte.

Nasti hatte neben ihm gesessen und er musste sich eingestehen, dass sie eine angenehme Beifahrerin und eine sehr intelligente Frau war. Dass sie zudem bildschön war, machte die Fahrt sogar noch angenehmer. Am Rastplatz frühstückten sie ausgiebig und setzten dann ihre Reise fort. Laschek war dran und Weber machte es sich mit Nasti auf dem Rücksitz bequem. Sein Partner protestierte zunächst, dass er allein wach bleiben sollte, fand sich aber schnell mit der Situation ab. Nach weiteren fünf Stunden wurde eine Pinkelpause eingelegt und sie aßen eine Kleinigkeit. Weitere sechs Stunden darauf, erreichten sie Pisky. Laschek weckte die beiden kurz vor dem Dorf. Weber hatte mittlerweile den Kopf in Nastis Schoß gelegt und wie ein Baby geschlafen.

Sie riefen Vitali Semjok an, mit dem sie vereinbart hatten, sich kurz vor ihrem Eintreffen bei ihm zu melden, sodass er sie zum Haus von Marinas Eltern bringen konnte. So trafen sie sich kurz vor 20 Uhr am Ortseingangsschild von Pisky. Die Begrüßung fiel knapp aus und Nasti übernahm die Gesprächsführung.

Semjok verkündete, Marinas Eltern hätten etwas zu Essen vorbereitet und würden sie bereits erwarten, deshalb stiegen sie gleich wieder ein. Zehn Minuten später hielten sie vor einem Haus, das definitiv schon einmal bessere Tage gesehen hatte. Während sie ausstiegen, öffnete sich die Haustür, und eine alte Frau kam ihnen bis zum Zaun entgegen, der den Vorgarten einfasste. Sie öffneten die Gartenpforte und schaute die Besucher erwartungsvoll an.

Bevor der ukrainische Kollege etwas sagen konnte, ergriff Nasti das Wort. Anscheinend fand sie genau die richtigen, denn Marinas Mutter nahm sie in die Arme und führte sie in Richtung Haus. Lächelnd gab sie den anderen ein Zeichen, ihnen zu folgen.

»Was hat sie gesagt?«, fragte Weber den Kollegen auf Englisch.

»Dass sie Marina gekannt hat und diese viel von ihrer Mutter und Vater erzählt hätte.«

Weber sah Laschek an, der nur mit den Schultern zuckte. Sie folgten den beiden Frauen ins Haus.

Sonntag, 30.08.2015
20:20 Uhr

Ihr Eintreffen wurde von einer Person in einem dunklen Fahrzeug beobachtet, der sofort zum Handy griff und eine Nummer in Deutschland wählte. Nachdem sich sein Gesprächspartner gemeldet hatte, brachte er ihn auf den neuesten Stand. Am anderen Ende der Leitung blieb es eine Zeit lang still, bis die Anweisung folgte, die Besucher zunächst nur zu beobachten, aber auf jeden Fall zu verhin-dern, dieses Dorf lebend zu verlassen. Es sollte wie ein Unfall aussehen.

***

Marinas Mutter hatte ihnen einen ukrainischen Eintopf gekocht. Beim Essen saßen sie alle zusammen am Tisch und es wurde nicht über Marina oder einen USB-Stick gesprochen. Stattdessen fragten Marinas Eltern den Besuch über ihre Berufe und das Leben in Deutschland aus. Nasti übersetzte fleißig und gab ihren eigenen Beruf mit ›Dolmetscherin‹ an.

Nachdem sie mit dem Essen fertig waren, räumten Nasti und Marinas Mutter den Tisch ab und es wurde ein starker Kaffee serviert. Dabei merkte man zusehends, wie die Stimmung angespannter wurde, je näher das unausweichliche Gespräch kam. Weber und Laschek ließen Marinas Mutter Zeit. Nasti spürte ebenfalls, dass man jetzt lieber ruhig blieb und wartete, bis die Frau von allein anfing zu reden. Weber bewunderte ihr Einfühlungsvermögen und warf ihr einen kurzen Blick zu. Dabei stellte er fest, dass sie ihn ebenfalls beobachtete. Sie zwinkerte ihm zu und Weber lächelte.

›Jetzt nur nicht ablenken lassen‹, ermahnte sich Weber in Gedanken.

Die alte Frau fing an zu erzählen. Sie begann mit Marinas Kindheit und wie schwer es die Familie gehabt hatte. Aufgrund eines Unfalls war ihr Vater ziemlich früh nicht in der Lage zu arbeiten, woraufhin die Mutter teilweise drei Jobs gleichzeitig angenommen hatte, um die Familie versorgen zu können. Sie hatte zudem drei Fehlgeburten, sodass Marina vorerst ein Einzelkind geblieben war. Ihre Eltern hatten dennoch alles getan, um ihr ein besseres Leben zu ermöglichen, und waren stolz auf ihre Tochter, als diese nach Deutschland ging, dort einen guten Beruf bekam und ab und zu auch etwas Geld schicken konnte. Als sie erfuhren, dass ihre Tochter einen Deutschen heiraten wollte und auch schwanger war, schien ihr Glück vollkommen.

Es wurde zwar etwas getrübt, als sie weder zur Hochzeit eingeladen wurden, noch ihre Enkelkinder im ersten Lebensjahr zu sehen bekamen, doch als ihre Tochter endlich mit den Zwillingen zu Besuch kam, waren alle Sorgen vergessen. Ebenfalls die Tatsache, dass sie Marinas Ehemann nur auf Bildern zu Gesicht bekamen, trübte die Freude nicht. Man sah Marina an, dass sie zufrieden war und auch den Kindern ging es offensichtlich gut. Alles andere interessierte sie nicht. Marina besuchte sie regelmäßig zweimal im Jahr mit den Kindern, einmal im Sommer und einmal zwischen Weihnachten und Neujahr, allerdings stets ohne Ehemann, den sie bis zum heutigen Tag noch nie persönlich getroffen hatten und nun wohl auch nie wieder treffen würden.

An dieser Stelle machte Marinas Mutter eine Pause und musste gegen die Tränen ankämpfen, wahrscheinlich, weil sie daran denken musste, ihre geliebte Tochter ebenfalls nie wiederzusehen. Nasti nahm sie tröstend in den Arm und flüsterte ihr ein paar Worte ins Ohr. Daraufhin nickte die alte Frau, trocknete ihre Tränen mit einem Stofftaschentuch und erzählte weiter. Marina hatte ihnen immer erklärt, ihr Ehemann wäre beruflich viel unterwegs und könnte sie deshalb nicht begleiten. Sie glaubten ihrer Tochter, vor allem wohl auch deshalb, weil sie es glauben wollten. So gingen sie stets davon aus, dass es ihrer Tochter und den Enkelkindern gut ging.

Zumindest bis zu dem Zeitpunkt, als sie den überraschenden Anruf von Marina erhielten, in dem sie den Besuch mit den Kindern ankündigte. Die Besorgnis ihrer Eltern war gestiegen, als ihre Tochter und die Kinder von einem Mann gebracht wurden, dessen Auftreten beängstigend war. Er hatte die Koffer abgestellt und war ohne ein Wort wieder ins Auto gestiegen und weggefahren. Marina hatte nicht darüber sprechen wollen, was passiert war, aber ihre Mutter sah, dass sie viel geweint hatte.

Am Abend hatte Marina ihre Mutter in der Küche zur Seite genommen, als ihr Vater mit den Kindern spielte und abgelenkt war. Sie sagte nicht viel, hatte ihrer Mutter lediglich den USB-Stick und einen Zettel mit einem Namen und einer Telefonnummer in die Hand gedrückt. Marina hatte ihr gesagt, sie sollte die Telefonnummer anrufen, falls mit ihr etwas Ungewöhnliches geschah. Keine weiteren Erklärungen. Nur die Bitte, die Kinder vor diesem Anruf in Sicherheit zu bringen und nicht zu lange damit zu warten.

Als Marina dann von demselben Mann abgeholt wurde, der sie gebracht hatte und sie nach drei Tagen noch immer nicht zurück war, hatten sie den Wunsch ihrer Tochter erfüllt und die Kinder in Sicherheit gebracht. Dann kam ihnen der Zufall zu Hilfe, indem der Kollege aus Kiew auftauchte. Natürlich waren sie zuerst misstrauisch gewesen, aber er hatte sie schnell davon überzeugen können, auf ihrer Seite zu sein. Die Hilfe bestand darin, dass ihnen der Kollege den Anruf in Bielefeld abnahm, denn Marinas Eltern sprachen weder deutsch noch englisch, sodass sie sich schon verzweifelt Gedanken gemacht hatten, wie sie sich verständigen sollten. Aus dem Dorf war ihnen ebenfalls niemand eingefallen, der ihnen hätte helfen können.

Jetzt waren sie ja glücklicherweise da und sie hofften, die Erwartungen die Marina offensichtlich in sie gesetzt hatte, erfüllt werden würden. Die alte Frau griff in die Tasche ihrer Schürze und zog einen schwarzen USB-Stick daraus hervor. Sie legte ihn vor Weber auf den Tisch.

»Helfen Sie meiner Tochter«, sagte sie auf Ukrainisch, was Nasti übersetzte.

Weber nickte ihr zu, obwohl er sich sicher war, dass Marina nicht mehr lebte. Er wollte ihr die Hoffnung jedoch nicht nehmen, noch nicht.

Sonntag, 30.08.2015
23:05 Uhr

Der Mann im schwarzen Pkw beobachtete, wie die Besucher das Haus von Ma-rinas Eltern verließen. Sie verabschiedeten sich an der Haustür und gingen zu den Fahrzeugen, unterhielten sich kurz, ehe die Besucher aus Deutschland in ihren, und der Ukrainer in seinen Pkw stiegen. Der Mann nahm an, dass der Ukrainer die Deutschen zum Hotel bringen würde. Er konnte sich nicht vorstellen, dass sie direkt zurückfuhren. Trotzdem musste er schnell handeln.

Sein Boss hatte ihm deutlich gemacht, dass die Deutschen keine Chance haben sollten, Informationen weiterzuleiten. Er war sich sicher, es würde nicht vom Haus von Marina Olschewskis Eltern erfolgen. In einem Hotel hatten sie mehr Möglichkeiten, Infos und vor allem Daten zu übermitteln. Selbst in einem Dorf wie Pisky, gab es Hotels, die über WLAN verfügten.

Der Mann steuerte seinen Wagen vom Fahrbahnrand und folgte den beiden Pkws. Sein Boss hatte ihm zwar gesagt, es sollte wie ein Unfall aussehen, aber den Bullen aus Kiew ebenfalls auszuschalten, würde Probleme machen. Während er den beiden Fahrzeugen folgte, öffnete er das Handschuhfach und nahm eine Pistole mit Schalldämpfer heraus. Er legte die Waffe auf den Beifahrersitz und beschleunigte. Sie fuhren mittlerweile auf einer Straße, die sie zur Autobahn bringen würde.

Der Mann war sich sicher, dass sie nicht in Pisky oder der näheren Umgebung übernachten würden. Wahrscheinlich waren sie direkt auf dem Weg zur Polizei nach Kiew. Er durfte nicht zulassen, dass sie die Autobahn erreichten, denn dort würde es viel schwieriger sein, sie unauffällig auszuschalten. Der Mann wusste, dass die Straße bald durch ein Waldgebiet führen würde. Es war die perfekte Stelle, um zuzuschlagen.

Er schloss weiter zu dem vor ihm fahrenden Pkw auf. Die Straße wurde nun rechts und links von dichtem Baumbewuchs eingerahmt. Er kam näher und machte sich bereit, neben den Wagen mit dem deutschen Kennzeichen zu fahren. Der Pkw mit dem ukrainischen Polizisten fuhr etwas voraus.

Der Pkw beschleunigte nochmals und scherte aus. Er war bald auf gleicher Höhe und fuhr das Fenster auf der Beifahrerseite herunter, ergriff die Pistole vom Sitz, zielte auf den Fahrer und drückte dreimal schnell hintereinander ab.

Vor dem ersten Schuss hatte er kurz gezögert, als er bemerkte, dass es eine Frau war, die am Steuer saß. Er hatte beim Einsteigen nicht darauf geachtet, wer wo eingestiegen war.

***

Weber und Laschek hatten mit dem ukrainischen Kollegen abgesprochen, lieber direkt nach Kiew zu fahren, als in Pisky zu übernachten. In der Hauptstadt hätten sie bessere Möglichkeiten, den Stick auszuwerten und die Daten nach Deutschland weiterzuleiten. Aus diesem Grund stornierten sie die Reservierung im Hotel und machten sich auf den Weg nach Kiew.

Nasti hatte vor der Abfahrt so lange gebettelt, bis Weber schließlich zustimmte, sie fahren zu lassen. Laschek hatte ebenfalls keine Lust mehr zu fahren und Weber wollte auf dem Weg nach Kiew schon mal die Daten einsehen. Er nahm also hinten Platz, während sich sein Partner auf den Beifahrersitz setzte. Nasti fuhr los und folgte brav dem Wagen des ukrainischen Kollegen, während Weber den mitgebrachten Laptop öffnete. Er hoffte, dass der Stick nicht mit einem Passwort gesichert war, ging aber davon aus, dass Marina auch das ihrer Mutter mitgeteilt hätte.

Als der Laptop endlich hochgefahren war, schloss Weber den USB-Stick an und öffnete dessen Inhalt. Es waren insgesamt sechs Ordner. Diese hatte man nicht mit Namen angelegt, sondern einfach durchnummeriert. Weber entschied sich, mit Nummer 1 anzufangen und dann systematisch weiterzumachen. Er öffnete also den Ordner. Darin befanden sich 12 Excel-Tabellen, die mit den Nummern 1.1, 1.2 bis 1.12 versehen waren.

Weber öffnete die Tabelle mit der Nummer 1.1. – sie zeigte ein Kurvendiagramm, welches an der horizontalen Achse ›Monate‹ und an der senkrechten Achse den Vermerk ›Gewinn‹ trug. Das dazugehörige Diagramm wies einen ständigen Anstieg über den gesamten Bereich aus. Von Januar an bis zum Dezember waren es 50.000,-€ bis 150.000,-€. Aus der Tabelle war jedoch nicht zu erkennen, um was für Geschäfte es sich handelte.

Weber schloss gerade die Tabelle und öffnete die nächste, als er aus den Augenwinkeln bemerkte, dass sie ein anderes Auto überholte. Das Fenster der Fahrerseite zersplitterte und Nastis Kopf explodierte geradezu. Geschockt krallte sich Weber in den Sitz. Im nächsten Moment brach der Wagen nach rechts aus, geriet in den Straßengraben und überschlug sich, während er einen Abhang hinunterrutschte. Er krachte mit der Fahrerseite in einen Baum. Nachdem der Wagen zum Stillstand gekommen war, versuchte Weber, sich zu orientieren und horchte in seinen Körper hinein, ob er verletzt war. Das schien zum Glück nicht der Fall zu sein.

Er rief nach Laschek und Nasti. Sein Partner antwortete ihm nicht und auch von Nasti erhielt er keine Antwort. Resultierend daraus, was er kurz vor dem Unfall gesehen hatte, erwartete er von ihr keinerlei Reaktion.

Weber griff nach dem Gurt und wollte ihn lösen, als er vor dem Wagen eine Bewegung wahrnahm. Seine Hand blieb auf dem Gurtschloss liegen. Erst jetzt dachte er über die Person nach, die auf Nasti geschossen hatte. Natürlich war sie nicht weitergefahren, ohne sich vom Erfolg seiner Arbeit zu überzeugen.

Weber hielt den Atem an. Laschek und er hatten keine Waffen mitgenommen. Bei Schwierigkeiten sollte ihnen Semjok helfen.

›Wo ist der eigentlich?‹, fragte sich Weber plötzlich. ›Hat er vom Unfall nichts mitbekommen? Wie lange wird es dauern, bevor er merkt, dass wir nicht mehr hinter ihm sind und er nach sucht?‹

Wahrscheinlich zu lang, als dass dann noch jemand am Leben war.

Weber hörte das Knacken von Zweigen, während sich die Person näherte. Ein dunkler Schatten fiel ins Innere des Wagens. Weber sah, wie sich langsam der Schalldämpfer einer Waffe durch das zersplitterte Fahrerfenster schob. Er hatte den Sicherheitsgurt lautlos gelöst und machte sich bereit, nach vorn zu springen und den Lauf der Waffe zu packen. In dem Moment hörte er ein lautes ›Plopp‹ und der Lauf der Waffe verschwand.

Weber lehnte sich zurück. Was war hier los? Dann bemerkte er zwei weitere Schatten, die sich dem Wagen näherten. Sie blieben vor der Tür auf der Fahrerseite stehen und es sah aus, als würden sie etwas vom Boden aufheben und sich wieder in Richtung Straße entfernen.

Weber, der erst jetzt bemerkte, dass er die Luft angehalten hatte, atmete langsam aus. Sein Körper zitterte, die Atmung beschleunigte sich und sein Herz fing an zu rasen. Er schaute nach links aus dem Fenster und hätte beinahe laut aufgeschrien. Dort stand der schwarze Retriever, die Vorderpfoten an den Wagen gelehnt und schaute Weber an. Für Weber sah es fast so aus, als wollte ihm der Hund versichern, dass ihm nichts zustoßen würde, solange er in der Nähe war.

Er hörte Lascheks Stimme und schaute in dessen Richtung. Als er zurück zum Fenster sah, war der Retriever verschwunden.

»Weber? Nasti?«

Weber versuchte, seinen Körper wieder unter Kontrolle zu bringen.

»Mir geht es gut«, brachte er mühsam hervor. »Was ist mit dir?«

»Ich bin mit dem Kopf irgendwo dagegen geschlagen und muss ohnmächtig geworden sein«, ächzte Laschek. »Nasti?«

Weber antwortete nicht.

»Scheiße«, sagte sein Partner mit tränenerstickter Stimme.

Weber spürte nun selbst, dass ihm Tränen in die Augen stiegen. Er räusperte sich.

Dann hörten sie eine Stimme, die nach ihnen rief. Semjok war zurückgekommen und hatte sie gefunden.

Montag, 31.08.2015
02:00 Uhr

Weber saß auf einem Stuhl im Warteraum des nationalen Notfallkrankenhauses in Kiew und telefonierte mit Herbst. Da weder er noch Laschek augenscheinlich schwer verletzt waren, hatten sie sich zunächst geweigert, eine Untersuchung im Krankenhaus über sich ergehen zu lassen.

Nachdem Semjok sie gefunden hatte, wurde durch ihn Verstärkung gerufen und die Ambulanz verständigt. Durch die Rettungskräfte vor Ort gab es eine erste Untersuchung, danach hatten sich Weber und Laschek geweigert, in ein Krankenhaus zu fahren. Sie blieben vor Ort, bis Nastis Leiche abgeholt worden war. Sie hatten anschließend das Wrack des Dienstwagens nach dem Stick abgesucht und ihn schlussendlich im Fußraum der Rücksitzbank gefunden. Der Laptop war zerstört, sodass sie nicht überprüfen konnten, ob er beschädigt war.

Auf dem Weg nach Kiew nutzte Weber die Zeit, um den mittlerweile unaufschiebbaren Anruf bei Herbst zu erledigen. Er hatte erwartet, dass der Leiter der MK lospoltern und ihn anschreien würde, was er jedoch nicht tat. Er blieb ruhig und stellte lediglich ein paar Fragen. Insbesondere nach der Person, die geschossen hatte und, was aus ihr geworden war. Darauf konnte Weber ihm leider keine Antwort geben. Sie hatten weder die Person, den Wagen, noch sonst etwas gefunden, was überhaupt auf seine Anwesenheit hindeutete.

Semjok hatte ebenfalls nichts gesehen. Als er zur Unfallstelle gekommen war, war dort niemand sonst gewesen. Der Ermittler hoffte, die Spurensicherung würde Hinweise auf die Anwesenheit des Schützen und der anderen Personen finden.

In Kiew angekommen, war das Ziel das dortige Polizeipräsidium, um den USB-Stick auszulesen. Zum Glück stellte sich heraus, dass der Stick und die vorhandenen Daten nicht beschädigt worden waren. Weber übermittelte diese per Mail an Herbst, erst dann ließen sich Laschek und er zum Krankenhaus bringen und untersuchen.

Webers Untersuchung war bereits abgeschlossen und er wartete noch auf seinen Partner. Herbst hatte ihn angerufen, während er wartete, und teilte ihm die Ergebnisse der ersten Durchsicht der übersandten Daten mit. Sie hatten wohl genug Material zusammen, um Renner wegen diverser Verbrechen festnehmen zu können. Herbst teilte Weber zudem mit, dass er für ihn und Laschek einen Flug von Kiew nach Köln am gleichen Morgen organisiert hatte.

Am Flughafen würden sie von Kollegen abgeholt und direkt nach Bielefeld gebracht werden. Bis zu ihrem Eintreffen sollten die Vorbereitungen für die Verhaftung Renners und auch Fischers soweit abgeschlossen sein.

Weber bat darum, bei der Verhaftung dabei sein zu dürfen, was Herbst ihm zusagte. Als er das Telefonat beendet hatte, kam Laschek mit erhobenem Daumen ins Wartezimmer.

»Wir können. Alles Roger«, verkündete er.

Sie verließen das Krankenhaus und wurden direkt zum Flughafen gebracht. Ihr Flug startete um 06:45 Uhr vom Flughafen Kiew-Boryspil und sie ließen die Ukraine mit mehr als schlechten Erinnerungen hinter sich.

Montag, 31.08.2015
14:20 Uhr

Weber war in den Rücksitz eines Dienstwagens, der sich auf der A2 in Richtung Dortmund befand, gesunken. Am Steuer saß Herbst, neben ihm Laschek. Sie waren auf dem Weg nach Rietberg, um Renner festzunehmen. Zuerst hatten sie sein Büro aufgesucht, wo sie Renner jedoch nicht antrafen. Dessen Sekretärin berichtete, dass sich der Chef derzeit geschäftlich in einem Hotel in Rietberg aufhielt. Sie hatten einen Kollegen bei der Sekretärin gelassen, um zu verhindern, dass sie Renner warnte. Fischer war ebenfalls nicht im Büro und nicht zu Hause. Gut möglich, meinte die Sekretärin, dass er sich zusammen mit Renner im Hotel aufhielt. Ansonsten war ihr auch nicht bekannt, wo sich Urs Fischer aufhalten könnte.

Nach ihrer Rückkehr aus der Ukraine waren Weber und Laschek direkt ins Präsidium gefahren. Auf der Fahrt vom Flughafen hatte Weber mit Yuna telefoniert, die nicht gerade begeistert war, dass er sich erst jetzt bei ihr meldete. Da seine Frau in keiner guten Stimmung war, erzählte er ihr nichts von den Ereignissen der letzten Stunden.

Im Präsidium mussten er und sein Partner erst einmal ausführlich über die Ereignisse in der Ukraine berichten. Außer Herbst waren noch der KI-Leiter, der Leiter der Kripo und sogar der Polizeipräsident anwesend. Sie hörten sich alles an, ohne die beiden Ermittler zu unterbrechen, doch am Ende wurde ihnen vom Polizeipräsidenten ordentlich der Kopf gewaschen. Sie wurden eindringlich davor gewarnt, noch einmal ein solches Verhalten an den Tag zu legen. Über etwaige Konsequenzen ihres Verhaltens würde man sich noch Gedanken machen.

Mit ›man‹ meinte der PP nicht nur sich selbst, sondern wohl auch den Innenminister, da die Angelegenheit ungewöhnlich weite Kreise gezogen hatte. Vor allem der Tod Nastis, einer vollkommen Unbeteiligten, war für die Führung ein nicht hinnehmbarer Umstand, der Weber und Laschek im schlimmsten Fall durchaus den Job kosten konnte.

Anschließend hatte Herbst sie über die Auswertung der Dateien auf dem USB-Stick informiert. Die hatten Informationen zu so ziemlich allen illegalen Geschäften enthalten, die Renner durchführte. Sie reichten von Drogengeschäften über Betrug bis hin zu Waffenschmuggel. Ein erst recht neu angelegter Ordner befasste sich mit Menschenhandel. Das besonders abartige am Inhalt war, dass er Informationen über den Handel mit Kindern und Jugendlichen enthielt.

Es wurde darauf hingewiesen, Renner würde unbegleitete Flüchtlinge in privaten Heimen aufnehmen und dann an Interessenten in Deutschland und ebenfalls im Ausland verkaufen. Unterstützt wurde er dabei von einem Krüger und von Simon. Augenscheinlich führte Renner drei Heime, wobei eins als Vorzeigeheim genutzt wurde, während die anderen für dessen schmutzige Geschäfte verwendet wurden.

In dem Moment, in dem sie sich auf dem Weg nach Rietberg machten, war eine Sondereinheit dabei, die drei Heime zu observieren, und einen Plan für dessen Durchsuchung auszuarbeiten. Der Einsatz sollte beginnen, sobald Renner, Fischer und Krüger verhaftet wurden. Weber und Laschek hatten darum gebeten, an der Durchsuchung eines Heims teilzunehmen. Herbst hatte sie daraufhin für die Durchsuchung eines der beiden ›Nicht-Vorzeigeheime‹ eingeteilt.

Mittlerweile hatten sie die Innenstadt von Rietberg erreicht. Sie wollten sich hier mit Kollegen aus Gütersloh treffen, die sie bei der Verhaftung unterstützen sollten. Das Treffen fand auf dem Parkplatz des Bibeldorfs in Rietberg statt. Außer zwei Kripobeamten, hatten sie noch zwei Streifenwagen zur Unterstützung angefordert. Man konnte ja nie wissen, wen sie alles im Hotel antreffen würden. Durchaus möglich, dass Renner zusammen mit Fischer dort war.

Die Verhaftungen sollten zeitgleich erfolgen, sodass ihnen noch ein paar Minuten blieben, um sich mit den Kollegen zu besprechen. Weber und Laschek fuhren zusammen mit den beiden Kollegen aus Gütersloh in den Dienstwagen auf den Parkplatz vor dem Hotel. Die übrigen Beamten sollten sich an der Rückseite des Gebäudes postieren. Weber hatte sich die Örtlichkeit vor dem Einsatz per Google Maps angesehen und dabei festgestellt, dass es an der Rückseite der Bar eine große Terrasse gab, über die man ohne große Schwierigkeiten einen Rundweg erreichen konnte, der um die Rietberger Innenstadt führte.

Das Team wartete vor dem Haupteingang des Hotels, bis die Kollegen ihnen mitteilten, dass sie auf ihrem Posten waren. Weber nickte den anderen dreien zu und sie betraten das Hotel. Weber ging voran, gefolgt von Laschek und den beiden anderen. Sie durchquerten die Lobby und gelangten zum Eingang zur Bar, der sich linksseitig von dieser befand. Rechtsseitig führte eine Tür zum Restaurant.

Nach kurzem Suchen entdeckte er Renner an einem Tisch am anderen Ende des Raums der Bar. Der Tisch stand in einer Nische, sodass er vor Blicken von den Seiten geschützt war. Mit Renner saßen noch zwei weitere Männer dort, einer davon erkannte er als ›Freddy‹ Krüger. Der war in den auf dem USB-Stick vorhandenen Daten erwähnt worden und über ihn gab es ebenfalls eine Akte in

Bielefeld, in der sich Fotos befanden. Deshalb erkannte Weber ihn, auch wenn sich Krüger seit der Aufnahme verändert hatte.

Renner und Krüger wirkten entspannt, während der dritte Mann, den Weber nicht erkannte, da der mit dem Rücken zu ihm saß und in einem Ordner blätterte. Der Ermittler deutete in Richtung der Zielobjekte und schritt darauf zu.

Erst kurz bevor sie den Tisch erreichten, wurde Renner auf sie aufmerksam. Er schnappte nach dem Ordner, in dem der dritte Mann geblättert hatte und schlug diesen zu. Er wollte ihn gerade vom Tisch nehmen, als Weber die Hand darauf legte.

»Einen Moment, Herr Renner«, sagte er.

Der dritte im Bunde bemerkte Weber erst jetzt und drehte sich zu ihm um. Der Ermittler kannte ihn nicht. Krüger blieb ganz gelassen auf dem Stuhl sitzen und nippte an seinem Kaffee.

»Was wollen Sie, Herr Weber?«, fragte Renner.

»Darf ich mich erstmal den anderen Herrschaften vorstellen?« Weber lächelte. »Mein Name ist Marc-Andre Weber von der Kripo Bielefeld.«

Er sah, wie dem dritten Mann fast der Atem wegblieb und sich große Schweißperlen auf dessen Stirn bildeten.

»Ich bin zusammen mit den Kollegen hier, um Sie, Herrn Renner und Sie, Herrn Krüger«, Weber sah zu Freddy Krüger hinüber, der nun doch etwas unsicher wurde, »wegen des Verdachts des Kinderhandels und der Kinderprostitution zu verhaften.«

Während des Sprechens war er immer lauter geworden, sodass alle Anwesenden zu ihnen hinüberschauten. Es war still geworden.

»Herr Weber«, meinte Renner mit einem süffisanten Grinsen. »Machen Sie sich nicht lächerlich. Ich rufe jetzt meinen Anwalt an und dann gehen wir alle wieder nachhause.«

Georg Renner wollte zum Handy greifen, welches auf dem Tisch vor ihm lag, doch Weber hielt seinen Arm fest und antwortete:

»Sie rufen jetzt niemanden an. Sie kommen mit ins Präsidium und dann können Sie Ihren Anwalt anrufen.«

»Sie haben nichts gegen mich in der Hand«, knurrte Renner.

Weber beugte sich zu ihm hinunter und raunte:

»Wir haben den Stick.« Weber sah, dass Renner mit einem Schlag blass wurde.

»Welchen Stick?«, fragte Krüger, der bis jetzt geschwiegen hatte.

»Hat Ihnen Ihr Kumpel nichts von dem Stick erzählt?«, erkundigte sich Weber und musste sich ein Lachen verkneifen.

Krüger sah Renner funkelnd an.

»Welchen Stick?«, zischte er in Renners Richtung, woraufhin Weber antwortete:

»Der Stick, auf dem genug Informationen sind, um Sie beide für lange, lange Zeit in den Knast zu bringen.« Weber wandte sich an den dritten Mann, der immer unruhiger geworden war und nun schwer atmete, was bei einem geschätzten Gewicht von 120 Kilo kein Wunder war.

»Ich, ich«, stammelte er, »habe nichts mit der Sache zu tun. Wir haben uns nur zufällig hier getroffen. Ich wollte eh gerade gehen.«

Der Mann wollte aufstehen, doch Weber drückte ihn zurück auf den Stuhl.

»Ihren Namen?«, fragte Weber gereizt.

»Ich habe nichts damit zu tun«, wiederholte der Mann nun weinerlich.

»Ihren Namen?«, wurde der Ermittler nun lauter und deutlich gereizter.

»Klaus-Dieter Beil.«

Weber griff nach dem Ordner, der vor Beil auf dem Tisch lag. Er blätterte ihn durch und ihm wurde schlecht. Der Ordner enthielt Fotos von etwa 20 Jungen und Mädchen im Alter von 5 bis 12 Jahren. Die Bilder zeigten die Kinder in Unterwäsche und nackt. Wütend schleuderte der Ermittler Beil den Ordner in den Schoß.

»Nur zufällig hier?«, knurrte er und konnte seinen Zorn kaum kontrollieren. »Und die Bilder haben Sie auch nur zufällig angeschaut? Etwa unter Zwang?«

Weber stellte fest, dass er wieder lauter wurde, aber das war ihm egal.

»Bilder von Kindern in Unterwäsche und ohne Unterwäsche? Von nackten Kindern? Stehen sie auf sowas? Kriegen sie sonst keinen hoch, oder was?«

Weber spürte eine Hand auf seiner Schulter.

»Lass gut sein«, hörte er Lascheks Stimme.

»Sie perverses Schwein«, sagte Weber.

Beil war mittlerweile total in sich zusammengesunken und hatte angefangen zu weinen. Voller Abscheu betrachtete er den Kerl, dann wandte er sich an die Kollegen aus Gütersloh.

»Nehmt ihn mit. Ich kann ihn nicht mehr sehen.«

Das heulende Bündel wurde von den Kollegen abgeführt und mittlerweile waren auch die Kollegen in die Bar gekommen, die draußen gestanden hatten. Weber gab ihnen ein Zeichen und Renner und Krüger wurden Handschellen angelegt.

Als Renner an Weber vorbeiging, blieb er kurz stehen.

»Irgendwann werden Sie das bitterlich bereuen«, flüsterte er. »Sie und Ihre Familie.«

Montag, 31.08.2015
18:55 Uhr

Weber und Laschek waren für die Durchsuchung eines Heims eingeteilt worden, das in einem Bauernhof außerhalb von Bielefeld eingerichtet worden war. Die vorherige Observation des Objekts durch die Spezialkräfte hatte ergeben, dass sich neben den Kindern und Jugendlichen noch etwa 10 Erwachsene regelmäßig in dem Heim aufhielten. Den offiziellen Unterlagen zufolge waren dort 14 Kinder und Jugendliche im Alter von 4-16 Jahren. Dazu sollten vier Sozialarbeiter vor Ort sein. Hinzu kamen noch drei weitere Sozialarbeiter, die zu den sogenannten Bürozeiten zusätzlich im Heim arbeiteten. Eine Überprüfung derer hatte ergeben, dass sie nicht vorbestraft und tatsächlich als Sozialarbeiter tätig waren. Ob sich auch welche von Renners Männern im Heim befanden, konnte nicht ausreichend geklärt werden. Die Observationskräfte hatten in dieser Hinsicht zwar keine Feststellungen gemacht, jedoch ging man davon aus, dass 2 - 3 Männer von Renner zur Kontrolle vor Ort waren. Aus diesem Grund wurden Sondereinheiten zur Unterstützung angefordert.

Der Einsatzplan sah vor, mit so wenig Ablenkung wie möglich das Heim zu betreten. Normalerweise würden man mit reichlich Ablenkung in Form von Blend- und Gasgranaten das Haus stürmen, aus Rücksicht auf die Kinder jedoch, die teilweise aus Kriegsgebieten stammten, sollte darauf verzichtet werden. Ein zusätzliches Trauma konnte man so eventuell vermeiden. Die Leiter der Einsätze waren darüber nicht besonders erfreut gewesen, hatten sich aber letztendlich mit dieser Vorgehensweise einverstanden erklärt, allerdings mit der Option, die abgesprochene Vorgehensweise spontan abzuändern, falls es die Situation erforderlich machen sollte.

Weber schaute auf seine Uhr. Noch fünf Minuten, bis der Einsatz beginnen sollte. Er war nervös, hoffte, dass niemand die Gelegenheit gehabt hatte, Renners Männer zu warnen. Sie hatte schließlich alles daran gesetzt, das zu verhindern. Aber da war ja auch noch Fischer, der immer noch nicht festgenommen werden konnte. Der dürfte sich hoffentlich nur um seine Flucht gekümmert haben – andere waren ihm egal. So schätzte Weber ihn jedenfalls ein. Aufgrund der bisher vorliegenden Erkenntnisse gingen Weber und seine Kollegen zudem davon aus, dass Fischer für die Morde an Laschek und Simon verantwortlich war.

Was noch einen zusätzlichen Grund für ihn darstellte, so schnell wie möglich zu verschwinden.

Noch eine Minute.

Die Sondereinsatzkräfte sollten vorangehen und alles sichern. Weber, Laschek und die anderen eingesetzten Kollegen würden ihnen folgen. Der Einsatzleiter gab über Funk den Einsatzbefehl und die Leute rückten vor.

Der alte Bauernhof, in dem sich das Heim befand, schien vor einigen Jahren renoviert worden zu sein. Das Gelände, auf dem der Hof stand, lag etwas zurückgesetzt von der Straße. Es war umge-ben von einem Waldgebiet, in dem sich die Einsatzkräfte nun versteckten. Neben dem Bauernhaus gab es noch ein rot geklinkertes Gebäude, das von außen einen ziemlich renovierungsbedürftigen Eindruck machte. Es stand etwas abseits vom Bauernhof und war von einem wilden Garten umgeben. Möglicherweise diente dieses Gebäude früher als Wohnhaus für die Angestellten des Hofes. Das Gebäude stand derzeit leer, wie eine vorsichtig durchgeführte Überprüfung ergeben hatte.

Auf dem Grundstück standen acht Pkw verteilt. Somit rechnete man mit mindestens acht Erwachsenen im Heim. Die Kräfte der Sondereinheit hatten mittlerweile die Eingangs- und die Hintertür des Hauses erreicht, wie Weber über Funk mitbekam. Er und die anderen Kollegen machten sich bereit. Sobald die Kräfte sich in dem Gebäude befanden, würden sie nachrücken. Er hörte Türen splittern und Schreie aus dem Haus dringen. Schüsse blieben aus, was Weber schon mal als gutes Zeichen deutete.

Da sich nicht so schnell klären ließ, wer die Guten und wer die Bösen waren, wurden erstmal alle Mitarbeiter als potenzielle Gefahr angesehen und zu Boden gebracht und mit Einweghandfesseln fixiert. Als Weber und die anderen Beamten das Haus betraten, lagen sieben Personen dort. Die Kinder und Jugendlichen wirkten verschreckt, machten aber ansonsten einen relativ guten Eindruck. Man hatte einen Dolmetscher mitgebracht, der hereingebeten wurde. Er sollte den Minderjährigen die Sache erklären und ihnen klarmachen, dass sie nichts zu befürchten hatten. Um die Lage möglichst schnell zu entspannen und zu klären, wurden die gefesselten Mitarbeiter von den Sondereinsatzkräften raus und zu drei Bullis gebracht, wo die Identität der Verhafteten geklärt wurde. Einige der Mitarbeiter hatten sich vom ersten Schock erholt und sprachen bereits von Polizeigewalt und dass sie sie verklagen wollten. Damit war zu rechnen gewesen, aber die Umstände hatten keine andere Vorgehensweise erlaubt.

Die Kinder und Jugendlichen wurden in einen großen Raum im Erdgeschoss geführt, der augenscheinlich als Aufenthaltsraum diente. Dort konnte der Dolmetscher in Ruhe mit ihnen reden. Die Stadt hatte zugesagt, eigene Sozialarbeiter zu schicken, sobald die Situation ungefährlich war.

Weber rief den Ansprechpartner bei der Stadt an und dieser informierte die Sozialarbeiter, die sich bereit gehalten hatten. Als alle im Aufenthaltsraum versammelt waren, zählte Weber sie durch und kam auf insgesamt dreizehn. Weber ließ den Dolmetscher nachfragen, ob alle Bewohner im Aufenthaltsraum anwesend waren, was bestätigt wurde. Somit fehlte eine Person, wenn die

Angaben der Stadt korrekt waren. Weber wollte auf Nummer si-cher gehen und nahm Laschek mit, um das Haus nochmals gründlich zu durchsuchen.

Im Erdgeschoss befanden sich zusätzlich zum Aufenthaltsraum, eine Küche, ein Gäste-WC, ein Büro und noch vier weitere Zimmer, die alle leer waren. Niemand war hier zu finden und die beiden Ermittler begaben sich ins erste Obergeschoss.

Das Haus hatte zwei Obergeschosse und einen großen Dachboden. Im 1. OG gab es ein großes Badezimmer und fünf weitere Räume. Im Gegensatz zu den Zimmern im Erdgeschoss, standen hier jeweils zwei Betten, zwei Schränke, sowie ein Tisch mit zwei Stühlen. Auch hier hielt sich niemand mehr auf.

Weber blickte aus einem der Fenster hinunter in den großen eingezäunten Garten. Er machte einen gepflegten Eindruck, auch wenn dort nicht viele Pflanzen und Bäume zu finden waren. Zudem hatte man einen guten Blick auf die Scheune, vor der gerade ein schwarzer Retriever saß. Weber rutschte spontan das Herz in die Hose. Es schien so, als würde er ihn direkt ansehen. Ihm kam die Begegnung mit diesem Tier in Pisky in den Sinn. Das Bild des Retrievers vor der Scheune weckte eine Erinnerung in seinem Unterbewusstsein.

Etwas, an das er sich erinnern sollte. Etwas, das sehr wichtig gewesen war!

»Sehen wir uns jetzt den Dachboden an?«, fragte Laschek, der auf einmal in der Tür zum Badezimmer stand.

Der flüchtige Gedanke war fort. Weber schaute erneut aus dem Fenster. Der Hund war ebenfalls verschwunden. Er folgte seinem Partner mit ungutem Gefühl auf den umgebauten Dachboden. Hier gab es drei Räume und ein weiteres Bad. Sie machten jedoch nicht den Anschein, als würden sie von Kindern oder Jugendlichen genutzt, sondern von Erwachsenen. Renners Männer, die hier übernachteten, oder gar wohnten.

Weber nahm sich den ersten, Laschek den zweiten Raum vor. Da sie in beiden nichts fanden, gingen sie zusammen in das Dritte. Er war, wie die übrigen auch, sehr spartanisch eingerichtet: ein Doppelbett, Kleiderschrank, Schreibtisch samt Stuhl und ein Regal.

Als Weber sich umsah, kam der Gedanke, den er vorhin im Badezimmer nicht hatte fassen können, zurück. Irgendwie kam ihm das Zimmer bekannt vor. Aber woher? Außerdem hatte er das Gefühl, es hatte etwas mit dem Retriever zu tun. Wieso konnte nur er diesen sehen? Das wurde ihm erst jetzt richtig bewusst.

Die Scheune. Wieder kam ihm ein Gedanke, der sich bei dem Wort ›Scheune‹ in ihm regte. Scheune und Autos. Sechs Autos auf dem Hof, zwei in der Scheune. Das machte acht Autos. Sieben Festnahmen. Alle Zimmer durchsucht. Keine weitere Person gefunden. Nur noch ein Zimmer zu durchsuchen, indem sie sich ge-rade befanden. Laschek durchsuchte gerade den Schrank, als der Hund wieder auftauchte. Er saß auf dem Bett. Sein Partner wandte sich dem Bett zu.

»Auch wenn sich noch nie jemand dort versteckt hat, außer in schlechten Filmen ...«, brummte er.

In dem Moment, in dem sich Webers Kollege auf die Knie herunter ließ, um unter das Bett zu schauen, fiel Weber der Traum ein.

»Weg vom Bett!«, schrie er in Lascheks Richtung.

Er zog seine Pistole aus dem Holster, warf sich zu Boden und feuerte, ohne weiter nachzudenken, vier Schüsse ab. Sein Kollege, der ihn völlig entgeistert anstarrte, sah den Mann unter dem Bett nicht, der eine Pistole auf ihn richtete und zweimal abdrückte. Die erste Kugel traf Laschek in den Bauch, durchschlug vermutlich einige innere Organe und trat knapp neben der Wirbelsäule am Rücken aus. Die zweite streifte ihn nur an der Seite, da der Schütze bereits von Webers Kugeln getroffen worden war und deshalb nicht mehr genau zielen konnte.

Als keine weiteren Schüsse mehr fielen, kroch Weber zum Bett, packte darunter und bekam einen Arm zu fassen. Er zog ihn unter hervor und erkannte sofort, dass der Mann tot war. Sich nicht wei-ter mit dem Toten befassend, er nahm ihm lediglich die Waffe ab, kroch Weber zu Laschek hinüber, der auf dem Rücken lag und die Hände auf seinen Bauch presste. Eine große Blutlache hatte sich bereits unter ihm angesammelt.

»Da hat sich noch nie einer versteckt«, ächzte er und grinste.

»Halt durch«, sagte Weber und presste ebenfalls auf die blu-tende Wunde.

Die ersten Kollegen trafen ein, die durch die Schüsse alarmiert worden waren.

»Holt einen Notarzt!«, rief Weber ihnen zu. »Schnell, der Kol-lege ist schwer verletzt.«

»Komm schon«, knurrte er Laschek an, dessen Lider allmählich zu flattern begannen. »Bleib wach.«

Laschek sah Weber an.

»Schau immer unter dem Bett nach«, raunte er ihm zu, ehe sei-nem Partner die Augen zufielen. Der Notarzt traf ein und Weber wurde von Laschek zurückgezogen. Er hoffte, dass sein Kollege überleben würde.

Der nächste Teil der Serie um KHK Weber erscheint im Frühjahr 2020

Zeitfracht Medien GmbH
Ferdinand-Jühlke-Straße 7
99095 Erfurt, Deutschland
produktsicherheit@kolibri360.de